官商鬥法

之 1

飛來艷福

姜遠方 著

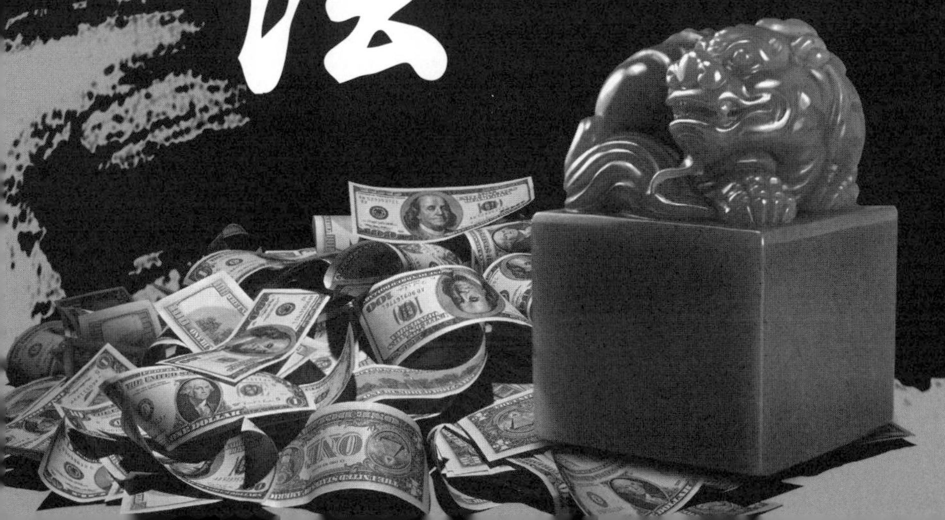

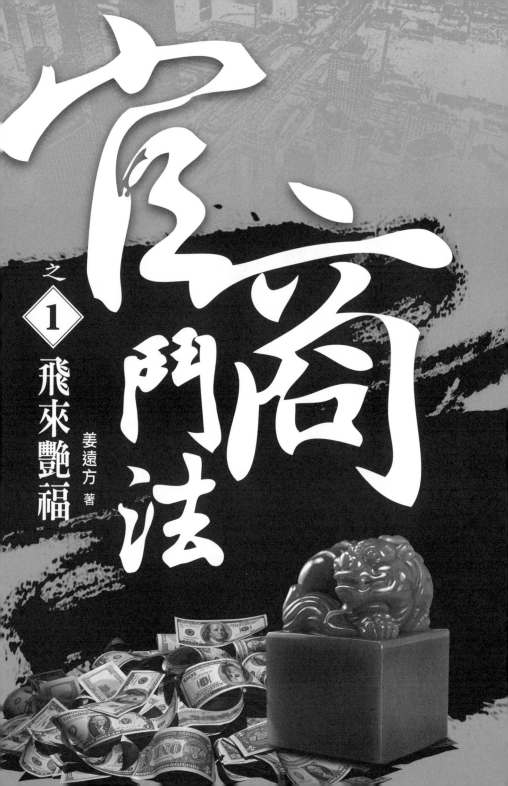

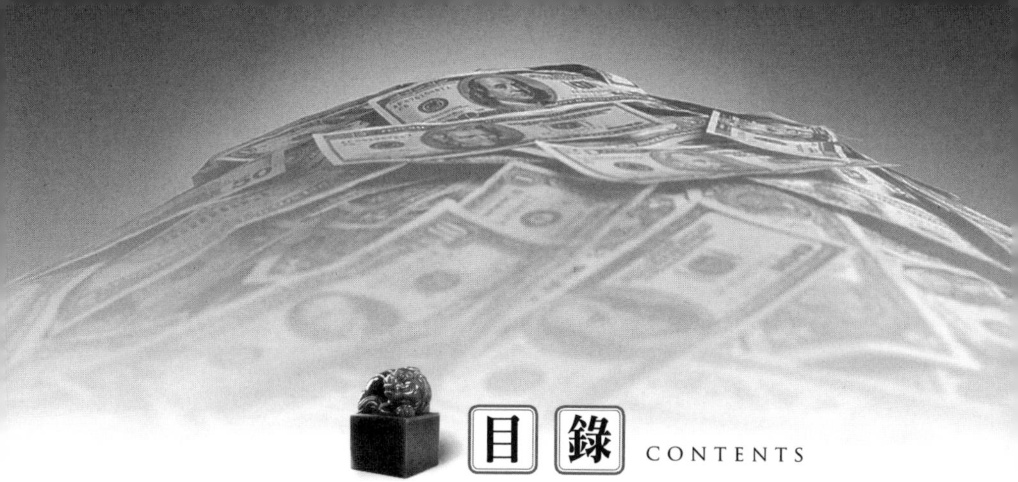

目錄 CONTENTS

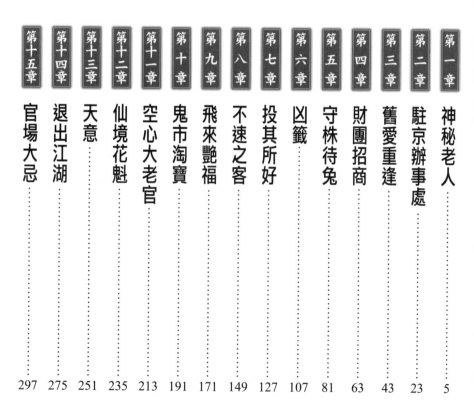

第一章

神秘老人

老人笑笑：「你年紀不大，此時母親逝去，自然未得高壽；從面色上看，你雖悲傷，卻也不無輕鬆之意，所以我猜她是久病不治。」

老人接著問道：「你眼下是不是有遠行之意？」

傅華再次感到震驚了。

「年輕人，不要急著走，我們可以談談啊。」身後不遠處傳來一個男人的聲音。

傅華沒有搭理這個陌生的聲音，繼續往前走著。

身後那個聲音又響了起來：「說你呢，年輕人。」

傅華這才意識到那人是在喊他，便回過頭去，見一個六十多歲的老者，留著幾綹長鬚，瘦瘦的，正衝著自己笑，便問：

「您是在叫我？」

老人銳利的目光在鏡片後掃了傅華一下，點點頭：「就是叫你。」

傅華自嘲地笑笑：「不好意思，已經好久沒人稱我為年輕人了，乍聽還真不習慣。我們見過嗎，老先生？」

老人搖了搖頭：「我們不認識，不過有幾句話想跟你說一下。」

傅華這時注意到了老人面前桌子上立著一塊牌子，上面寫著「鐵口直斷」四個方方正正的大字，便知道這老人是做什麼的了。他向來對這些怪力亂神的事不太相信，笑了笑說：「老先生，我不信這個的。」

老人笑了：「年輕人，我不是想騙你的錢，只是有幾句話想跟你談談，沒別的意思。反正你現在也沒什麼事要去做，何不陪我聊聊呢？」

傅華忽然來了興趣，想想也是，現在回去，回到那個空空的家，還不如跟這個老人聊聊。他向來很尊重老者，就在老人對面坐了下來，笑道：

「老先生，不知道你有什麼指教？」

老人指了指傅華胳膊上戴的孝箍：「不知是哪位尊親仙逝？」

「家母。」

老人點了點頭：「令堂雖未享高壽，此時離世對她來說卻是一種解脫。看來她是病故的，而且是久病不治。我說得對嗎？」

傅華驚訝地看了老人一眼：「您是怎麼知道的？」

這個卜卦老者的一句話，說中了傅華母親的狀況，讓傅華心中不由得暗自驚詫。往事歷歷，禁不住如電影般一幕幕出現在眼前。

「人生就像一盒巧克力，你永遠也不知道下一顆會吃到什麼口味的。」這句經典的台詞源自《阿甘正傳》。

傅華第一次看到這句話時，剛到北京念大學。

那時他才十九歲，青春年少，野心勃勃，世界在他眼裏是絢麗多彩的，他還不能體會這句話的真正含義。當時看過就看過了，並沒有留下深刻的印象。如今斗轉星移，十二個寒暑過去，回過頭來再想起這句話，心中便多了幾分酸澀。

在傅華大四的下學期，一場突如其來的大病擊倒了他的母親，往日健壯的她變得日漸羸弱，撐到傅華畢業的時候，她只能臥床，終於徹底失去了工作能力。

傅華的父親早年因病去世，是母親支撐起了這個家，辛苦賺錢把他養大，供他讀書；現在母親這個樣子，傅華明白是應該反哺的時候了，於是，他徹底打消了繼續攻讀研究所的念頭，收拾起行李，回到了家鄉海川市。

雖然海川是個地級城市，這麼多年來還是第一次有京城念大學的學生分配到這裏工作。當時，曲煒剛到海川市上任副市長，聽說秘書處分來一個小秘書，是北京的大學畢業的，就特別點名將他要了去。

傅華是一流大學高材生，又做過學生會幹部，在校時十分活耀，各方面的能力都出類拔萃，曲煒用起來自然得心應手，因此十分賞識傅華。

一晃八年過去了，曲煒從海川市副市長做到了市長，傅華一直是他的秘書。期間，曲煒也曾覺得把傅華留在身邊做秘書似乎有些委屈了他，動過把他放出去的念頭，可是跟傅華交流意見後，卻被他拒絕了。

傅華覺得自己目前的生活重心，不在做什麼工作，而是照顧治療母親的疾病，陪在母親身旁。而留在一個賞識他的長官身邊，可以獲得很多方便，這比被放出去做一個小官對他更好得多。

這八年間，傅華想盡了一切辦法爲母親治病，可是仍然沒能遏制住疾病的惡化，母親終於還是到了油盡燈枯的時候。

彌留之際，母親拉著傅華的手說：「華兒，我的好孩子，媽要走了，這些年來，是媽拖累了你呀。」

傅華看著母親，痛苦地搖了搖頭：「媽，別這麼說，能做您的兒子，是我這輩子最大的幸福。」

母親依依不捨地撫摸著傅華的臉頰：「孩子，我走了，你要好好找一個好女孩。哎，你也早該成家了。」

傅華苦笑了一下。

雖然他長得一表人才，又是遠近聞名的孝子，很多人提起他來都嘖嘖稱讚；可是真要一個女人結婚後馬上就去伺候一個常年臥床的病人，很多女孩子立即就會退卻。尤其是那些條件好，相貌出眾的，就自然而然地打了退堂鼓；傅華又自視甚高，不肯屈就那些條件相對差的，所以過了而立之年仍是孑然一身。

海川市不同於一些大城市，適婚的年齡在二十五六歲，過了三十歲，即使是男人也算熟齡青年了。

「媽媽，您不要擔心這個，好好養您的身子，我會給您找一個好媳婦的。」傅華的聲音已經帶了哭音。

母親搖了搖頭：「孩子，我怕是看不到了。我走是一種解脫，記住，我走了以後你不要哭，以後不論發生什麼，你都不要哭；要笑，像我一樣笑。」

母親摸了一下自己的頭髮，感覺到頭髮有點亂了，就笑著對傅華說：「華兒，幫我再梳一次頭吧。」

傅華含淚點了點頭，拿起梳子給母親梳起了頭。

母親原本有些花白的頭髮在他的梳理下，變成了像雪一樣的純白，久病發青的臉此刻變成了像玉一樣的瑩白，抬頭紋舒展開了，她微笑著，慢慢地，笑容在母親慈祥的臉上凝固起來。

傅華呆坐著，看著母親的笑容慢慢黯淡下去，他終於明白這世上那個最疼他、最愛他的人已經永遠地走了，忍不住放聲痛哭起來。

母親後事辦完後，傅華悵然若失。以前照顧母親是他生活的重心，現在這個重心沒了，他的心裏一下子空了一大片。

屋中似乎還迴響著母親爽朗的笑聲，母親的笑容彷彿就在眼前，可是以前這伸手可及的景象卻是那麼虛幻，虛幻得就像肥皂泡一樣，一碰就會破滅。

空間中少了最熟悉的人，一切彷彿都變得陌生和壓抑起來。

當初，傅華之所以選擇做市長秘書，是因爲這份工作有穩定的收入，可以支撐他和母親兩個人的生活。現在這唯一的理由不在了，傅華覺得是應該重新考慮自己的定位問題了。

傅華信步走出了家，家裏的壓抑氛圍不適合他冷靜的思考，他需要換個地方。

不知不覺，他走到了大廟一帶。這裏是海川市的舊貨市場，時常有人在這裏賣古舊書刊。傅華很喜歡在這裏淘些古書。這是他在工作和服侍母親之餘，唯一可以透口氣的地方。

由於不是週末，大廟裏擺攤的很少，也沒多少顧客，顯得有些冷清。傅華習慣性的在幾個攤子面前逛著，有一搭沒一搭地翻看著書攤上的舊書。

書攤上的書籍真假混雜，沒什麼能引起他注意的，傅華心中鬱鬱，便想離開。一甩眼，卻看見在最後一個書攤上，放著一疊巴掌大的線裝書，便走了過去，伸手拿過來一本，只見封面上用小篆寫著《綱鑒易知錄》，字跡古奧有勁，心裏就有七八分喜歡。

翻開封面扉頁，就看到尺木堂《綱鑒易知錄》卷三的字樣，蠅頭小字，字畫清晰，一看就知道是石印本。心裏一喜，這是自己久聞其名的一套書，是清山陰吳承權編撰的通史，初刻於康熙年間，流傳很廣，很有名氣的。

傅華拿起了全部的線裝本，細細翻閱，發現這是光緒十二年的刻本，但是不全，缺失了第一本。雖然有所缺憾，傅華還是覺得這套書難得一見，決定把它買下來，便問攤主這套書多少錢？

老闆是一個五十多歲、樣貌略顯猥瑣的男子，見傅華問價，伸出了兩個手指頭，「兩佰」。

傅華笑了笑：「不值吧，這書品相很差，又缺了第一本，兩百有點貴了，你說個實在價。」

老闆看了傅華一眼：「你說多少？」

「五十我就拿走。」傅華還價道。

老闆說：「你殺得也太狠啦，這樣吧，一百，不能再低了。」

這個價格跟傅華心裡設定的價位差不多，他掏出一百塊錢遞給了老闆，拿起《綱鑒易知錄》轉身就要離開。

就在這時候，眼前的這位老人出現了。

傅華笑了笑說：「老人家，您倒是真的是鐵口直斷啊。」

老人笑笑：「其實也沒什麼啦，這都是可以推斷出來的，你年紀不大，此時母親逝去，自然未得高壽；從面色上看，你雖悲傷，卻也不無輕鬆之意，想來令堂的離去對你和她本人並不完全是壞事，所以我猜她是久病不治。」

傅華點了點頭：「老人家您推算的很準。」

老人接著問道：「你眼下是不是有遠行之意？」

傅華再次感到震驚了。

不錯，他是想要離開海川市。母親病倒，他不得不留在海川，因此他對海川更多的是痛苦記憶，現在母親病逝，他對海川最後的一點留戀也沒有了，因此正打算辭去秘書一職，離開海川呢。

傅華奇怪老人是怎麼看出自己的想法的，一邊點了點頭，確認了老人的猜測。

「你眼神空茫，對身邊的事物毫不留意，說明海川已不在你心裏，我因此說你有遠行之意。」老人說，「能講一下你準備去哪裡嗎？」

「北京。」傅華說。

北京是他求學之地，他人生中最美好的一段時間就是在北京度過的，因此離開海川，北京是他的首選。

「我們海川市地處東方，五行屬木；北京在我們的北方，五行屬水，是相生之地，此去倒是很有利於你的發展。」老人捻著自己的長鬚，搖頭晃腦地說。

傅華遍覽群書，對於五行生剋略為知道一點；水生木，是五行中的相生關係，這一點倒不假。

雖然老人一下就說中了母親久病不治和自己將要遠行之事，傅華還是覺得老人的話並沒有什麼新意，便站了起來說：「老先生，我要付多少錢？」

老人笑了：「跟你講不要錢的，你稍安勿躁好不好，我的話還沒說完呢。」

傅華只好再度坐下，笑笑：「老先生，有什麼話儘管講吧。」

老人看了傅華一眼：「年輕人，如果我沒猜錯的話，你是想徹底了斷在海川的一切，是吧？」

傅華苦笑了一下：「老先生，就算我不想了斷，海川也沒有可令我牽掛的東西了。」

老人搖了搖頭：「年輕人，不要一時意氣，雖然海川能夠給你的美好記憶不多，可是這裡畢竟是生你養你的地方，你的血液中流著海川的氣息，你就算走到天邊，別人還是可能一眼就看出你是海川人，這又豈是說斷就能斷的。」

傅華苦笑了一下：「老先生，你這麼說豈不是自相矛盾？你剛剛說過北京很適合我發展，現在又說不能斷了跟海川的聯繫，真不知道我應該如何做。」

老人笑了：「這並不矛盾啊，你可以去北京發展，但是必須是立足於海川的基礎之上。」

傅華笑了，心說：這老頭兒爲了糊弄我幾個錢還真賣力，竟然連這樣的話都會說出來，玩心上來，就問道：「老先生，你說了這麼多，不知道能不能告訴我下一步可能的發展方向？」

「亦官亦商。」老人說話的語氣很堅定。

傅華越發覺得老人說得不靠譜了，這已經不是封建時代，還可以有什麼紅頂商人，雖然也還有國營企業，但國營企業更靠近民營，官營的屬性淡化了很多。再說，自己眼下根本就沒有進入國營企業的打算，亦官亦商又何從談起？

傅華心裡覺得老人有點瞎說，越發沒有談下去的興趣，就說：「老先生，你也費了半天口舌了，要多少錢可以說說啦，不然的話我真要走了。」

老人笑著搖搖頭：「說了不要錢的，我只是想跟你談談；你如果想走，馬上就可以離開。」

傅華笑著站了起來：「我真要走了！」

老人攤開了手：「隨便。不過，年輕人，你的天資極高，希望你日後能好好琢磨一下我今天跟你說的話。」

第二天，傅華結束喪假回市政府上班。

雖然昨天那位老者最終也沒向他索要一分錢，但他還是覺得那套說辭是故弄玄虛而已。因此，不但沒有打消要離開海川市的念頭，反而這種心情更加強烈了。

他一上班就找到了曲煒，想要提出辭職的事。

曲煒見到傅華，笑了笑：「回來上班了？嗯，精神還不錯。」

傅華苦笑說：「我該爲母親做的，在她生前都做了；現在她老人家已經走了，我再傷心也沒什麼用啊。」

曲煒點了點頭：「是啊，生前盡孝強過死後空悲傷百倍，你這話說得很有阮籍之風啊。好啦，既然回來上班了，那就好好工作吧。」

傅華看了看曲煒：「曲市長，這麼多年您一直很照顧我，我在這裏向您表示由衷的感謝。」

「等等，傅華，我怎麼覺得你今天說話味道有些不對啊？」曲煒詫異地看著傅華，敏感地意識到傅華話中有話：「你是不是有什麼特別的事情要跟我說啊？」

傅華點了點頭：「曲市長，您也知道我是爲什麼回海川市的，現在我母親走了，我覺得也是離開海川市的時候了。」

「你想幹什麼？傅華，我們相處也有八年了，就一點情誼沒有？你怎麼說走就要走呢？」曲煒有些急了。

這些年，他得了傅華很大的助力，傅華不僅是他的文膽，也是他的智囊。在很多關鍵時刻，傅華的建議中肯到位，讓曲煒受益匪淺，他當然不捨得這個有力的助手離開。

傅華苦笑了一下：「曲市長，我知道這些年您一直很賞識、很照顧我，我這個秘書說實在的，也做得很不成功。」

確實，曲煒考慮到傅華家裏有一個病臥在床的老母親，有時候就會自己擔當起一些原本是秘書該做的工作，好讓傅華可以多一點時間照顧母親。這也是傅華感到幸運的一點，他遇到了一個很好的上級，因此心裏對曲煒十分感激。

曲煒有些不滿：「你既然知道爲什麼還要離開？」

傅華說：「可是做秘書不是我的志向。」

曲煒笑著點了點頭：「我明白你爲什麼選擇進政府做秘書，無所謂啊，我早就想把你放到下面鍛煉一下啦。現在你母親去世了，你也沒了牽絆，正好放手幹一番事業。我可是看好你的。」

傅華苦笑著搖了搖頭：「抱歉，曲市長，我對這些不感興趣。海川給了我太多苦澀回憶，在這裏我總覺得很壓抑。」

曲煒撓了撓頭，他也知道傅華在海川市過得並不愉快，尤其是婚姻方面。傅華要才有才，要貌有貌，如果沒有臥病在床的老母，不知道會有多少女孩爭著要嫁給他。但不幸的是，傅華的老母親是現實存在的，而他又事母至孝，一直堅持要把母親留在身邊奉養，不肯將她送到養老院去。這就讓很多女孩對傅華敬而遠之了。

曲煒也曾親自出面爲自己這個得力的助手做媒，但最後都因爲這一點而沒有成功，一晃，傅華都成了高齡青年了。

不過，曲煒覺得現在傅華的母親已經去世，這個對傅華婚姻最大的障礙已經去掉，如果再加上自己市長的威勢，解決女人這個問題不會太難，就笑著說：

「傅華啊，我知道這些年你在擇偶方面受了一點挫折，不過你母親已經去世，你再找對象應該不成問題。說吧，有沒有看好的，有的話告訴我一聲，我親自出面給你做媒。」

傅華淡然一笑，原本他肯接受相親這一類的安排，是想找一個說得過去，同時又能伺候母親的女人，最重要的是，他是爲了母親著想才接受相親的，現在母親已經不在了，他也沒有了接受相親的理由。

傅華說：「這方面大概需要緣分吧，我現在一個人習慣了，也不著急。」

曲煒看了看傅華：「看來你去意已決了？」

傅華說：「對不起，曲市長，您是一位很好的長官，按說我應該留在海川，可是這裏實在讓我感到太壓抑，我不得不離開。」

曲煒問：「你有去向了嗎？」

傅華說：「我想去北京。」

「去北京做什麼？」

「我目前還沒有想好，我想先去北京，找找我大學的老師和同學，然後再做決定。原本教我的張凡老師很欣賞我，當時就想要留我讀他的研究生的。」

「胡鬧，你什麼譜都沒有，貿然去北京幹什麼？你要知道北京是繁華之地，一舉一動都是要花錢的，一旦撲空，你在北京要如何生存？傅華啊，你想事情不能這麼簡單吧？」

傅華苦笑了一下，雖然曲煒說話的口吻飽含指責，但他知道曲煒是關心他才這麼說的，確實他因急於逃離這裏，行事有些草率了。

傅華說：「我沒有想那麼多，車到山前必有路，相信以我的能力，在北京不會吃不上飯的。」

傅華之所以心中有底，是因爲他知道他大學的幾個同學在北京發展得還不錯，去投奔他們吃口飯應該不成問題。

曲煒還是不捨得放走傅華，繼續勸說道：

「傅華啊，你在海川也經營了八年，你捨得就這麼拋棄嗎？而且有我支持你，你盡可以在海川放開手腳大幹一番，這裏同樣可以做出一番事業的。」

傅華說：「曲市長，我知道在您的照顧下，我在官場上的發展肯定順風順水。但您應該瞭解我這個人，我喜歡做事勝於做官。」

見傅華說道喜歡做事勝於做官，曲煒心中忽然想到了一個既能把傅華留在身邊，又能讓傅華達成心願的去處，只是，這是一個在海川出了名的麻煩所在，而且事務繁雜，幾任主官都沒有把這個地方給搞好，曲煒怕傅華未必肯接受。

不過，請將不如激將，不如激一下傅華試試。

曲煒便笑了笑說：「傅華啊，我這裏倒有一個職務很適合你眼下的想法，是個做事勝於做官的去處，只是，我怕你會挑不起這個擔子啊。」

傅華笑了，他是一個很有自信的人，不相信還會有他搞不好的地方，就問道：「什麼地方啊？」

「海川市駐京辦事處。」

傅華愣了一下，這個海川市駐京辦事處確實是一個很麻煩的地方。

海川市官場上的人私下都把海川市駐京辦事處稱作「百慕達」，因爲這裏不但做不出成效，反而有官員在這兒接二連三的折戟沉沙，不是因爲貪污受賄被舉報，就是爆出跟女同事上床之類的醜事。幾番折騰下來，海川市的官員們都視駐京辦事處爲畏途。

所以自上一任駐京辦主任郭力因爲挪用公款被抓之後，海川駐京辦事處主任一職一直空缺，辦事處只好由副主任林東以副職代理工作。

時間已經過去半年多了，主任人選還是難產。

傅華知道，海川市駐京辦事處肩負著一聯、兩接、三協助六項工作。一聯：是聯繫當地在京名人，包括從海川市起家的老幹部、將軍到學者，甚至歌星，這些人對海川市的發展都有用處；兩接：一是接待來京的海川市領導，二是接訪、接待送返來京上訪群眾；三協助：是協助海川市招商引資、提供資訊、服務海川市在京務工人員。

這裏面的每一個單項工作要做好都是很不容易的，何況六項工作集於一身。尤其是接待送返來京上訪的官員政要尤爲重要，也是最難做的一件事情，往往是吃力不討好。

同時，隨著國家發展的重心日益朝向經濟導向，招商引資工作已經成了駐京辦的一個重點工作，但是海川市駐京辦設立這幾年以來，在這方面毫無起色，惹得曲煒直罵駐京辦只會搞些歪風邪氣，一點正事不做。

這個地方倒確實是做事勝於做官的，由於駐京辦的重要性和游離於權力中心之外，一個成功的駐京辦主任往往會一任多年，很難被取代，自然也很難升遷。只是，這樣一個地方，自己能搞好嗎？傅華心中未免有些打鼓。

曲煒看傅華不說話了，知道他有些畏難，笑了笑說：「算了，駐京辦這副擔子確實不好挑，你暫且不要著急，等我想想還有沒有其他合適的位置可以讓你去做。」

傅華自然不會聽不出曲煒激將的意味，不過他細想一想，這駐京辦主任倒不失爲自己登上京城舞臺的一個好的臺階。

他已經過了而立之年，不是剛畢業的毛頭小夥子了，再去屈居於同學之下，向他們要一碗飯吃，這個滋味並不好受，何不選擇這個獨當一面的職位呢。

是啊，這個職位要做好，有著一定的困難，但對於一個有能力的人來說，困難更多反而是意味著機遇，意味著挑戰，而不是退縮。

再說，自己現在的心情很難在海川待下去了，傅華決定接受這個職位。他說：「曲市長，我願意去海川駐京辦。」

現在變成曲煒悵然若失了，雖然是他激將讓傅華去接駐京辦這個位置，可是想到傅華真要離開自己去北京，他還是有些不捨。同時，他也知道駐京辦確實很難搞好，很可能成爲傅華的「滑鐵盧」，他心裏又有些後悔提出這個建議。

心中百味雜陳，曲煒嘆了口氣，拍了拍傅華的肩膀：

「傅華啊，記住，我始終拿你當我的弟子看，駐京辦主任這個位置我會爲你安排的。不過如果你做不下去了，跟我說一聲，我會將你調回來的。」

傅華自信地搖了搖頭：「不會有那一天的，您放心吧，我會做出成績讓您看的。」

第二章

駐京辦事處

孫永點了點頭說，「傅華是一個很恰當的駐京辦主任人選。只要他潔身自愛，駐京辦對他來說，將會是一個很好的舞臺。」
不久，常委會就通過了對傅華新的任命，
他被正式任命為海川市駐京辦主任。

在海川市市委書記孫永的辦公室，當孫永聽到曲煒想要傅華出任海川市駐京辦事處主任之時，詫異地看了看曲煒，問道：

「老曲啊，讓傅華去合適嗎？這可是一塊好材料，可堪大用，別廢在駐京辦了。」

雖然孫永和曲煒之間並不是十分和睦，但是孫永還是很賞識傅華的，一來，傅華實在在是個孝子，孫永是一個很尊重傳統的人，對孝子天生就有好感，他認為傅華這個人在德性這方面可堪表率，這在時下的官場已經是很少見的了；另一方面，傅華的才能也是有目共睹的，孫永甚至有些遺憾他到海川的時候已經被曲煒所用。

基於這兩點，孫永是不希望傅華被不恰當使用的。

曲煒苦笑了一下：「孫書記，你當這一點我不知道嗎？我也是沒辦法。傅華因為他母親去世了，對海川市已經沒有了牽掛，想要離開市裡去北京發展，我自然不捨得放他，就想到了這個駐京辦主任的安排，他這才答應留了下來。」

「傅華這樣的人才是不能輕易放走的。」孫永點了點頭說，「細想起來，其實傅華倒是一個很恰當的駐京辦主任人選。他讀過北大，而北大的弟子遍佈京師，人脈肯定是不缺的。傅華這個人很有自己的原則，海川駐京辦雖然亂，也不一定能動得了他的心志；只要他潔身自愛，駐京辦對他來說，將會是一個很好的舞臺。老曲啊，你這一招高啊，既留住了人，又解決了駐京辦的問題。」

曲煒心裏明白他的安排與孫永取得了一致，便搖了搖頭說：「我比較擔心的是傅華一直跟在我身邊當秘書，沒有獨當一面的經驗，我不怕他個人行爲上出什麼問題，我怕他擔不起這個擔子。」

孫永說：「你這個顧慮不無道理，對這個同志，我們可以多愛護一點，不行就把他再抽回來。」

曲煒暗自搖了一下頭，他知道傅華是一個心高氣傲之人，這一去，成功還好，失敗了的話，他肯定更不想回來了，但這些話他並不想跟孫永說，只是說：「也好，那就只好先這樣了。」

孫永和曲煒取得了一致。

不久，常委會就通過了對傅華新的任命，他被正式任命爲海川市駐京辦主任。任命公佈後，曲煒又專門跟傅華談了一次，特別提到了海川駐京辦的副主任林東。曲煒說：「傅華，你這一去，林東肯定不會高興，我聽別人說，私下裏林東托了很多人，想把自己扶正，可是我和孫書記都認爲他能力不夠，所以一直沒讓他如願。據說前幾任駐京辦主任出事，都是林東在背後搞的鬼。爲了你順利開展工作，你看有沒有必要將林東調離駐京辦？」

傅華想了想，說：「還是把林東留在駐京辦吧，一來，他是駐京辦的老人，對駐京辦的工作比較熟悉，留下他對我還是有幫助的；二來，有這麼一個人在旁邊盯著我，也能讓我時刻提醒自己，不要違背了有關紀律。」

曲煒笑了：「傅華，你能這麼想我就放心多了。」

傅華早早地就登上了飛往北京的飛機，然而，當他發現真正要離開海川的時候，心中還是難免有些傷感，有些眷戀。

人是一種有感情的動物，海川畢竟是生他養他的地方，也是他工作過的地方。望著窗外那些熟悉的景色，傅華心頭忽然升騰起一種莫名的彷徨：此去北京會是個什麼樣子呢？他心裏一點底都沒有。

在得到了駐京辦主任的任命之後，傅華想起了那天在大廟市場攔住他，非要跟他談談的那個所謂的「鐵口直斷」的老人。

這一切還真叫他給說中了，自己確實選擇了一個既跟海川市有聯繫，人卻又在北京的工作，這個工作在某些方面也確實有著亦官亦商的特徵。

傅華生平第一次對這種被稱作迷信的算命有了某種程度上的信服，他很想再找到這個老人，向他詢問一下到北京該如何開展工作，因爲雖然他在曲煒面前表現得信心滿滿，其實內心中對如何開展工作的思路一點都沒有。

但是，傅華找遍了大廟，竟然再也找不到這個老人的蛛絲馬跡，就連那天賣尺木堂《綱鑑易知錄》給他的那個書攤老闆，也一口否認大廟市場上有過這樣一個卜卦老者。可傅華明明記得當時那個老人的攤子就擺在緊鄰書攤的地方，那個老人就是看他買書才攔住他的。

難道這一切從來沒發生過嗎？

傅華站在大廟裏環顧四周，他看到了遠處廣場上幾個孩子在放蝴蝶風箏的畫面：蝴蝶張揚著華麗的色彩在高空中飛舞，耳邊又迴響起那個老人的聲音：

「你就是那只紙鳶，必須有一根海川的線牽著你才能飛得更高，否則你只會一敗塗地。」

這一切怎麼會那麼詭異？真實得彷彿就在眼前，可是爲什麼會沒人見過那個老者呢？傅華百思不得其解。

這一切只好先暫時擱到一邊，眼下要面對的是如何打開駐京辦工作局面的問題。曲煒叫他不要急，先熟悉一下情況再說，可是傅華是很瞭解這些領導幹部的想法的，他們嘴上雖然說不急，可是你真的在短時間之內沒做出點成績來，他們就會對你有所失望的。

而領導對你失望，就意味著你失寵了。

雖然傅華不想去爭這個寵，可是他也不想讓曲煒對自己失望。曲煒這幾年對他有賞識提拔之恩，就衝這一點，傅華也覺得要做到最好。何況傅華是一個對自我期許很高的人，他的字典裏面容不得「失敗」這兩個字。

再就是要如何解決林東的問題。

傅華不同意將林東調離，一方面確實有他跟曲煒說的那個理由，另一方面，傅華知道林東已經將家安在了北京，如果將他調回海川，林東的處境必然會十分尷尬。

自己會不會有點婦人之仁了？

傅華這些年一直受著曲煒的庇護，還真沒跟什麼人發生過爭權奪利的鬥爭。他知道林東一直夢寐以求駐京辦主任這個位子，一定會不高興他的到來，甚至會對他產生敵意。前車之鑒擺在那裏，林東的幾個前任不都是被他弄倒擠走的嗎？

傅華認爲自己不是那種小肚雞腸的人，官場上的寬容是很重要的。他可以視林東爲他的搭檔，可是怎麼能保證林東不會把自己當成對手來挑戰呢？

傅華正在胡思亂想著，頭頂忽然有一個很好聽的女聲：

「先生，麻煩你讓一下，我的座位在裏面。」

傅華應聲抬起頭來，不禁呆了一下，眼前這個女人真是太漂亮了，不是，不應該用漂亮來形容，僅僅用漂亮是不足以形容這個女人的。漂亮只是說這個女人長得好看，這個女人不僅僅長得好看，舉手投足之間還帶著一種高雅的氣質。

傅華腦海裏浮現了一個詞，國色天香。想不到海川市竟然有這樣的尤物。

女人見傅華在發呆，莞爾一笑，她大概看過太多的男人在自己面前這種德性了，很淡然地又叫了一聲：「先生……」

傅華回過神來，連忙站了起來，讓女人走進去，這才坐下。

經過這一番站起坐下，傅華的心神已經鎮定了下來，心說：難怪古人說美人一笑能攝人魂魄，眼前這個女人驚人的美麗，確實讓男人不由自主地有一種想要擁有她的衝動。

傅華暗自覺得自己好笑，他畢竟還沒有修煉到心如止水的境界。但傅華也很清楚這種豔麗不可方物的女人，並不是他這種身分的人可以消受的，同時，也爲了不再被女人的美色所動，索性把頭轉向了另一邊，心想我不看你總行了吧？

飛機終於起飛，很快就飛到了雲層之上開始平穩飛行。傅華鬆了一口氣，他按了一下耳朵，因爲飛機起飛氣壓的變化，耳膜生疼。

身旁的女人鬆開了安全帶，傅華可以感受到女人似乎在打量著他，他不敢轉頭去看，只是心虛地摸了摸靠近女人那一側的臉，他懷疑臉上是不是不小心抹了什麼髒東西，他還是第一次覺得這麼不自信。

女人可能很少見到在她面前這麼自持的男人，她的人生閱歷複雜，見慣了狂蜂浪蝶，便更覺得這種不為女色所動的男人的可貴，好奇心起，就有了跟傅華攀談的念頭。

「先生，你是去北京旅遊呢還是工作？」女人笑著問。

傅華沒想到女人會主動跟他攀談，看了女人一眼，這一次，他事先有了心理準備，便表現得很平靜，笑了笑：「我是被派去北京工作的。」

「你們單位在北京有分支機構？」

「我們在那裏有個辦事處。對了，你是海川人嗎？」傅華這麼問，是因為這個女人說著一口流利的普通話，不帶絲毫的海川口音。

「我是道地的海川人，你為什麼會這麼問呢？」

「因為你說話一點海川腔都沒有。」

「哈哈，我在北京待了有幾年了。」

「你在北京做什麼？」

「做買兒賣唄。」

傅華笑了，女人的這句「做買兒賣唄」是道地的海川話，讓他不由得感到了一絲親切，便說道：「我這次去北京，是要到海川市政府駐京辦事處工作的，辦事處其中一項功能就是服務海川在京工作的人員，日後有什麼需要，可以到駐京辦事處找我。」

女人笑了笑，沒說好，也沒說不好。

相對論說得好，有美女在身旁，時間會過得特別快，談笑間飛機就到了北京。

走出空橋，拿了各自的行李之後，傅華笑著對身邊的女人說：「有人來接我，要不要順便送你？」

女人優雅地搖了搖頭：「我也有人來接。」

「那就再見啦！」傅華說著，向女人伸出了手。

女人輕輕地握了一下傅華的手：「再見！」

傅華往外走，很快就見到了來接機的林東，倆人握了握手，林東把傅華的行李接了過去，說：「傅主任，車在外面，我們走吧。」

倆人走出了機場大廳，上了外面的奧迪車。

上車的時候，傅華注意到那個女人上了一輛很豪華的寶馬750，心想：這個女人果然有些來歷。這才想到攀談了半天，竟然忘記問女人的姓名了，心裏未免有些遺憾。

海川駐京辦事處坐落在北京東城區西北部的菊兒胡同裏，租住的是一戶小四合院。

菊兒胡同歷史悠久，據說始建於明朝，屬昭回靖恭坊，當時稱局兒胡同。清朝屬鑲黃旗，乾隆時稱桔兒胡同。宣統時稱菊兒胡同。民國後沿稱。

這裏的內三號院、五號院、七號院是清直隸總督大學士榮祿府邸，於一九八六年定爲東城區的文物保護單位。

菊兒胡同是北京少有的幾個還保留著舊有風貌的胡同之一，這裏在九十年代初期以都市更新的方式進行過改建，在保有私密性及居民現代生活需要的同時，利用跨院與傳統四合院重新規劃，保留了中國傳統住宅重視鄰里情誼的精神。因爲這種改造風格，還獲得過聯合國的世界人居獎。

傅華以前隨曲煒來過這裏，他很喜歡這種保留原本的城市肌理的改造方式，尤其是改造過程中保留了原來的老樹，四合院依老樹而建，平添了一份古雅和生氣。

雖然以前來過，但傅華並沒有在這裏住過，這裏雖然經過改建，但總不及賓館的豪華與方便，所以曲煒帶傅華來北京，一般都住在外面的酒店。辦事處這裏只有辦事處的工作人員和來京的一般幹部會住。

到了辦事處，林東將傅華領到了一間臥室說：

「原來郭主任就住這個屋子，傅主任如果沒什麼意見，還住這個屋子吧。」

傅華看了看房間內部，看得出來這裏面經過了小小的裝修，他知道很多長官都忌諱用出過事的前任用過的東西，包括辦公室和住處，但傅華並不相信這些，就說：「挺好的，我就住這裏吧。」

林東臉上閃過一絲詭譎的笑：「傅主任，辦事處的工作是不是現在跟你交接一下？」

林東詭譎的笑容並沒有逃過傅華的眼睛，他知道這個助手大概期望自己住這間屋子，好早日出事，他好取而代之。傅華心裏冷笑了一聲：

「林東啊，你如果老老實實做好本職工作，我就不爲難你。你如果還想把我當成幾個前任主任那麼對付，那可是你自己找死，就別怪我對你不客氣。」

不過，傅華心裏還沒考慮好要如何降服林東，就笑了笑說：「我坐飛機已經很累了，有什麼事情明天再談吧。」

林東笑笑：「那你先休息，我明天再跟你彙報。」

林東出去了，傅華打開行李，將帶來的書擺在桌子上。他的行李很簡單，除了書之外，就是一些隨身衣物，幾分鐘就整理好了。

一個小夥子敲門走了進來，笑著跟傅華握手：「歡迎你，傅主任。我剛才有事，沒到機場接你。」

傅華認識這個小夥子，他是駐京辦的辦公室主任羅雨。他拍了一下羅雨的肩膀笑著說：「小羅啊，我們有段日子沒見了，還在寫詩嗎？」

羅雨大學時代是校園詩社的詩人，剛來駐京辦的時候，還在市政府的幾次活動中朗讀過自己創作的詩歌，所以傅華知道他是個詩人。

羅雨苦笑了一下：「這個時代誰還寫詩啊？」

是啊，這個時代人們的目光都盯在了錢上，盯在了利益上，誰還會在意什麼詩歌呢？而且現在文化娛樂形式眾多，再想有早期文人那種令人崇拜如同明星的盛況，幾乎是不可能的了。

他笑笑說：「要堅持，不要這麼輕易放棄自己的理想。」

「不說這個了，」羅雨看了一下房間，「有沒有什麼我可以幫上忙的？」

傅華搖了搖頭：「我的東西很簡單，都歸位好了。」

羅雨看到傅華帶來的書，笑著走了過去翻看著：「《綱鑒易知錄》，還是線裝本，哇塞，傅主任，你看這麼深奧的書啊？」

傅華笑笑：「不過是一套中國簡史而已，算不上深奧。」

羅雨說：「我大學裏的歷史老師告訴過我，這個《綱鑒易知錄》，是寫給古代皇帝看的，上面都是一些如何如何治理國家的大學問。」

傅華說：「講了一些儒家大道理而已，什麼忠孝禮義的，對我們不一定有現實意義。」

「是啊，現在的社會，很多人都不信這些了，有些人爲了爭取自己的利益都是不擇手段的。」羅雨搖了搖頭說。

傅華看了羅雨一眼，他感覺羅雨話中似有所指，似乎在提醒自己要注意防範某些人，這個詩人也不那麼單純。目前自己需要防範的只有林東，羅雨大概就是提醒自己這個吧，看來詩人倒是可以信賴的力量。

傅華笑了笑：「其實這世上的人誰也不比誰笨，那些算計別人的也未必能得到便宜，你說是吧，小羅？」

羅雨笑著點了點頭：「還是傅主任懂得世情。」

「你們笑什麼呢？」一個三十歲左右的顯得有些風騷的女人推門走了進來。

「劉姐，不應該啊，我都到辦事處好半天了，你才露面。」傅華開玩笑說。

這個女人是辦事處的接待處長劉芳，她原本也在市政府辦公室工作，傅華因爲工作關係經常跟她接觸，相互之間很熟悉。

劉芳說：「傅秘書啊，這你可埋怨錯了，我是被林主任打發出去送文件了。對了，不應該再叫你傅秘書了，傅主任，歡迎你來領導我們辦事處。」

傅華說：「什麼領導不領導的，以後大家就要在一起工作了，互相之間要多體諒啊。」

當晚，林東帶著劉芳和羅雨等人在附近的酒樓給傅華接風，席間傅華推說自己旅途勞頓，有些累，酒就沒怎麼喝，不過桌上的氣氛還不錯，大家在表示歡迎傅華之後，談了些北京和海川的軼事，盡歡而散。

傅華到駐京辦的第一天就這麼過去了。

第二天，傅華和林東辦理了簡單的交接，傅華並沒有按照他原來的想法跟林東深談。經過一夜的思考，傅華覺得對林東還需要觀察一下，貿然跟他談，不但沒什麼效果，甚至可能讓林東對自己更加戒備。

「我就放手讓你自由發揮，看你能玩出什麼花樣來。」傅華心想。

隨即，傅華召集了駐京辦全體工作人員開了一個小會。

在會上，傅華談到了目前不是兩會期間，駐京辦接訪和接待方面的工作相對較少，因此，目前的工作重點應該在招商和跑項目方面。市政府對駐京辦最不滿意的也就是在招商、跑項目方面。希望大家能夠積極收集相關資訊，力求在這方面有所突破。

先注重招商、跑項目工作，是傅華經過這一段時間深思熟慮的結果，他知道這是能在最短時間讓領導看到實實在在成績的方面。但跑項目必須在京內各部委有著充足的人脈，這暫時還無法達到。

那剩下來只有招商一項工作了，自己只有在招商這一方面獲得突破，才能獲得領導的信任，才能有機會對駐京辦進行進一步的發展。否則，憑原有駐京辦留給領導們的印象，你想提出什麼對駐京辦進一步發展的要求，領導肯定不會輕易答應的。

菊兒胡同環境雖然優雅，可是如果讓傅華老是局限在這個封閉的小天地裏，那還不如留在海川市給曲煒當秘書呢。他的目標是要做大駐京辦，在北京撐開一片自己的天空，而這一切，必須先從建立起領導對駐京辦的信任開始。

但是要招商，要做的工作很多，傅華認爲首先應該從基礎做起。

「我看了一下辦事處原有的招商資料，我覺得很不滿意。一份招商資料最基本的要做到讓客商拿到手裏，就有去資料介紹的地方看看的欲望。但我們的資料呢？說實話，太過於簡單，我看了都不感興趣。所以當務之急，就是重做招商資料，這份資料要抓住客商的心理，找出他們的眼睛焦點。」

說著，傅華抬起頭看了林東一眼，「林主任，這份工作就交給你去做，務必做出一份對我們海川市有利的介紹資料出來。我們海川市有山有海，有不少優美的旅遊資源，有新建的十八洞高爾夫球場，以及優良的港口、成片的可開發土地、海川市招商方面的優惠政策，這些都必須在新的招商資料裏面體現出來。林主任，你明白了嗎？」

林東看了傅華一眼，點了點頭：「我明白，我會盡力做好的。」

「要想小人不在背後使壞，就要把小人使喚起來，不讓他有時間瞎琢磨壞主意。」

傅華心說，「林東啊，今後在我手底下，你有的忙了。」

傅華又掃視了一下其他工作人員，說：「我知道大家在北京已經待了一段時間了，跟北京的各方面都有聯繫，我要求你們調動一切可調動的資源，收集有在大陸投資意向的客商資訊，以便大家儘快開展工作。」

雖然安排手下去收集資訊，可是傅華心裏清楚，這些人並不能提供出什麼有用的東西，否則林東那麼急著補位，肯定早就利用有用資訊做出成績來了。

要想找有用的資訊還得靠自己，傅華覺得可以去找一下以前在北大讀書時的老師和同學，他要在北京立足，必須有人脈，而同學和老師是他在京城建立人脈的骨幹。

傅華先去拜訪了當初最賞識他，要留他讀研究生的張凡教授。

張凡是北大經濟學系幾個最著名的教授之一，桃李滿天下，現在已經六十多歲了。傅華跟張凡一直保持著聯繫，每次跟曲煒進京，都會專程去看望張凡，師生關係一直很好。

聽傅華說他出任了駐京辦主任，張凡搖了搖頭：

「傅華啊，以前因爲你母親的身體不好，百善孝爲先，你應該留在她身邊盡孝。現在你母親已經過世，爲什麼不放下俗務，專下心來跟我做學問呢？」

傅華苦笑了一下：「老師，課堂上的東西我已經放下了八年了，再要重新收拾，我也沒信心了。老師你又不是不知道現在的官場風氣，我這八年是在酒精考驗下度過的，頭腦已經沒有當初在學校那麼敏銳了。再說，我接受這個職務，也有還曲煒市長對我的提攜照顧之恩的因素在裏面，我不能拋開一切再回到校園。」

張凡嘆了一口氣：「可惜了，傅華，我原本以為你會在經濟學方面做出很大成績的。」

傅華笑笑：「做學術已經不行了，我就在經濟實踐方面做出些成績來讓老師看看吧。」

張凡不無遺憾地說：「隨你了。你乍到北京，開展工作有些困難，要不要我幫你介紹些人認識一下啊？」

傅華笑了笑說：「老師，你對我真是太好了。不過，我目前的工作還沒有什麼頭緒，也不知道該找那些方面的人。」

張凡想了想說：「像沒頭蒼蠅一樣亂撞也不好，你想先從哪些方面入手？」

傅華談了工作思路，張凡點了點頭：「你的想法是對的，可是項目也好、客商也好，都不是可以一蹴而就的。」

傅華說：「這我也知道，但想打開局面，必須在短期內做出點成績來，因此我需要趕緊找到有用的資訊。」

張凡說：「去跟你的那些同學們聊聊吧，他們都在各部委，雖然目前職務不是很高，可是都是消息靈通人士，也許他們可以幫到你。」

傅華說：「我跟幾個同學之間還有聯繫，正好借這個機會聚一聚。」

「你真是的，到北京工作了也不事先說一聲，哥們兒好給你準備開個盛大的歡迎Party。」江偉接了傅華的電話，聽傅華講完情況，笑罵道。

江偉是傅華的大學同學，道地的北京人，在學校的時候跟傅華是鐵哥們兒，這些年傅華到北京也會跟他聚一聚，倆人的聯繫從未中斷。

傅華笑笑：「別拿商場那一套來忽悠我，我大小還是個官，要低調。」

江偉現在下海經商，在機場裏搞了一個什麼貨運公司，據說發展得還不錯。

江偉不屑地說：「嚇死人啦，你一個小小的駐京辦主任也算官哪?」

傅華笑了：「好了，我知道北京城是皇城，官員多如牛毛，我這個芝麻官都算不上的，自然不會在你眼裏。」

江偉說：「那倒是，傅華啊，我們哥倆一起幹吧，一個月給你三萬，年底再分紅，不比你幹什麼駐京辦好得多嗎?再說，這位置你不適合的。」

傅華說：「哎喲，你現在是大老闆了，連我都想剝削了？好啦，我目前還沒到要投奔你的時候。我打電話給你，是因爲北京這兒你比我熟，我想請請同學們，不知道該安排在哪兒？」

江偉說：「你來請，自然是在你們東海食府比較好，那裏的海鮮很新鮮，又符合你來自東海的身分。」

傅華說：「那就定在東海食府，到時候你一定要來啊。」

江偉說：「我鐵定到。哎，我問一下，你請老同學，有沒有請郭靜啊？」

傅華愣了一下，一段他很不願意再提的往事浮現在眼前。

郭靜和他曾經是大學裡最令人羨慕的一對情侶，郎才女貌。如果當初傅華不是因爲母親回到海川，他們倆現在很可能已經是一對恩愛夫妻了。

但遺憾的是，傅華離開了北京，當時郭靜一再提出要幫他請人照顧母親，希望他留在北京繼續學業；而郭靜也不肯爲了傅華，放棄繼續深造的機會，到海川去工作。倆人自此天各一方，一對情侶就此分手，彼此再沒有聯繫過。

一晃八年過去了，傅華聽說郭靜早已爲人妻，據說嫁入了一個很有背景的家庭，有一個聰明伶俐的兒子，生活得很美滿。

「江偉，你小子要揭我的瘡疤是吧？」傅華苦笑著問。他雖然不後悔當初做出的抉擇，可是他並沒有淡忘郭靜，沒有忘記郭靜在學校時帶給他的快樂，那可能是目前爲止他人生中最亮麗、最快樂的一段美好時光了。

可惜的是，愛情的力量並沒有書上說的那麼偉大，傅華和郭靜最終都沒有選擇愛情。

江偉說：「老同學，那一頁已經掀過去很久了，你怎麼還念念不忘呢？」

傅華說：「既然已經掀過去很久了，那就不要再提了，郭靜現在過得很好，我們就沒必要再去打攪她平靜的生活。」

「何必呢，日後大家都在北京混，總有見面的一天。你這麼遮遮掩掩，反而顯得不大氣。」

「這一次就算了吧，我還沒有心理準備。下次吧，下次我再安排同學聚會，一定邀請郭靜。」

第三章

舊愛重逢

門被推開了，兩個女人一前一後走了進來。
真是越不想什麼就越來什麼。郭靜，對，就是郭靜！
他一下子站了起來，腦海中曾經很多次設想過再見到郭靜的情形，
卻從來沒想到會是這樣跟郭靜重逢。

東海食府，八仙廳。

傅華笑容滿面跟他大學的同學們攀談著。他邀請的都是留京工作的男同學，有商務部工作的杜鵬，有發改委工作的蔣浚，有民政部工作的矯捷……十幾個男人回憶起他們在學校的那段青春歲月，不時有人講到了當初學校的趣事，便會引起滿屋人的一陣大笑。

傅華看看他邀請的人都到了，便對服務小姐說：「人到齊了，可以開始了。」

坐在陪客位置上的江偉卻對小姐擺了擺手：「先等等，還有人要來。」

傅華懷疑地看了江偉一眼：「我請的人都到了，你還要等誰啊？」

江偉笑笑：「今天下午陶莎去我那兒辦事，聊起你來，我就告訴她晚上你要請同學聚會，讓她一起來。」

陶莎也是傅華他們一班的同學，她跟郭靜是好朋友，因此畢業後，她和傅華基本上沒有什麼聯繫。

傅華很怕陶莎會將郭靜帶來，便有些不滿地說：「江偉啊，我們這是男人們聚會，你叫女同學來幹什麼？」

江偉笑笑：「大家都是同學，她不正好趕上了嗎？再說有個女人點綴，我們的聚會才會更有意思啊。怎麼這麼晚還沒來？我給她打個電話，到底來還是不來了？」

江偉撥通了電話，門外適時響起了一陣手機鈴聲，門被推開了，兩個女人一前一後走了進來，前面的女人笑著說：「江偉啊，你催什麼，你不知道女人有遲到的權利嗎？」

傅華笑了，說：「陶莎，這麼多年不見，你的嘴巴還是這麼不饒人啊。」

陶莎指著傅華說：「傅華，你也是，怎麼能一見面就這麼說我呢？再說，你叫老同學聚會，怎麼不通知我？你忘了我們是同學了嗎？」

傅華尷尬地笑了笑：「我沒忘，只是時間倉促，所以我只通知了幾個還聯繫得上的同學，不好意思啊。」

陶莎笑著說：「別說好聽的了，我猜你也想不起我來。不過，她你不會也忘了吧？」說著，陶莎閃到了一邊。

傅華看到了她身後一起走進來的女人，越不想什麼就越來什麼，郭靜，對，就是郭靜！

他一下子站了起來，腦海中曾經很多次設想過再見到郭靜的情形，卻從來沒想到會是這樣跟郭靜重逢。

眼前的郭靜與他記憶中的郭靜有了很大的差別，她褪去了青春少女的青澀，顯出幾分少婦的成熟和豐腴。

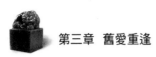

傅華一時腦海裏一片空白，他不知道該如何開口跟郭靜打招呼，他平日豐富的辭彙都不知跑到哪裡去了，半天才口不擇言地說：

「郭靜，你怎麼來了？」

說完這句話，傅華不由得在心裏暗罵自己，這說的是什麼屁話啊。

郭靜雍容地笑了笑：「你們不是同學聚會嗎？傅華，你不歡迎我來嗎？」

「不是，不是。」傅華慌忙搖著頭，想要解釋，一時卻不知道如何措辭，臉急得通紅。

江偉站了起來，笑著說：「不是啦，郭靜，傅華只是沒想到你會來而已。」

江偉的插話讓傅華得到了一些緩衝空間，他恢復了思考的能力，看了江偉一眼，用眼光詢問這一切是不是江偉安排的，江偉輕輕搖了搖頭，示意這一切他事先並不知情。

傅華穩定了一下情緒，笑了笑：「是，郭靜，我真是沒想到你會來。」

郭靜看了傅華一眼說：「陶莎說晚上你安排同學聚會，叫我一起來看看，怎麼，你來北京工作了？」

傅華點了點頭：「我現在是海川市駐京辦主任，今後要長期留在北京了。」

江偉說：「我先來說兩句吧，傅華這些年因為家裏的緣故，過得很辛苦，現在他來北京發展，大家同學一場，要多幫幫他，尤其是你們這些在部委工作的，有什麼專案、資訊，要多想著點我們的老同學。」

杜鵬、蔣浚等人紛紛表示一定會留意。傅華作了一個羅圈揖：「我這裏先謝謝各位啦。」

作完揖，傅華請陶莎和郭靜坐，杜鵬就起鬨要郭靜坐到傅華身邊，說：「你們多年沒見，坐近點好敘敘。」

郭靜堅決不肯，堅持和陶莎坐到了靠近江偉的地方。

傅華讓服務小姐正式開席，席間傅華刻意不去看郭靜，有時不小心目光接觸到一起，就慌忙的閃開。

大家都是同學，平常又各忙各的，很難湊到這麼多人在一起，席間顯得十分熱鬧，你來我往的敬酒，散席的時候，傅華已經有些微醺了。

傅華和江偉一一送同學離開，臨到郭靜和陶莎時，郭靜伸手跟傅華握手：「老同學，很高興再次跟你見面，伯母身體還好嗎？」

傅華苦笑了一下：「前些日子她已經走了。」

郭靜心頭百味雜陳，沒有傅華的母親，她跟傅華可能是另一個樣子。她也苦笑了一下說：「我說呢，你怎麼會到北京來了。你已經爲她做出了很多，節哀吧。」

傅華說：「謝謝。」

郭靜說：「我現在在信產部電子司，有時間過去坐坐。」

傅華心知自己不會去看郭靜的，可是他也不想做得太過於絕情，就說：「好的。」

郭靜又看了傅華一眼，想說什麼，卻無話可說，搖了搖頭，轉身和陶莎離開了。

傅華看著郭靜離開，心裏悵然若失。一旁的江偉拍了拍他的肩膀：「別惦記了，人家已經是別有懷抱了。」

傅華覺得江偉這麼說褻瀆了郭靜，不高興地說：「你瞎說什麼呢。」

江偉笑了：「好啦，不說她了。接下來做什麼？」

傅華說：「還做什麼，各自回家吧。」

江偉說：「那怎麼行，走走，我帶你見識一下北京美好的夜生活吧。」

傅華說：「我不去，去那些地方幹什麼？」

江偉笑了：「老兄啊，你現在是駐京辦主任，不熟悉一下未來你要戰鬥的陣地怎麼行？別跟我磨嘰了，我帶你去見識一下北京最頂尖的娛樂場所，政商名流雲集的地方。」

傅華說：「什麼地方啊？」

江偉說：「仙境夜總會，據說原來是一個臺灣大老開的，後來轉到一個香港老闆手裏。走，我帶你去見識一下。」

傅華說：「既然有這樣好的地方，爲什麼不帶剛才那些同學一起去樂樂？」

江偉說：「老兄，你知道什麼？那裏一個人進去，最少要五千塊錢才能出得來，你來買單？」

傅華吐了一下舌頭，他知道這筆賬在駐京辦是報不了的，就說：「那還是算了吧。」

在仙境夜總會的包間裏，江偉給了服務小姐五百塊小費，然後又點了一千塊小費給了公關經理，笑著說：「我這兄弟第一次來仙境，能不能安排他見見初茜小姐？」

女經理苦笑了一下，說：「江總，你又不是第一次來，應該知道要找我們初茜，可是要事先預約的。」

傅華看了江偉一眼，心說：「什麼人這麼難見哪？」

江偉說：「我知道初茜小姐很難見，可是就不能爲我這兄弟破破例？」

女經理說：「真的不行，初茜已經跟客人離開了。不過，孫瑩小姐在，是不是可以叫她來？」

江偉說：「也只好這樣了，你再幫我把羅音找來。」

女經理陪笑著說：「好的，好的，我馬上去安排。」

女經理出去了，江偉對傅華說：「本來想安排你見見這裏的花魁，可是排不上，這個初茜是個人物，以後有機會再安排你見見她，神通廣大啊。不過孫瑩也不錯，是這裏四大頭牌之一。」

傅華問：「羅音是你的相好嗎？」

江偉笑了笑：「是，小女生挺乖巧的。對了，這裏是正規場合，只能聊天，想要做什麼別的，要看你跟小姐商量了，這個你要清楚。」

傅華笑笑：「我本來就是被你強拖來的，我沒想要做什麼。」

江偉說：「傅華啊，你跟我說實話，你到底經歷沒經歷過女人？」

傅華臉紅了一下：「瞎說什麼呢？」

江偉說：「我很好奇，當初你跟郭靜有沒有到那一步？」

傅華急了：「我不准你褻瀆郭靜。」

江偉邪邪地笑了：「我說呢，這些年沒女人你是怎麼熬過來的，原來你根本沒嘗過女人的滋味，還是處男一個啊。哈哈，有意思。」

傅華說：「不說這個話題行不行？」

江偉說：「好了，不說這個了。小姐，給我們開瓶軒尼詩XO。」

小姐爲倆人開了酒，江華又點了果盤、瓜子之類的。

包廂門被敲響了，兩名美女走了進來。

令傅華大感意外的是，這兩名美女衣著都很合體，恰到好處的襯托出她們曼妙的身材之外，竟一點不顯暴露，而且倆人的一舉一動盡顯高雅。這種高雅的氣質可不是一時一刻就可以培訓出來的，倆人似乎都受過很好的教育。

其中一名美女認出江偉，叫了一聲江總，就坐到了江偉身邊。另一名美女隨即坐到傅華身旁，笑著說：「你好，我是孫瑩，很高興認識你，不知道怎麼稱呼？」

江偉在一旁替傅華回答說：「這位是傅總。」

傅華衝著孫瑩笑笑，說了一句「你好」，算是示意了。

江偉說：「別乾坐著了，來，小姐，把骰子和骰盅拿來，我們搖骰子喝酒。」

小姐給四個人每人一個骰盅一副骰子，傅華還沒玩過這種遊戲，在江偉示範了幾次之後，他才慢慢懂得了怎麼玩。

真正玩下來，傅華才發現原本看上去很簡單的遊戲其實很複雜，每人六個骰子能搖出來的組合千變萬化，加上玩遊戲的人虛虛實實，讓人很難判斷真假。

他是新手，不比江偉、羅音、孫瑩久經沙場，幾番下來，自然都是輸家，不得不接連喝酒，原本就有些微醺的他不久就酩酊大醉，不省人事了。

醒來的時候，傅華感覺頭就像裂開一樣難受，他使勁地睜開眼睛，一個美女偎在他懷裏睡得正香，再往下看，兩人身上都是光溜溜，幾乎是赤裸的。

傅華「啊」的驚叫了一聲，一下子坐了起來。

美女被他的叫聲驚醒了，睡眼惺忪地看著他說：「別鬧啦，昨晚你已經折騰了大半夜了。」

傅華腦海裏一片空白，他想不起這個女人的名字，就問道：「你是誰，爲什麼在我房間裏？有沒有對我做過什麼？」

美女呵呵笑了起來：「想不到你還這麼幽默，我們一男一女在一個房間裏，要做什麼也應該是你對我做，還問我有沒有對你做過什麼？呵呵，你真有意思。」

傅華越發慌亂：「我真的對你做過什麼嗎？我怎麼腦子裏一片空白，什麼都不記得了？」

美女看了傅華一眼：「你朋友說你是處男，看來還是真的。呵呵。」

傅華摸了摸腦袋，他的腦海裏開始回憶起昨晚的一些事情，好半天想起來昨晚和江偉、羅音、孫瑩在仙境夜總會喝酒。

「對了，你是孫瑩是吧？」

美女點了點頭：「你總算清醒了。」

傅華說：「江偉呢？他去了哪裡？我怎麼會跟你在一起？」

孫瑩說：「江偉帶羅音走了，他讓我照顧你。」

傅華覺得自己這麼裸著身子很不好意思，開始找衣服：「我的衣服呢？」

孫瑩笑了：「怎麼，帥哥，不好意思啊？」

傅華臉紅了，問道：「我昨晚真的對你做過什麼嗎？」

孫瑩曖昧地笑笑：「你做過的事情太多了。」

傅華拍了一下腦袋：「嗨，我怎麼這麼混賬呢？對不起，對不起，我酒後失去了控制。」

孫瑩笑笑說：「你朋友付了錢，不就是讓我們做些什麼嗎？我就是做這個的，你沒有對不起我啊。」

傅華說：「江偉這個傢伙，他明知道我喝醉了，還讓你來照顧我，這不是害我嗎？」

孫瑩呵呵笑了：「你別急，我騙你的，你昨晚喝得太多了，不省人事，吐得你和我滿身都是，我好不容易才把你弄乾淨。你上床就睡，根本就沒做過什麼。」說著，孫瑩撫摸著傅華的胸肌：「你好健壯啊，現在你清醒了，我們是不是該做點什麼呢？」

傅華一下子閃開了：「還是不要了，我的衣服呢？」

孫瑩笑笑：「你的朋友已經付過錢了，你不用擔心的。」

傅華苦笑了一下：「不是錢的問題，快告訴我，我的衣服呢？」

「你的衣服都被吐髒了，脫在洗手間裏，不能穿了。」說著話，孫瑩從後面抱住了傅華：「帥哥，你不用害怕，我會讓你很爽的。」

傅華像觸電似的顫抖了一下，趕忙掙脫開來，跑進了洗手間，果然見到自己的衣服堆在角落裏，打開一看，一陣刺鼻的酒味讓他有想吐的感覺，看看上面黃黃綠綠都是嘔吐物，傅華知道這套衣服沒辦法穿出去了，就在架子上抓了一條浴巾圍住了下身，又拿了一條浴巾出來，扔給了孫瑩。

孫瑩看了傅華一眼：「怎麼，看不上我？」

傅華搖了搖頭：「我不是這個意思，我只是不喜歡這種方式。」

孫瑩苦笑了一下：「是不是嫌我很賤啊？」

傅華再度搖了搖頭：「人都有選擇自己生活方式的自由，我不想褒貶什麼。我看了一下，那些衣服確實被我吐髒了，沒辦法穿了，現在的問題是，我們要怎麼離開這裏？」

孫瑩說：「我可以讓我的姐妹把我的衣服送過來，你呢？」

傅華想了一下，他是不可能讓駐京辦的人送衣服來的，看來只好麻煩江偉了，就說：「我找江偉吧。」

撥了江偉的電話，卻打不通，看來昨晚江偉肯定睡得很晚。

孫瑩卻很快撥通了姐妹淘的電話，過了半個小時，一個女子就給孫瑩將衣服送了過來。

孫瑩在洗手間裏換好了衣服，將一疊錢遞給了傅華：「既然我們沒做過什麼，這錢我就不能收你的了。」

傅華將錢推了回去：「這個你還是留下吧，當賠償你的衣服好了。讓你照顧了我一夜，真是不好意思。」

孫瑩還想推辭，傅華幫她將錢塞到了她的LV包裏：「就當我們交個朋友吧。」

孫瑩看了傅華一眼，拿出了一張名片遞給了傅華：「希望有時間我們能像朋友一樣在一起聊聊。」

傅華這回沒有推辭，將名片收下了：「不好意思，我剛到北京，名片還沒印好，你可以記一下我的電話。」

孫瑩就將傅華的電話拿了過去，撥通了自己的電話，響了幾聲之後又將電話遞還給了傅華：「我會打給你的，只是你可不要拒接啊。」

傅華笑著搖搖頭：「不會的。」

孫瑩笑笑：「那你在這兒慢慢等人來救你吧，我先走了。」

傅華點點頭：「那就再見吧。」

孫瑩走後，傅華繼續撥打江偉的電話，卻一直撥不通，他在北京又沒有別的合適人可找，只好過一段時間就撥打一次，直到中午十二點，江偉的電話才打通。

聽傅華講完情況，江偉哈哈大笑：「兄弟啊，你夠有意思的。」

傅華笑罵道：「別笑啦，都是你這傢伙弄的，趕緊給我送套衣服來。」

江偉說：「好的，我馬上給你買套衣服送去。」

傅華放下電話，苦笑了一下，心說我這弄得什麼事啊，昨天請了半天客，雖然大家都說會幫忙，可真正有用的訊息一點都沒有弄到，還搞得自己狼狽地被困在酒店裏。

過了一個小時，江偉才帶著買來的衣服來了，傅華匆匆換好了衣服，就要回辦事處，江偉說：「我送你。」

上了車，江偉笑著問：「怎麼樣，孫瑩這小妞兒夠勁吧？」

傅華笑了笑：「夠勁什麼，我昨晚喝醉了，什麼都沒做。」

江偉叫了起來：「靠，我可是付了好幾千塊的，你白白辜負了良宵美女啦。」

傅華臉板了起來：「日後不准再跟我玩這種把戲，否則別說我不認你這個兄弟。」

江偉笑笑：「我不是想讓你嘗嘗女人的滋味嗎，看你那臉板的。」

傅華捶了江偉一拳：「你這傢伙，還是改不了你的邪性。」

回到辦事處，羅雨找了過來，將一份快遞交給了傅華：「傅主任，你的快遞，下午剛收到的。」

傅華接了過來，信手拆開，見裏面是一份關於臺灣融宏集團的研究報告。

融宏集團是臺灣一家生產電子設備的大型企業，在世界五百強之中排名一百零一位。融宏集團的老總陳徹看到了大陸經濟發展迅猛，各方面的法律制度日益完善，加上廉價的勞動力、優惠的土地和稅收政策，最近幾年開始大規模的進軍內地，在廣東深圳一帶投下鉅資設廠，意圖讓企業搭上大陸發展的高速列車。

快遞裏的研究報告分析了融宏集團近幾年的相關資料，就未來幾年融宏集團的發展走向進行了預測，得出結論說未來幾年，融宏集團一定會加大在大陸的投資，其規模會呈幾何級數般增長。

這倒是一個很有用的資訊，融宏集團加大投資規模，肯定還會在大陸設廠，如果能夠接觸上陳徹，將陳徹請到海川，這對海川市的招商引資工作會是一個莫大的成績。

但是，目前並沒有管道可以建立跟融宏集團的聯繫，此外，就算跟融宏集團建立了聯繫，陳徹也不一定會投資把工廠建在海川市。因爲融宏集團已經在廣東深圳一帶建立了廠區，讓他棄廣東而選擇海川，這裏面有很多不利的因素，尤其是產業配套問題，因此可能性並不大。

而且，陳徹在臺灣是頂級的富豪，在大陸打交道的都是很高層面的官員，傅華幾次在新聞聯播中見過他，都是副總理或者國務委員接待他的來訪。自己一個小小的副處級駐京辦主任想要約見他，會不會人家根本就不屑一顧呢？

關鍵問題是，現在就算陳徹願意見自己，自己也不掌握他的行蹤啊，這有點老虎吃天，無處下口的感覺。

誰寄了這一份快遞給自己啊？傅華拿過快遞信封，見上面寄出者一欄寫著信產部電子司，便知道是郭靜寄過來的。

傅華心中暖了一下，還是郭靜最關心他，可是單單一份研究報告是沒什麼用處的，這後面一定還隱藏著什麼可用的自己不知道的資訊。

傅華笑了，郭靜還是喜歡玩這種女人的小心機，這是想要自己打電話給她啊。

看看信封上果然留有一個寄出人的手機號碼，傅華深吸了一口氣，他經不住這份研究報告的誘惑，畢竟這可能是一個機會，雖然更可能是一個達不到目的的機會，他撥通了這個號碼。

「你好，哪位？」曾經那麼熟悉的聲音再次在耳邊響起，傅華心潮起伏，一時無語。

「哪位？說話啊？」

「是我，傅華，你的快遞我收到了。」

「哦，怎麼樣，對融宏集團感興趣嗎？」

傅華笑了：「當然感興趣了，只是這麼大一塊餅，我怕吃不下。而且你也沒告訴我，這塊餅在哪裡啊？」

郭靜笑了：「餅當然在北京，今天上午我在司裏得到的最新消息，陳徹將在三天後造訪我們司，要探討一些電子產業的政策問題。」

傅華說：「這倒是一個時機，你有機會幫我引薦嗎？」

郭靜說：「沒機會，我跟陳徹並不熟，沒辦法幫你安排什麼。傅華，我只能提供這個消息給你，其他要靠你自己。說實話，我也覺得你拿下陳徹的機會不大。不過，據我瞭解，融宏集團董事會最近通過了加大在大陸投資的議案，今年可能要在大陸新增投資三十二億美金。」

「三十二億美金，這麼多？」傅華驚叫了起來。

這對一個地級市來說可不是一個小數目，如果能夠引資成功，將是傅華主政駐京辦放出的一顆大衛星。就算對於曲煒來說，亦將會是一筆濃墨重彩的政績。

郭靜說：「是啊，所以我覺得你不去爭取太可惜了。」

傅華決心力爭這個融宏集團落戶海川市，說：「那你知道陳徹來北京會住在哪裡？」

郭靜說：「他一向住崑崙飯店的。」

傅華說：「那好，我想辦法爭取跟陳徹見上一面，看看有沒有機會讓他們新增的投資落戶海川。謝謝你了，郭靜。」

「跟我還需要這麼客氣嗎？」郭靖幽幽地說。

傅華說：「你這個消息可能幫我們駐京辦徹底扭轉局面，應該謝謝的。」

郭靜說：「不要跟我客氣啦，但願你能成功。」

傅華說：「你放心吧，我能行的。」

郭靜呵呵笑了笑，她腦海裏浮現出傅華當初在學校神采飛揚的樣子，似乎全天下都在他掌握之中，那種近乎狂妄的自信至今仍然令人心動不已，可惜……

郭靜沒再說什麼，就掛了電話。

傅華放下電話，就把駐京辦的全體人員都召集起來開會。

雖然他在郭靜面前自信滿滿的，但實際上，他心中並不確切知道下一步應該怎麼做，因此他把屬下召集來商量對策。

在會上，傅華先報告了融宏集團老總要來北京的情況，說出了他想爭取讓融宏集團未來的投資落戶海川的打算。

「哈哈，」林東笑了起來：「融宏集團？傅主任，你知道這融宏集團是多大的企業嗎？你知道融宏集團老總陳徹有多少身價嗎？」

傅華瞅了林東一眼說：「這有誰不知道的嗎？五百強企業、華人世界的頂級富豪。」

林東不屑地說：「既然知道，那傅主任就更應該知道我們爭取融宏集團落戶海川的機會微乎其微，我們還做這無用功幹什麼？」

劉芳接著林東的話說：「是啊，這些臺灣富豪出行都是保鏢、助理一大堆，我們根本連接觸的機會都沒有，又從何談起讓融宏集團落戶海川？」

傅華冷笑了一聲：「我現在明白爲什麼駐京辦這幾年一直做不出成績來了，問題就出在大家的工作態度上。什麼事情都還沒做，就說這樣不行那樣不行，你不去試試，又怎麼知道不行？我們駐京辦要爭取融宏集團確實存在著很大困難，但正是因爲有困難，我們才要去努力克服。如果只是消極等待，我們的工作什麼時候才能有起色？」

林東的臉紅一陣白一陣，低下了頭，事實擺在眼前，他無從反駁。

傅華也不管他，接著說道：「我決定要爭取這個機會，所以我要求全體工作人員圍繞融宏集團都給我動起來。林主任，我要你重新做招商資料，你做好了嗎？」

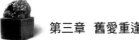

林東說道：「還有些地方待完善。」

傅華說：「加快進度，必須趕在陳徹來北京之前完成。」

林東說：「好的。」

傅華又轉向了羅雨：「小羅，這幾天，你給我全力搜集融宏集團和陳徹的資料，越多越好。」

羅雨點了點頭：「好的。」

「越快越好。」傅華又補了一句。

羅雨說：「我明白。」

傅華又看了一眼劉芳：「劉姐，你看看能不能在崑崙飯店找到熟人，我們要第一時間知道陳徹的行蹤。」

劉芳說：「可以，我跟他們家櫃臺經理很熟。」

傅華掃視了一下在場的人，說：「這幾天大家就辛苦一下，要全力以赴，力爭把這件事情辦好。拜託啦。」

第四章

財團招商

傳華自稱是海川市駐京辦的主任，在陳徹印象中，應該算是一名政府官員，
以他對政府官員的認識來看，這份資料很可能只是一種官面文章，
他是一個注重實際的人，如果這篇文章是這樣，可就大煞風景了。

三天後，崑崙飯店的內線傳來了消息，陳徹入住了。傅華帶著羅雨和司機小王，就趕往崑崙飯店。

在大廳，他們找了一個位置坐了下來，傅華想在這裏等待陳徹外出時，伺機跟他交流一下。

可能是陳徹第一天到，需要休息，傅華一直等到了午夜，也沒等到陳徹。

第二天，傅華又帶著羅雨和司機來到了崑崙飯店，他沒有別的辦法聯繫上陳徹，只好採用這種最笨的守株待兔的方法來等陳徹。

不過，最笨的辦法有時其實也是最好的辦法，到了上午十點，電梯門打開，兩名精幹的保鏢走出來看了看四周，見沒什麼情況，陳徹這才從電梯裏面走了出來。

傅華這幾天一直在看陳徹的資料，陳徹的形象早就印在腦海裏，此時一見，立刻站了起來，迎著陳徹走了過去：

「陳先生，我是東海省海川市駐京辦的傅華，能不能給我一分鐘時間談一談？」

陳徹根本就不理會傅華，仍舊目不斜視地往外走，他身旁的保鏢和助理自動的在傅華和陳徹之間形成了一道人牆。

一名男助理很有禮貌地說：「請不要打攪我們陳董。」

傅華不好跟保鏢和助理造成肢體衝突，只好眼看著陳徹走出飯店的大廳。

跟在傅華身邊的羅雨，看了看傅華，問：「陳徹根本不理我們，怎麼辦？」

傅華笑了笑：「怎麼辦，當然是跟著陳徹啊，走。」

三人出來上了車，不即不離地跟在了陳徹的車隊後面。他想等待陳徹下車的機會。

陳徹是個工作狂，他旋風般拜訪了幾個部委，傅華雖然跟在陳徹車隊後面，但這幾個部委，他的車連門都進不去，更別提要堵截下車的陳徹了。他只能老老實實待在部委大門外面，等待陳徹的車隊出來，再像尾巴一樣黏上去。

一晃十幾個小時過去了，跟在陳徹車隊後面的傅華和羅雨、小王三人是又累又餓又渴，傅華心想：下次如果再要這樣盯梢，一定要事先把水和食物準備好，否則還沒盯完梢，自己就要先犧牲了。

傅華心裏也不得不佩服陳徹，這個據說五十九歲的人精力竟如此充足，連續轉了十幾個小時，也沒見他有要休息的意思，看來資料上說陳徹在融宏公司一工作起來就是十六個小時是準確的。

陳徹的車終於進了崑崙飯店，傅華知道這是今天能跟陳徹交談的最後機會了，他使勁地搓了幾把臉，讓自己的精神抖擻起來，然後車一停，就朝陳徹的車衝了過去，嘴裏叫道：「陳先生，我只需要一分鐘，我只跟你談一分鐘，絕對不打攪你休息的。」

陳徹的保鏢和助理正開了車門，準備讓陳徹下車，見傅華這個樣子，保鏢和助理合上了車門，再次衝過來要阻擋傅華。

傅華不管不顧，邊往裏衝邊喊道：「陳先生，你給我一次機會，我只耽擱你一分鐘。」

保鏢和助理衝到了傅華身邊，抓住傅華的肩膀就想把他拖開，這時，一個洪亮的聲音喊道：「等等，放他過來。」

聽到這個聲音，傅華心裏狂喜，陳徹終於開口了。

保鏢和助理見陳徹發話了，鬆開了傅華的胳膊，傅華連忙快步衝到了陳徹的車前，陳徹已經將車窗搖了下來，傅華問候道：「陳先生您好。」

陳徹笑著把左手腕伸了出來，右手在手腕戴的手錶上面點了點：「你只有一分鐘。」

傅華說：「我知道，我會遵守時間的。陳先生，我知道融宏集團將要在大陸擴大投資規模，我希望您能考慮把新廠建在我們海川市，理由有兩點，一是，您再給一個吃飽了的人山珍海味吃，他也不會感謝您，但是您給一個餓極了的人一碗白飯，他會感激您一輩子。廣東深圳已經是吃飽了投資的地方，而我們海川市現在還餓著；二是，從投資家的角度看，不要把雞蛋都放到一個籃子裏去，否則不利於風險控制。因此選擇海川市建廠，更有利於融宏集團的發展。我的話講完了，希望陳先生考慮一下。」

陳徹莞爾一笑：「不錯啊年輕人，看來你做了功課了，一分鐘還沒用完。」

傅華笑笑：「我說了，我會遵守時間的，我也知道陳先生的時間寶貴。」

陳徹笑了：「你這兩點理由確實很吸引我，不過，你總不會只拿這兩點理由就想說服我去你們海川市投資吧？」

傅華說：「當然不會，我這裏有海川市的基本招商資料，以及融宏集團在海川市投資建廠的可行性報告，請陳先生讓你的手下放我的助手過來，資料在他那裏。」

陳徹揮手示意，羅雨這才被放了過來，傅華就把羅雨帶的新做的海川市招商資料和他費了幾個晚上寫出來的可行性報告遞給了陳徹。

陳徹將資料遞給了助理，然後笑著對傅華說：「年輕人，資料我會認真看的，現在可以放我去休息了吧？」

陳徹回到房間，讓助理將傅華準備的資料留下，他想在睡前看一看。

想到傅華爲了跟自己談上一分鐘，竟然尾隨了自己十幾個小時，陳徹臉上露出了讚賞的微笑，現在很難找到做事肯這麼拼的年輕人啦。

現在的年輕人也不知道是怎麼了，浮躁，急功近利，做事情喜歡一蹴而就，受點挫折就打退堂鼓，看到像傅華這樣做事有準備、不輕言放棄的人，陳徹自然就有一種好感，因為他也是這樣的一個人，看到傅華，他感覺就像看到了自己的影子。

陳徹想到當年自己也是為了得到ＩＢＭ的一筆訂單，在ＩＢＭ面前等候一位掌握訂單的工作人員，當時人家也是對自己不理不睬，可是自己在ＩＢＭ門前足足等候了那個人十一天，才打動那個人給了自己第一筆訂單。

融宏集團就是這樣跟國際大廠建立起合作，自此一發不可收拾，也成為跟ＩＢＭ一樣的世界五百強企業。今天這個傅華學足了自己當年的作風，不過他運氣比較好，第一天自己就給了他機會，而不用等候十一天。

陳徹輕輕敲了一下傅華的資料，他有些猶豫是否真的要自己親自看，傅華自稱是海川市駐京辦的主任，這在陳徹印象中，應該算是一名政府官員，而以他對政府官員的認識來看，這份資料很可能只是一種說空話、說套話的官面文章，他是一個注重實際的人，很討厭假大空那一套。如果這篇文章是這樣，可就大煞風景了。

應該不會，看今天傅華優異的表現，相信這份資料一定不會是空洞的。陳徹笑了笑，翻開了報告的第一頁，馬上他就被報告的內容吸引住了。

這是一份很有戰略眼光，又有實際數據支持的一份報告，陳徹一口氣讀完，心裏忍不住讚了一聲好，想不到大陸基層官員中還有這樣優秀的人才。

報告並沒用什麼漂亮的詞藻，也沒講什麼大道理，只是實際分析對比了海川市和廣東深圳一帶的投資環境，指出了有投資拉動的廣東沿海一帶，經濟已出現疲態，投資讓廣東沿海一帶經濟飛速發展，也帶來了物價的上漲，造成當地生活成本和生產成本高漲。造成的後果就是人力的短缺，因爲再在廣東沿海打工，變得收入菲薄，不足以吸引民工千里迢迢趕過來。

同時區域內項目投資的飽和，也讓當地政府的胃口變得刁鑽起來，土地資源相對的減少，讓一些原本的土地和稅收優惠減少或者取消，有的地方官員甚至提出什麼騰籠換鳥的口號來，對一些對當地經濟帶動程度相對低的企業表示出了不歡迎甚至驅趕的態度。

相對來說，海川市優勢就很明顯了，這裏也是沿海地區，交通四通八達，經濟相對比較進步，相比西部地區，經濟和法律制度比較完善，同時這裏可提供大片可開發的土地，地方官員渴望得到外來的投資，而且東海省及周邊的幾個省都是人口大省，人力資源豐厚。

關鍵是傅華的報告，針對融宏集團在海川市建廠可能面臨的困難，提出了三條解決方案：第一條，海川市政府會爲融宏集團提供土地優惠和稅收優惠，並將在融宏集團選定的廠址附近爲融宏集團預留部分土地，爲將來融宏集團後續建設留足空間；第二條，海川市政府願意承攬融宏集團建廠前期的招收工人的工作，確保融宏集團有足夠的人力資源建立新廠；第三條，關於新廠的配套問題，傅華認爲如果融宏集團落戶海川市，原本給融宏集團做配套的企業，也一定會跟隨融宏集團北上，海川市一定會爲這些企業做好服務工作，確保完善解決融宏集團的配套問題。

這三條，每一條都說到了陳徹心裏去了。

最近一段時間，他一直在考慮新廠的選址問題，傅華說的這三個方面一直困擾著他。融宏集團已經落戶的廣東深圳一帶的地方政府，對他想要在當地擴大規模並沒有表現出十分熱情，甚至有的地方政府委婉的表達出不願意接受融宏集團新的投資的意思，這讓陳徹也不得不重新考慮融宏集團的戰略部署。

再是人力資源也是個大問題，廣東和深圳一帶目前出現了民工荒，雖然不至於影響目前融宏集團的生產，但是要爲新廠準備足夠的工人，還真是一個大問題。

也許傅華提出到海川市去建廠未嘗不是一個好的思路，陳徹暗自決定，要安排時間去海川市看看，同時，陳徹對傅華這個人產生了濃厚的興趣，這個年輕人不但做事認真，不屈不撓，而且眼光獨到，有大局觀，是一個不可多得的人才，如果能延攬到身邊來該多好。

陳徹抓起電話，想要打電話給助理，讓他安排明天傅華來見自己。但他剛按了一個數字鍵，就把電話又放下來了，他不想讓自己表現得過於急躁。做生意不等於交朋友，朋友如果一見傾心，自然會急於跟對方表達自己對他的好感；但做生意就不同了，做生意有時候越是對對方感興趣，越是要壓抑這種好感，從而避免對方就地起價。

說到底，傅華跟自己談的是一場生意，生意就要有生意的做法。陳徹決定先冷落傅華一下，不要讓傅華看出他心中實際上已經認定要去海川投資，這樣將來融宏集團跟海川市坐到談判桌上的時候，也可以多一些談判的籌碼。

陳徹狡黠地笑了，他合上了資料，上床休息了。

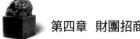

傅華看著陳徹一行人離開，臉上這才露出了得意的笑容，身旁的羅雨笑著說：「傅主任，你真行，陳徹你都搞得定。」

傅華說：「小羅啊，搞沒搞定還要看後面陳徹是否會約見我，眼下只是完成了第一步。」

羅雨說：「我看後面的事情是順理成章的，我們下了這麼大的功夫，陳徹應該看得到。」

傅華心裏也覺得陳徹沒有理由不再跟自己接洽，就笑笑說：「那就等著他來找我們吧。」

第二天，傅華打電話給曲煒，他覺得事情已經有了眉目，應當跟曲煒彙報一下，特別是他給陳徹的可行性報告中，提到要為陳徹的融宏集團招募員工的事情，這個在海川市原本制定的招商政策中並沒有，是傅華自作主張提出來的，主要是考慮到陳徹在這方面肯定存在一定的困難，如果加上這一條，更能吸引陳徹。

曲煒聽完傅華的彙報，興奮地問：「你是說臺灣的融宏集團？」

傅華說：「是，我剛跟融宏集團的陳徹董事長見過面，他答應會認真考慮我的建議。我想他應該很快就會約我見面，所以有些事情先向您請示一下，比如員工的招募事宜，我是否可以作主答覆他？」

曲煒說：「當然可以啦，現在好多大省都在做這項工作，如果這麼做能將融宏集團引進來，何樂而不為。傅華，不錯啊，剛到駐京辦就有了這麼大的進展。」

傅華笑笑：「曲市長，我是您一手帶出來的，不能給您丟臉啊。」

曲煒笑了：「學會說奉承話了，這可不好，不要跟駐京辦那些人學這一套。」

傅華說：「哪裡，我是真這麼想的。」

曲煒說：「好了，這件事情你要全力以赴，如果需要我出面，跟我說一聲，我會去北京跟陳徹談一談的。」

傅華也覺得必要時一定要請曲煒出面，一來，商場有些地方是跟官場一樣，合作的雙方是很講究身分對等的，自己一個小小的駐京辦主任，無論如何跟陳徹這五百強的董事長的身分是對等不起來的；二來，真正要談判，很多事情必須要說了算的人來拍板，這也是必須曲煒這個市長親自出馬的。

傅華說：「您放心吧，我一定盡全力做好這次招商引資工作。」

曲煒說：「有什麼最新進展，隨時向我彙報。」

傅華說：「好的。」

隨後兩天，傅華都是在焦灼的等待中度過，他在等待陳徹和融宏集團約他見面的電話，可是讓他失望的是，陳徹和融宏集團一點音訊都沒有，根本就沒跟他聯繫的意思。期間曲煒還打電話來，詢問事情的進展，聽到融宏集團沒有回音之後，曲煒笑著安慰傅華：「你也不要太當回事情了，也許陳徹對建廠早就有別的安排了。」

傅華心裏明白曲煒對這件事情也是很關注的，不免責怪自己做事不穩重，爲什麼要急著把這件事情告知曲煒，等事情真正有了眉目再說多好。現在好了，曲煒一定認爲自己初次上陣，只有一股衝勁，不夠成熟。

第三天上午很快就過去了，傅華幾乎要絕望了，因爲他從崑崙飯店瞭解的訊息是，陳徹已經訂好了隔天上午的機票，這個時候融宏集團還沒有電話跟自己聯繫，說明自己所做的報告並不對陳徹的胃口。

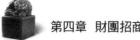

「沒有道理啊，」傅華在心裏一遍遍地問，「什麼地方沒考慮到嗎？」他的自信心開始動搖了。

這時他才意識到，可以左右陳徹決策的因素很多，幾句話和一份薄薄的報告恐怕難以讓陳徹決定選擇海川市。

陳徹這隻老狐狸，在自己面前作出一副很感興趣的樣子，實際上可能連那份報告看都沒看吧，他可能只是爲了避免自己繼續糾纏下去，才接下報告，這樣，自己就再也沒有理由去找他了。

看來自己還是有些稚嫩，天真地以爲能夠輕易打動陳徹，還貿然將這件事情告知了曲煒，眼下這個局面怎麼收場啊？雖然曲煒不會說自己什麼，但肯定他心中會對自己的工作能力打上一個大折扣。

傅華正在辦公室埋怨自己，手機突然響了，接通後，對方說：「你好，是海川市駐京辦傅主任嗎？」

傅華說：「我是，你哪位？」

對方說：「我是陳徹先生的助理，陳先生讓我問你一下，下午三點你有沒有時間，他想跟你談一下。」

「下午三點？」傅華一時還沒有反應過來，重複了一遍時間。

助理說：「對，陳先生想問一下，你下午三點能不能到崑崙飯店來談談。」

傅華這才意識到自己一直在等待的電話終於來了，連忙說：「我有時間，你轉告陳先生，下午三點我會準時到達。」

助理說：「那就這樣。」說完便收線了。

放下電話，傅華反而有一些搞不清狀況了，陳徹已經訂好明天離開北京去廣州的機票，從現在到明天上午只有十幾個小時，要談投資事宜的時間明顯不夠，表示陳徹對自己想邀請融宏集團落戶海川的計畫不感興趣。

既然不感興趣，陳徹爲什麼還要約見自己？下午見到陳徹是否再爲海川爭取一下呢？但爲了吸引陳徹的注意，傅華已經將能想到的精華部分，全部在報告裏都跟陳徹講了，再要想出能夠吸引住陳徹的主意，一時半會也難以做到了。

傅華此時更加意識到自己的稚嫩，他太快將全部籌碼擺到談判桌上，喪失了進一步出價的能力。原本陳徹就對談判掌握了主動權，現在又知道了談判對手的底牌，更是可以對談判予取予求了。

談判還沒展開，傅華已經先輸了一陣了。

傅華是一個自視甚高的人，現在跟陳徹第一個回合還沒打完，陳徹甚至還沒有正式出手，他就已經沒有了還手之力，不覺汗然。

下午三點，傅華準時來到了崑崙飯店，他覺得不管怎麼樣，不論陳徹要跟自己談什麼，都還是要來爲海川市爭取一下的。

助理通報了一下，就將傅華領進了陳徹的房間。陳徹一見傅華，連忙站了起來，笑著跟傅華握手，寒暄了幾句，就將傅華領到了沙發那裏坐下。助理給倆人斟好了茶，就退出了房間。

陳徹示意傅華喝茶，傅華端起茶杯喝了一口。陳徹笑著問：「我想請問一下，傅先生是哪所大學畢業的？」

傅華笑笑：「北京大學，師從張凡先生。」

陳徹哦了一聲：「難怪，難怪，我說傅先生的水準怎麼這麼高呢，原來是張凡先生的弟子。令師可是目前國內著名的經濟學家，傅先生師出名門啊！」

傅華說：「我只是師從張老師讀了四年書，是張老師不成器的弟子。」

陳徹說：「有一點我很奇怪，就我認識的北大來說，畢業生一般都留在北京、上海這樣的大城市，很少有去像海川市這樣的地方上發展的，更何況，傅先生還是張凡先生的弟子，這裏面有什麼我不知道的原因嗎？」

傅華苦笑了一下，說：「當初家母身染重病，我作爲她唯一的兒子，必須留在她身邊照顧她，所以只好選擇回鄉就業。」

陳徹不由得重新打量了一下傅華，百善孝爲先，陳徹一聽傅華爲了奉養母親，竟然肯捨棄大好的前程，心中對他的好感又增添了幾分，便笑笑說：「原來傅先生還是個孝子啊，真是難得。」

傅華苦笑著說：「我母親年輕守寡，含辛茹苦將我養大，作爲兒子，我這麼做也是應當應分的。」

見傅華並不以盡孝自矜，陳徹心中越發欣賞，便問道：「敢問令堂身體如何？」

傅華說：「她老人家已經走了，所以我才會到北京來做這個駐京辦的主任。」

陳徹說：「哦，原來令堂已經仙逝了。傅先生，我個人很賞識你的才華，你肯定知道融宏集團是一個什麼規模的企業，想不想到我們融宏集團來發展？」

原來陳徹在這兩天經過冷靜的思考，認爲不必急著跟海川市談什麼落戶投資的事情，他相信只要他放出風聲，融宏集團想要選址建立新廠，想要爭取他們融宏集團的地方政府肯定很多，傅華的報告倒給了他很好的談判籌碼，他可以跟來爭取他們融宏集團的地方政府講，你看海川市政府已經出到了這種價碼，你們能給出更優惠的方案嗎？相信鷸蚌相爭之下，他這個漁翁一定能獲得更好更多的優惠。

雖然不想跟海川市談什麼合作，但陳徹對傅華卻有些捨不得，這是一個富有大局觀，有戰略眼光，又肯賣力做事的不可多得的人才，最好是能夠將他延攬到旗下。因此陳徹決定要跟傅華好好談談，他相信只要給傅華提供一個很好的職位和優厚的薪資，肯定會將他納入麾下的。

傅華聽陳徹邀請自己加盟，就明白了陳徹真正感興趣的是自己，而不是海川市，他笑笑說：「我對陳先生的賞識十分感謝，但是我不能接受。」

見傅華連考慮都沒考慮就直接拒絕，陳徹大出意外，他有些不甘心地說：「傅先生，難道你就不想聽聽我提供給你的職位？」

傅華搖了搖頭，說：「我相信陳先生提供給我的職位肯定會很誘人，但我還是不能接受。」

陳徹問：「爲什麼，你母親已經離世，你應該沒什麼牽掛了。我也會給你提供一個大好的機會，報酬和發揮的空間肯定比你在海川市駐京辦要好太多。你怎麼連考慮都不考慮？」

傅華笑了笑說：「這兩者是不一樣的。我當初選擇駐京辦主任這個職位，不是這個職位能提供給我多大的機會，而是因爲曲煒市長關照了我多年，於我有恩，於情於理，我都應該幫他把駐京辦做好。」

陳徹疑惑地看了傅華一眼：「就這麼簡單？」

傅華點了點頭：「就這麼簡單。」

其實還有一個更深層次的原因，就傅華對陳徹和融宏集團的瞭解，他知道陳徹是一個領導能力超強的人，對融宏集團奉行的是精密的機械化管理，一旦成爲融宏集團的一員，他只能成爲這台巨型機器中的一個零件，必須無條件的執行陳徹的一切指令，即使位置再高，也不過是一個執行者，而且必須是一絲不茍的執行者，因爲任何違反陳徹意志的人都會被這台機器攪碎。

這是陳徹在十幾年時間將一個原本在臺灣寂寂無名的融宏有限公司發展成全球五百強的融宏集團的原因之一，也是陳徹飽受同業詬病的一個原因。

這可不是傅華願意接受的，他自然不想成爲一台機器的零件，他更願意有自己自由發揮的空間。陳徹需要的是奴隸型的人才，這與他的個性不符。

陳徹有些失望，笑了笑說：「傅先生以報恩作爲理由拒絕我，我就不好再說什麼了。」

傅華看了陳徹一眼，他心裏明知道陳徹對海川市已經興趣不大了，但還是不能不爭取一下：「我還是十分感謝陳先生邀請我加盟的。對了，不知道陳先生看過我送給你的資料沒有？」

陳徹說：「看過了，傅先生的報告做得很不錯。」

傅華看著陳徹，期待著他繼續說下去，可是陳徹已經決定讓各地政府來競爭，因此誇傅華報告做得好只是隨口敷衍，說完就完了，沒了下文。

過了一會兒，傅華見陳徹沒說話，只好問道：「那陳先生對我建議融宏集團落戶海川怎麼看？」

陳徹笑了笑，說：「這件事情就有待商榷了，我們融宏集團是世界五百強企業，考慮問題就不能從一個小小的局部出發，我們要綜合各方面情況，全面權衡才能作出決定。」

傅華看了看陳徹，這隻老狐狸，既不拒絕，也不確認，含含糊糊地一說，反倒讓自己無所適從了。

傅華還想說什麼，可是陳徹已經不想給他說的機會了，他站了起來，說：「傅先生，我一會兒還有一個約會，我們就這樣吧。」

第五章

守株待兔

丁江心中已經認定傅華跟張凡之間肯定交情匪淺，
主要是因為傅華將融宏集團拉來海川的緣故。
他才不相信傅華所說的守株待兔的理由，如果事情那麼簡單就能辦好，
融宏集團肯定早就被別的什麼地方拉走了。

從陳徹房間出來，傅華陷入了左右爲難的境地，他不知道應該如何來處理融宏集團這件事情了。

跟曲煒彙報說融宏集團拒絕了自己的建議吧，似乎陳徹並沒有明確這麼表示，雖然他言外之意是有這方面的暗示，但也沒有關上合作的大門；跟曲煒彙報說還可以爭取吧，可陳徹一行明天就要返回廣州，他並沒有繼續爭取的時間和空間。

「原來要做好一件事情是這麼難啊。」傅華心裏暗自嘆了口氣。

他一路上思索著如何跟曲煒彙報，回到駐京辦之後，傅華決定如實向曲煒講述發生的事情，要怎麼做就由曲煒決定吧。

曲煒在電話裏聽完傅華的彙報，半天沒有講話，傅華不好意思起來，說：「對不起，曲市長，我把事情挑了個頭，卻不能善始善終。」

曲煒笑了：「傅華啊，你不要自責，試想如果換了是你，要把一筆龐大的投資投放在某地，你能不能只靠一個人的說法或者可行性報告就做決定？」

傅華想了想，也笑了：「是我操之過急了。」

曲煒說：「就是嘛，陳徹說要綜合考慮雖然很可能是推辭，但也在情理當中。」

傅華說：「那下面我們怎麼辦？」

曲煒笑笑：「這不像你啊，怎麼受了這麼點挫折就不知道該怎麼辦了？」

傅華說：「我是覺得應該抓住這個機會不放，可是似乎再由我出面，不會有什麼進展了。」

曲煒說：「臭小子，在打我的主意是吧？」

傅華嘿嘿笑笑，沒說話，他心中確實想請曲煒出馬，一來，一市之長親自出馬，表示了這個城市對融宏集團歡迎的誠意；二來，曲煒的身分可以拍板定案很多事情，跟陳徹相當，王對王，可以令談判順利進行。

曲煒繼續說道：「融宏集團這條大魚放走了是很可惜，其實我早就想飛北京跟陳徹見面好好談談，只是家裏事情忙走不開。這樣，我明天親自到廣州去登門拜訪陳徹。你也把手頭的工作先放下，跟我跑一趟廣州，我看他挺欣賞你的。」

傅華說：「好的，我馬上訂明天去廣州的機票。」

由於時間倉促，傅華並沒有訂到第二天上午的機票，他搭第二天下午的飛機飛廣州。

在經過頭等艙的時候，傅華意外地看到他在仙境夜總會見過的四大花魁之一的孫瑩，便笑著想上前打個招呼，沒想到孫瑩卻把頭靠到了身邊男人的肩膀上，裝作沒看見傅華，閉目小憩起來。

傅華的笑容僵在了臉上，他看了一眼孫瑩身邊的男人，男人三十多歲，服飾豪華，一身貴氣，便明白這可能是孫瑩的一個恩客了。

男人並沒有注意到傅華在看他，他曖昧地伸手拍了拍孫瑩的臉蛋，笑著說：「累了嗎？」

孫瑩閉著眼睛說：「是有點累。」

傅華把視線移開了，他沒有坐頭等艙的資格，就到後面找到自己的座位坐了下來。

飛機很快就飛到了廣州，等到傅華下飛機的時候，孫瑩和那個男人已經先行離開了。

走出航站大樓，傅華上了「白天鵝賓館」來機場接客人的大巴，曲煒一行已先入住了，他要趕去會合。

在曲煒住的商務套房裏，傅華不但見到了曲煒，還見到了海川市招商局局長王尹，國土局局長周然，勞動局局長李斌，以及接替他做曲煒秘書的余波。

傅華心說還是市長權力大，一下子就調動了這麼多與招商有關的人馬過來。

曲煒見到了傅華，說：「傅華到了，我們就一起商量一下如何去見陳徹吧。」

傅華說：「看來曲市長是胸有成竹了。」

曲煒笑了，說：「我把王尹、周然、李斌他們帶過來，就是要向陳徹表明，我們海川市可以爲他們的投資做好全方位的服務。傅華，你覺得我們這麼做誠意夠了嗎？」

傅華說：「我認爲足夠了，我馬上通報陳徹，就說海川市市長曲煒要登門拜訪他。」

曲煒點了點頭：「好，你來安排吧。」

傅華就撥通了陳徹助理的電話，講了曲煒要親自拜訪陳徹的情況，助理說他馬上就會把情況通報給陳徹，讓傅華等他的電話。

助理將傅華說的情況通知了陳徹，陳徹愣了一下，這個年輕人還真是不屈不撓啊，而且動作極快，竟然帶著市長直接追到廣州來了。

見不見這個海川市市長呢？陳徹心中思索著，他對這個能收服傅華的市長很感興趣，這個人能讓傅華這樣的人才死心塌地的爲他賣命，絕非泛泛之輩。而且人家自千里之外的北方追到了廣州，誠意十足，遠來是客，不見似乎很不禮貌。

陳徹讓助理通知傅華，明天上午九點他將在融宏集團廣州公司恭候曲煒大駕光臨。

第二天，曲煒帶著傅華等人準時來到了融宏集團廣州公司，陳徹已經在辦公大樓前面等著他們了。傅華一一將己方的人馬介紹給陳徹認識，雙方握手寒暄了一番，陳徹就將曲煒一行領進了會議室。

坐定之後，曲煒開門見山就說：「陳先生，我這個人直性子，就有話直說了，我從傅華那裏得到訊息，你們融宏集團有意在大陸投資興建新廠，我想為我們海川市爭取一下。我今天帶來的這幾位局長，剛才你也知道他們具體的分管範圍，我帶他們來，就是想向陳先生做出一個承諾，如果融宏集團在海川市投資建廠，我們海川市願意對你們的投資全方位服務。國土局周局長，你先跟陳先生彙報一下。」

周然就站了起來，拿著圖紙給陳徹講解海川市可以為融宏集團所做的土地安排。緊接著，其他幾個局長分別講述了他們可以為融宏集團做的工作。

相比於傅華的可行性報告，這幾個局長的講述就注重了實際，讓傅華的可行性報告真正落到了實處。

幾個局長講完，曲煒笑了笑說：

「當然了，這些是我們海川市政府的初步設想，如果真正要落實起來，肯定會暴露出一些問題。我在這裏鄭重向陳先生做出一個承諾：我們海川市政府願意遇到什麼問題就解決什麼問題，土地問題你找國土局局長，人力資源問題你找勞動局局長，如此類推。如果這些局長不能解決問題，那陳先生可以直接找我，我這個市長的手機二十四小時為你開著，你可隨時反映問題，我一定馬上解決。不知道我們這樣做，能達到讓陳先生滿意嗎？」

陳徹笑著點了點頭，對曲煒說：「曲市長果然不簡單，你開出的條件令人無法拒絕。」

曲煒說：「既然這樣，陳先生是否願意安排一個時間，到我們海川市實地考察一下？」

陳徹說：「我願意接受曲市長的邀請，等這幾天我安排一下廣州這邊的工作就會北上，具體行程就由我的助理跟你們協調吧。」

曲煒說：「好，希望陳先生儘快成行。」

此時已近中午，陳徹笑著說：「曲市長，到午餐時間了，如果不嫌棄的話，就在我們公司吃頓飯吧。」

曲煒正想進一步跟陳徹熟悉一下，便笑著說：「不勝榮幸。」

一行人就跟著陳徹去了融宏集團廣州公司的高階管理人員食堂。

食堂是自助餐的形式，陳徹雖然貴爲董事長，可是一樣拿著餐盤自己去選取食物。曲煒也沒說什麼，跟著陳徹一樣拿起了餐盤，選了幾樣他喜歡的食物，回來跟陳徹坐到了一起。其他人陸陸續續坐到了倆人周圍。

陳徹笑著說：「不好意思，我工作時間不喝酒的，所以酒就欠奉啦。」

曲煒笑笑說：「我們海川市政府也是要求工作人員中午不喝酒的，說實話，我不是太喜歡鬧騰酒。」

陳徹笑笑說：「曲市長，我發現我們很對脾胃啊。我這個人做事也是喜歡開門見山，你沒看到我跟屬下談工作，從來都是一二三四點，直接講完了事。」

曲煒哈哈笑了起來，說：「我也是這樣，很討厭那種老是過去的成績、現在的不足、未來的前景這樣的囉哩囉嗦一大堆廢話的人。」

這頓飯賓主很投緣，也吃得很融洽。陳徹吃飯也跟他做事一樣快捷，很快這段午餐就結束了。

陳徹親自將曲煒一行送出了大門，曲煒緊緊握了握陳徹的手：「那我就在海川市恭候了。」

陳徹點了點頭，說：「放心，我一定儘快成行。」

車子駛出了融宏集團的大門，跟曲煒同坐一車的傅華鬆了一口氣，此行總算是沒有白來，陳徹答應去海川市考察，招納融宏集團的工作就算取得了階段性的進展，駐京辦的職責基本可以到此告一段落，下一步如何接待陳徹，就是海川市招商部門的工作了。

傅華打開了手機，剛才爲了怕影響曲煒和陳徹的談話，他將手機關機了。手機一開，頓時一連串的短訊通知聲響起。

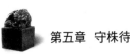

身旁的曲煒笑了，「是不是女朋友急著找你啊？」

「我哪裡有什麼女朋友啊。」傅華嘴裏說著，開始翻看收信匣裏的短訊記錄，發現竟然都是孫瑩發來的，他雖然心中好奇，可是曲煒就在身邊，不方便細看內容，就信手將手機裝進了口袋裏。

曲煒笑著問：「怎麼不回呢？是女朋友的吧？」

傅華笑笑，說：「一個普通朋友的，他閒著沒事就會發短訊騷擾我，不用回的。」

曲煒看了看傅華的臉，笑著說：「是真的嗎？我怎麼覺得這個短訊是女人發來的。」

傅華不免臉上紅了一下，心說這個曲市長真是成精了，竟然會看出是女人發來的短訊，便趕緊分辯道：「真的不是女人的，曲市長。」

曲煒笑了，說：「好啦，就是女人的也無妨，你也到了該結婚的年紀了，早一點娶老婆也是應該的。」

傅華笑笑，沒再說什麼。

過了一會兒，曲煒說：「傅華啊，你這駐京辦的第一板斧可以說砍得很漂亮，下一步有什麼打算嗎？」

傅華說：「我倒是有一點想法，怕說出來，市長您不一定會同意。」

曲煒笑笑，說：「別藏著掖著了，說出來我聽聽。」

傅華說：「是這樣，我覺得現在的駐京辦辦公地址有一點配不上我們海川市政府的身分，像這次陳徹這樣的客人，我都無法邀請去我們駐京辦做客。另外，我下一步很想在駐京辦定期舉辦一些海川籍的在京人士的聯誼活動，現在的辦公室顯然不具備這種功能。我想是不是給駐京辦重新置辦一處辦公地點，也好方便我們開展工作。」

曲煒微笑地看著傅華，說：「你的胃口可真不小啊。」

傅華說：「今天的融宏集團，市長也看到了，說明我們的駐京辦如果真要動起來，能發揮的作用是巨大的，我想市長一定會看到這一點，不會吝惜那一點點小錢的。」

曲煒說：「你這傢伙這麼說，我再拒絕是不是就是目光短淺了？」

傅華笑了，說：「我可不敢這麼說。」

曲煒笑笑，說：「你這傢伙口不應心。好啦，先說說你心目中大體上要多少錢吧。」

傅華說：「重新選址我不想再在東城區了，這裏是北京市的核心地帶，寸土寸金。我想選在朝陽區，在四環和五環之間，或買或建，估計要兩到三千萬左右。」

曲煒沉吟了一會兒，說：「傅華啊，按說這兩三千萬我們海川市政府拿出來並不困難，只是目前你在駐京辦只是開了一個頭，融宏集團究竟能不能落戶海川尚且不一定，我在這個時候就給你撥幾千萬過來，跟各方面都不好交代，是不是等一等再說？」

傅華笑笑說：「我明白的，市長。我只是有這個打算，既然目前時機尚不成熟，那就等等吧。」

曲煒拍了拍傅華的肩膀，說：「你能諒解我就好。好好工作，有了成績，我就好跟孫書記談這件事情啦。」

回到了「白天鵝」賓館，傅華才開始看孫瑩的短訊。

第一封短訊是上午九點半發出來的，寫著：「昨天我裝作不認識你是有苦衷的，對不起啊。」第二封短訊是九點四十五分發出來的，寫著：「你生我氣了嗎？爲什麼不回短訊？」

第三封短訊是又過了十五分鐘發出的，寫著：「好啦，我都跟你說對不起了，你就不要生氣啦。我這次是陪朋友來廣州談一筆生意的，那個朋友平常有些小心眼，所以我不敢跟你打招呼，別生氣了好嗎？」

第四封短訊是十點半發出來的，寫著：「我原本還把你當做一個可以談心的朋友，看來是我自作多情了，不好意思，打攪了。」

傅華看著短訊，心裏揣測著孫瑩給他發這幾封短訊的心理過程，她肯定是先想爲昨

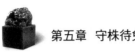

天沒理他道歉。沒想到過了十五分鐘，他還沒有回覆，她就以爲自己是真的生氣啦，就試探性地再發了一封短訊。結果他又沒有給她回覆，這一次她心裏有些慌亂，怕失去他這個朋友，就又在短訊裏作了進一步的解釋，希望得到他的原諒。又過了半個小時，他還是沒回，孫瑩就有些生氣了，以爲他根本不屑搭理她，因此才說她自作多情了。

傅華笑了笑，他心中對這個曾經跟自己有過肌膚之親，但實際並沒有發生什麼的美女並無惡感，甚至某些時候心中對孫瑩還有著一絲牽掛。似乎在那肌膚相親的時刻，倆人之間建立了某種聯繫。

畢竟這是他第一次跟一個女人這麼零距離、無障礙的接觸，他還是第一次看到女人的身體，因此印象深刻，否則他也不會將孫瑩的電話號碼保存在電話簿裏。

實話說，傅華是一個正常的男人，他內心中也是渴望得到女人的，尤其還是一個這麼美的女人。只是在倆人相處的那一刻，他受過的傳統教育束縛了他的手腳，他想到了「君子慎獨」這句名言。

傅華按了回覆鍵，寫道：「我是把你當做可以談心的朋友的，只是沒想到你這麼沒耐性，這麼快就不願意跟我繼續做朋友了，是不是美女的脾氣都很大啊？」寫完就發了出去。

很快，滴滴的聲音再度響起，孫瑩的短訊又發了過來：「我給你連發三個短訊你都不回，還敢埋怨我沒耐性，真是不講理。」

傅華知道輪到自己解釋了，就寫道：「我在開會，九點鐘手機就關機了，根本沒看到你的訊息，怎麼給你回啊？」

「原來是這樣啊，那是我錯怪你了。昨天沒生我氣吧？」

「沒有，我當時就知道可能是你朋友的原因了。」

「沒辦法，我需要賺錢養活自己。你來廣州做什麼？」

「我是來跟一家企業談判的。」

「談完了嗎？」

「已經告一個段落了。」

「那能出來見個面聊聊嗎？」

傅華回覆說：「你的朋友呢，他允許你出來嗎？」

孫瑩回說：「他下午去東莞了，明天才能回來。」

東莞號稱是男人的天堂，那個男人看來是去風流快活了，所以沒帶孫瑩去。不過傅華知道他這次是跟著市長出來的，並沒有時間去私下會見孫瑩，只好回說：「我這裏走不開，回北京再找時間見面吧。」

孫瑩回覆說：「不是敷衍我吧？」

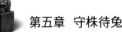

「哪裡，我剛到北京工作，對北京並不熟悉，有時也想找個朋友聊聊。」

「那回北京見了。」

「北京見。」

對話結束，傅華忽然覺得自己有些好笑，竟然跟一個從事那種職業的女人瓜葛了起來，是不是真的有些想女人了？這要是母親還健在，會怎麼想啊。

傅華苦笑了一下，人生的際遇無常，他怎麼也想不到第一次跟他赤裎相見的，竟然是這樣一個女人，他還對她毫無惡感。不過，孫瑩除了是做那種工作的，其他方面都應該是好女人，他沒有理由要對她產生惡感。

傅華正要將手機收起來，手機鈴聲響了起來，看了看，竟然是郭靜的號碼，趕忙接通了：「郭靜，找我有什麼事情嗎？」

郭靜說：「我剛從司裏得到消息，說陳徹已經去廣州了，你的事情究竟辦得怎麼樣啊？是不是陳徹不願意跟你們海川市合作啊？」

傅華笑了笑，說：「沒有，我們和陳徹談得不錯，他已經答應近期去海川市考察一下。」

郭靜鬆了一口氣，說：「那就好，我還以爲這件事情泡湯了呢。」

傅華說：「你忘記了這件事情是我在辦的，我怎麼會輕易放棄呢？」

郭靜別有意味地說：「是，我瞭解你，你這個人認定什麼就一條道走到底的。」是啊，當初剛進大一的時候，傅華還是來自一個小地方的窮小子，帶點土氣，家在北京的郭靜一開始並沒有將傅華看在眼裏，甚至覺得傅華有些寒酸。不過，這個窮小子卻一眼就看中了郭靜，總是找機會接近郭靜。

所謂好女怕纏，加上傅華逐漸展現出他的才華，郭靜被傅華的執著所打動，終於接受了傅華。沒想到臨近畢業，傅華的母親病發，傅華再次展現了他的執著，認爲他應該回鄉照顧母親，最終選擇了跟自己分手。

傅華聽出了郭靜話中的埋怨意味，內心中，他也認爲當年是自己辜負了郭靜，不過他爲了母親，並無別的選擇。

傅華說：「對不起，郭靜，當年確實是我辜負了你。不過，我聽同學們講你現在生活很幸福，我心裏也替你高興。」

郭靜哼了一聲，說：「你這是向我道歉嗎？」

傅華說：「是，不過事情已經過去了這麼久，我們應該往前看了，過去的事情就讓它過去吧。」

郭靜說：「有些事情，不是你想讓它過去就能過去的。」

傅華有些尷尬，想要錯開話題，便問道：「還沒聽你說起過你先生呢，他是做什麼的？」

郭靜說：「他是一個商人，做房地產的。」

傅華笑了，說：「正好房地產方面我有事想請教，等我回北京，我請請你們夫妻。」

郭靜問：「你不在北京啊？」

傅華說：「我現在追陳徹追到了廣州。」

郭靜笑了，說：「這麼些年了，你還是那種不達目的決不甘休的勁頭。」

第二天，陳徹的助理打了電話給傅華，說陳徹安排將在一周後到海川市考察，預計會在海川市待兩天，希望海川市做好接待的準備。

傅華將這一消息通報給了曲煒，曲煒思考了一下，說：「我們馬上就回海川市，安排接待陳徹一行。傅華，你先別回北京了，跟我們一起回海川。」

傅華看了曲煒一眼，問道：「曲市長，我的牽線作用已經盡到了，下面我也做不了什麼啦，還有必要跟您回海川嗎？」

曲煒說：「問題關鍵就在於陳徹方面一直是通過你跟海川聯繫，爲了避免出現紕漏，你還是跟我回海川吧，等陳徹考察完，你再回北京。」

傅華明白融宏集團這麼大的項目要落戶，肯定是目前海川市招商工作的重點，曲煒想要做到盡善盡美也很正常，看來跟他回海川是難免的了，就點了點頭：「好吧，我跟您回海川。」

隨即曲煒一行訂好了機票，跟陳徹方面打了招呼，相約在海川見面，轉天就飛回了海川。

回到家中，傅華看到變得空曠的房間處處蒙上了一層灰塵，心中不免有些傷感，如果母親在，她是絕對不允許房間有灰塵存在的，就洗了塊抹布，開始擦拭起來。

手機響了起來，傅華看了看號碼，是海川市天和房地產有限公司的副總經理丁益，便接通了。

丁益開口就責問說：「傅哥，你回海川了也不說一聲。」

傅華笑笑說：「這次是跟曲市長回來做點事，臨時決定的，所以就沒有跟你講。找我有事啊？」

丁益說：「沒事就不能跟你聚一聚了？」

傅華笑了，說：「能，怎麼不能。不過，誰告訴你我回來了，你的消息真夠靈通的。」

丁益哈哈笑了起來，說：「傅哥果然聰明，我的消息沒有這麼靈通，是我家老爺子知道你回來啦，讓我約你的。」

丁益的父親丁江是天和房地產有限公司的董事長，天和房地產公司原來是海川市的下屬企業，後來改制成民營企業。丁江原來是海川市政府的一名官員，後被下派到天和房地產有限公司任總經理，在天和改制時，就順理成章成爲天和公司的董事長。

丁江因爲出身海川市政府，跟海川市官場的很多人都熟悉，跟曲煒關係尤其好，因爲曲煒的關係，丁江父子跟傅華相處的也很不錯。這對父子做事向來謹慎，雖然已經可以稱得上是海川市數得上的富豪了，可是向來低調，屬於悶聲發大財一類的人物。

傅華問道：「丁董找我有什麼事情啊？」

丁益說：「沒具體說，只是讓我約你。」

傅華對這對父子印象不錯，尤其是跟丁益，倆人因爲年紀差不多，思想觀念相近，湊到一起很談得來，算是傅華在海川交往的不錯的朋友。

傅華說：「什麼時間，什麼地方？」

丁益說：「就今晚吧，七點，海川大酒店。」

六點四十五分，傅華趕到了海川大酒店，丁益已經在大堂裏等著他了。

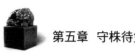

傅華跟丁益握手，笑著問：「怎麼樣，有女朋友了嗎？」

丁益笑了，說：「還沒呢，傅哥都沒找，我急什麼。」

傅華笑著說：「你是鑽石王老五，海川多少美女對你都是虎視眈眈的。我跟你可沒法比。」

丁益搖了搖頭，說：「這些女人其實沒眼光，像傅哥這樣才是值得依靠的男人，我不過是有一個好父親，多了一點家財而已。」

傅華拍了一下丁益的肩膀，他心知這個丁益絕非他嘴上說的仰仗父蔭而已，是一個很有才華的人，天和房地產公司在他和他父親丁江的打理下發展得有聲有色，可以說是海川房地產界的領軍人物。已經有傳言說，丁江想要退下一線，將天和公司完全交給這個還不滿三十歲的年輕人打理，可見丁江對這個兒子的認可程度。

傅華笑笑說：「老弟，在我面前就不要謙虛了。」

丁益笑笑，說：「老爺子已經在雅座裏等著了，我們進去吧。」

傅華就隨著丁益一起走進了海川大酒店的鴻鵠廳，丁江已經在座，見到傅華，笑著站起來跟傅華握手，說：「傅老弟，多日不見，瘦了不少啊。」

傅華笑笑說：「駐京辦百廢待興，我剛去要辛苦一點。不好意思丁董，我晚來一步，還要讓您等我。」

丁江說：「老弟客氣啦，是我來早了。坐，快坐。」

傅華就坐到了丁江身邊，丁江看了看服務員，說：「服務員，可以上菜啦。」

傅華笑笑：「丁董，就我們三個人？」

丁江點了點頭，「就我們三個人，你知道我們父子向來不喜歡湊熱鬧的，今天把你約來，一來爲你接風，二來是想我們三個人坐在一起聊聊。」

傅華心知丁江約自己來，絕非聊聊那麼簡單，這對父子一起露面，肯定是爲了什麼重大的事情要跟自己商量，否則簡單的一件事情，丁益來跟自己說就可以啦。

傅華也不挑明，就笑笑說：「那就謝謝丁董的厚愛了。」

丁江笑說：「老弟就別這麼客氣啦，我聽曲市長說，老弟這個駐京辦主任一上任，就把融宏集團的陳徹請來我們海川市考察，可真是不簡單啊。」

傅華笑了：「沒什麼啦，我只是用了一個笨辦法而已。」

丁益笑笑：「傅哥，什麼笨辦法能請得動陳徹，我倒很想聽聽。」

傅華說：「說穿了很簡單，就是守株待兔，我是農夫，陳徹就是兔子。」

丁益呵呵笑了起來：「陳徹會那麼笨，主動撞到你的樹上？」

傅華說：「陳徹當然不那麼笨，不過，我也對農夫的方法進行了改良，我的這棵樹是可以移動的，我把它移動到陳徹經常出沒的地方，他想不撞上也難。」

丁江哈哈大笑起來：「老弟，你真是活學活用啊。」

丁益說：「我明白了，傅哥你用了陳徹當初在國際大廠門口等人家業務員的辦法，以其人之道還治其人之身吧？」

傅華笑著看了丁益一眼：「老弟，看來你是跟我一樣，研究過陳徹的發家史了。」

談笑間，服務員已經上了幾道菜，丁江親自給傅華斟滿了酒，然後端起酒杯笑著說：「來，這第一杯給老弟接風洗塵。」

傅華笑著跟丁江父子各自碰了一下杯，說了聲「謝謝」，三人一飲而盡。

三人閒聊了起來，說了一些海川市官場上的趣聞，聊著聊著，丁江突然把話題轉到了傅華身上：「老弟，我前幾天才聽說你是國內著名經濟學家張凡的弟子，以前怎麼沒聽你說過？」

張凡在國內經濟學界聲名鵲起是近幾年的事情，傅華以前也跟別人提起過自己的老師，可並沒有人在意或者記住這一點，這幾年因爲張凡聲名大噪，傅華反而很少在他人面前提及了，因爲他不想借老師的聲名炫耀，另一方面，他也覺得自己是張凡一名不成材的弟子，也羞於提及師門。

傅華笑了笑，問道：「丁董怎麼突然對我的老師感興趣了？」

丁江呵呵笑了起來：「說起來話長，老弟啊，我想求你一件事情行嗎？」

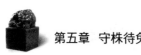

傅華說：「丁董就別客氣啦，說吧，什麼事？」

丁江說：「我想求你幫我引見一個人，這個人說起來算是你的大師兄了。」

「你是說賈昊？」傅華看著丁江問道。

丁江笑了：「老弟果然是聰明人，一點就透。」

賈昊是張凡帶的第一批碩士研究生，畢業後經張凡推薦，給中央一位經濟領域的高層領導做秘書。一九九二年，爲了加強對中國證券市場的監管，國務院證券委員會（簡稱國務院證券委）和中國證券監督管理委員會（簡稱中國證監會）宣告成立，標誌著中國證券市場統一監管體制開始形成。

國務院證券委是國家對證券市場進行統一宏觀管理的主管機構。中國證監會是國務院證券委的監管執行機構，依照法律法規對證券市場進行監管。賈昊因爲是經濟方面的專業人才，被調入中國證監會，直接參入了證監會的草創工作，算是中國證監會元老級的人物。雖然他還很年輕。

目前賈昊職司證監會發行監管部主任，是證監會炙手可熱的權勢人物。

不過，雖然師出同門，傅華並沒有跟賈昊打過交道，他跟張凡學習的時候，賈昊已經去做秘書去了。傅華畢業之後，又回了遠離北京的海川發展，倆人之間並無交往，因此只是聞名而已，相互之間並不認識。

傅華說：「丁董這是有意要將公司上市啊，這是一件大好事啊。可惜，我跟賈昊之間並無深交，怕是不能幫到丁董了。」

丁江看了傅華一眼，笑笑說：「老弟，你幫不到，不一定你的老師也幫不到，我聽說賈昊一直很感激你們的老師，說當初如果沒有張教授的力薦，他就不會有今天這樣的局面。」

傅華說：「如果需要張老師出面，那我要先跟張老師商量一下，目前我無法答應你。」

丁益在一旁笑了笑，說：「傅哥，也不是想讓你馬上就答應什麼，就是希望你爲我們天和費費心。」

傅華笑了：「我現在執掌駐京辦，爲我們海川市的企業服務也是應該的。回頭我辦完融宏集團的事情，回北京第一件事情就找我老師去，這下可以了吧？」

「有老弟這句話就足夠了，我先謝謝啦。」丁江笑著說。

丁江心中已經認定傅華跟張凡之間肯定交情匪淺，主要是因爲傅華將融宏集團拉來海川的緣故。他才不相信傅華所說的守株待兔的理由，如果事情那麼簡單就能辦好，融宏集團肯定早就被別的什麼地方拉走了。

之所以傅華能夠成功，以丁江揣測，肯定是張凡動用了他在上層的影響力，最終讓陳徹選擇了海川。這也是爲什麼丁江父子連袂邀請傅華的主要原因，他們天和房地產公司的發展遇到了資金瓶頸，迫切需要通過上市融資來打破這個瓶頸。

傅華說：「丁董就不要客氣啦，我跟丁益都是好朋友，這點忙是應該幫的。」

丁江說：「我知道你跟丁益是好朋友，這份情誼我們父子會記住的。不過，親兄弟明算賬，到時候如果我們天和能夠上市，我會給老弟保留點原始股的。」

丁江在海川商界向來一言九鼎，他說要給自己保留一點原始股，那就肯定會保留，而且以這對父子的手筆，這筆原始股的數額肯定不低。不過，君子愛財，取之有道，傅華知道丁江這麼做對自己是一種賄賂，連忙搖了搖頭：

「丁董，這個我可不敢收，您是出身於官場的，應該知道這麼做是不對的。」

丁益在一旁笑笑說：「傅哥你放心吧，這個我們會處理好的，保證在賬目上看不出來。」

傅華笑笑：「丁益啊，我不是要故作清高，該拿的錢，我一分不會少拿，但是不該拿的錢，我也是一分都不會拿的。這一點你應該瞭解我的，這些年來，你看我拿過一分這樣的錢嗎？」

丁江和丁益有些尷尬地相互看了看，丁江說：「既然老弟不喜歡，那就算了。」

傅華看氣氛有些僵，便說道：「你們放心，這個線我牽定了，只是大家都是朋友，相交在心，不要因爲這些利益什麼的搞得我們的友誼變了味。」

丁江臉上有了笑容：「老弟啊，你這份胸襟和氣度真是令人佩服啊，反倒是我把人給做小了。」

傅華笑笑：「丁董，別這麼說，您這麼做也是因爲世情如此，我能理解。」

丁江說：「老弟這話說在重點上了，現在這個社會，沒有這方面的運作簡直是寸步難行啊。來，我們不談這些了，喝酒，今天老弟可要一醉方休啊。」

傅華忽然想起了那天在北京酒醉後和孫瑩鬧的洋相，臉上紅了一下，心說自己今後一定要注意不要喝多了。

他心中有鬼，就很不自然地看了看丁江父子，幸好二人並沒有在注意他，他就端起了酒杯，說：「來，喝酒。」

三人的酒杯碰到了一起，各自一飲而盡。放下酒杯的時候，傅華心中不自覺地想道：「這個時候孫瑩回北京了嗎？她在幹什麼呢？」

第六章

凶籤

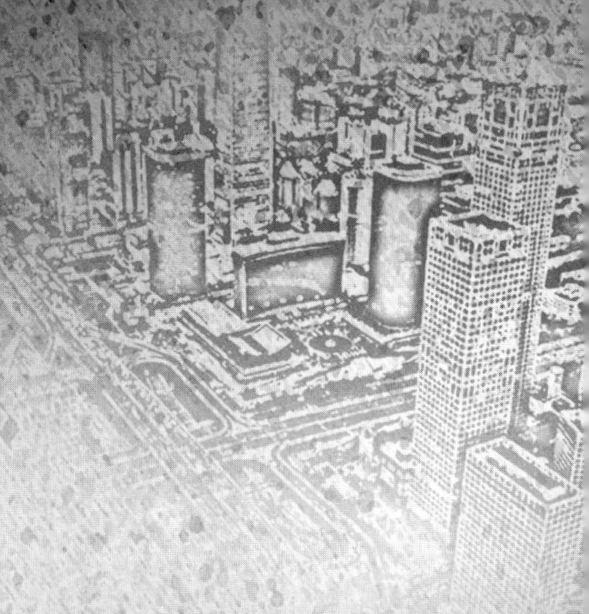

「太公下山到周營」這個典故也許傅華還不明白是什麼意思，
那四句籤詩他也不是很明白，可曹操赤壁被火燒他心中是明白的。
曹操在赤壁被孫劉聯軍火燒連營，大敗虧輸，
從字面上看來，這支籤是一支凶籤啊。

在海川機場的貴賓通道裏，曲煒和傅華等人正在等待著陳徹，再有十分鐘，陳徹所坐的航班就要降落了。

曲煒環視了一下四周，海川機場建於八十年代，雖然當時是最先進的，可到了今天已經有些落伍啦，因此即使這是貴賓通道，可是設施卻已陳舊不堪了，他眉頭皺了一下說：「這些機場的人怎麼回事，貴賓通道都搞得這麼差勁，客人來了，怎麼會對我們海川市有好印象。」

傅華笑了笑沒言語，他心知曲煒是一個很有政治野心的人，一心想要把海川搞好，爲他未來的仕途發展奠定基礎，因此對海川機場的現狀很不滿意。不過，海川機場是一個軍民兩用的機場，並不屬於海川市政府管轄，曲煒也只能在這裏發發牢騷而已，並不能具體做點什麼。

陳徹走了出來，曲煒和傅華等人連忙迎了上去，曲煒滿面笑容的跟陳徹握手，說：「歡迎陳先生蒞臨我們海川市考察。」

陳徹笑笑說：「曲市長太客氣啦，還要勞您的大駕來接我。」

曲煒說：「應該的，應該的。」

陳徹看到了曲煒身後的傅華，笑著說：「傅先生，我們又見面了。」

傅華連忙跟陳徹握手，笑了笑說：「歡迎陳先生來我們海川做客。」

兩方的隨從人員相互握手，一行人就上車出了機場，陳徹和曲煒、傅華在一個車上。

陳徹並沒有聊及其他，直接問道：「曲市長，我此次來海川行程只有兩天，我們是不是明天上午就去你們預定的廠區看看？」

曲煒笑了：「陳先生果然是一個工作狂。傅華，你跟陳先生報告一下行程安排。」

傅華就開始彙報海川市給陳徹做的行程安排，海川市給陳徹安排了一天半的考察行程，這一天半的行程中，陳徹可以考察三個未來可能作爲融宏集團設廠的地區。

至於剩餘的半天，傅華笑著說：「我們想邀請陳先生參觀遊覽一下我們這裏的媽祖廟。」

陳徹眼睛亮了一下，問道：「海川這裏也有媽祖娘娘的廟嗎？」

傅華笑著說：「我們海川也有著悠久的信奉媽祖娘娘的歷史，這裏的媽祖廟始建於元朝，據說是當時福建一帶的船工運糧到北京，海川是必經之路，他們就在海川爲他們信奉的海神娘娘建立了廟宇，幾百年來香火不斷，香客不絕。」

陳徹點了點頭：「海神娘娘是一定要拜的。」

傅華和曲煒對視了一下，笑了，看來這個拜媽祖娘娘的安排是對路的。其實這是傅華詳細研究陳徹的資料的結果，陳徹祖上是漁民，傅華猜測陳徹家中肯定會供奉媽祖，因爲媽祖幾乎是福建一帶沿海漁民共同供奉的神祇，相信陳徹家也不會例外，恰好海川就有一所號稱北方第一的媽祖廟，做這一行程安排，相信陳徹一定會欣然接受的。

第二天，曲煒親自陪同陳徹考察，因爲陳徹的融宏集團如果落戶海川，帶來的不僅僅是融宏集團一家企業，還將帶來融宏集團配套的一眾企業。這將是一個產業集群，對地方的GDP和稅收將起到極大的帶動作用，因此曲煒不得不十分重視，容不得絲毫的馬虎。

寬闊的六車道馬路上冷冷清清，這是一條專爲海川市科技工業園所建的道路，因此並沒有多少汽車在上面奔跑，兩旁都是綠油油看不到邊際的莊稼。

陳徹看到如此空闊的場地，心中不由暗自感嘆，怎麼自己以前就沒想到往北方發展呢？這樣的馬路，這樣的場地，如果換在廣州和深圳一帶，自己將爲開發投入多少巨額資金啊？而今自己尚未投入，海川市就將它擺到了面前。

車子開到了一個坡頂，曲煒笑著對陳徹說：「這裏算是一個小制高點，我們下車看看怎麼樣？」

陳徹點了點頭，車子就停下來，一行人紛紛下了車。

陳徹在坡頂舉目四望，無論從哪個方向看去，都是看不到邊際的莊稼，他心潮澎湃，差一點就舉手示意說，能看到的我都要了。

當初陳徹初到廣州選址建廠，也是爲那一片尚未開發的土地所激動，相對於臺灣，大陸實在是太大太大，陳徹竟然有自己草創融宏集團時的那一份創業的激情。當時他大手一揮，說：「這一片能看到的我都要了。」

不過，今天還是不要急於表態的好，曲煒端給自己的，還只是他們準備好的大餐的三分之一，還有兩個地方尚未看過。現在的陳徹也已經有所不同了，比起剛到大陸時，他的勢力壯大了很多，他比當初剛到大陸時也多了幾分要價的本錢。

陳徹壓抑住了激動的心情，淡然地對曲煒說：「這個地方不錯，挺好的。」

曲煒笑著問：「陳先生認爲這塊可以作爲融宏集團的新廠廠址嗎？」

陳徹笑笑說：「我們再去看看其他兩塊地方吧。」

曲煒心中有些失望，這個海川科技工業園是海川市級的開發區，直接隸屬於海川市政府，是目前海川市地理位置和配套最好的開發區，他很希望陳徹會選址在這裏。相比這裏，其他兩塊能夠容納融宏集團的開發區，都是隸屬於海川市下面縣級政府的，地理位置和配套條件都比不上海川科技工業園，如果連海川科技工業園都沒被看中，其他兩塊地方更不可能被看中。

曲煒有些後悔，不該讓陳徹先看海川市科技工業園，照這樣的順序看下去，好感是遞減的。這都怪他自己有私心，想讓陳徹選中海川市科技工業園這個親生的孩子。

不過此時後悔也沒有用了，曲煒只好帶著一行人和陳徹上了車，奔赴下一個開發區考察了。

一天半的時間很快過去，陳徹看遍了三個開發區，索取了三個開發區的資料，卻並沒有對選定那個開發區作出表態。

海川媽祖廟。

整個廟宇在左右兩棵百年古樹的掩映下，顯得莊嚴肅穆；走進廟門，但見香煙繚繞，媽祖戴著金冠披著紅袍正面端坐；抬頭環視，鑲在各殿門楣的諸如「護國庇民」「佑濟昭靈」「誠求立應」「慈光普照」等明清各代皇帝所賜封的古匾金光閃閃。

因爲陳徹要來上香，海川市政府事先做了安排，媽祖廟裏只有相關的廟裏的人員，信眾們被事先通知，媽祖廟暫時封閉，不能前來上香了。

陳徹和曲煒、傅華等人在媽祖面前虔誠地上香，上茗，獻果、獻花、獻財帛，這套儀式完全跟臺灣媽祖的參拜儀式相同，是海川市招商局事先查詢了國台辦才準備好的。

傅華在一旁看著陳徹這種發自內心的虔誠，心中未免有些疑惑，難道這媽祖娘娘有這麼靈驗？這媽祖娘娘真的能保佑陳徹的融宏集團得到大的發展？

他是一個無神論者，對這一切持一種懷疑的態度。不過，在香港、臺灣，那些頂尖的富豪確實對一些神祇頂禮膜拜，極爲虔誠，似乎真的是這些神祇保佑他們發了大財。

就像眼前的媽祖，在臺灣是信眾最多的神祇，對臺灣人而言，媽祖不是迷信，而是一種根深蒂固的信仰，人們也早已習慣生活在她的四周。大甲媽祖出巡，是每年臺灣最隆重、影響力最大的宗教活動。

既然信者眾，難道冥冥之中真的有神祇的存在？

參拜完畢，陳徹拿起了媽祖案前的筊，合在雙掌之中，在媽祖面前拜了拜，然後擲在了地上，筊一正一反，正是所謂的「聖筊」。

陳徹笑了：「看來海神娘娘已經許我求一支靈籤了。」

聖筊代表著神靈的允諾，是對擲筊者所求之事的允許。通常求籤者會先擲筊，看神靈是否允許自己求籤，出現聖筊，就是說下面所求的籤是神靈的旨意，是靈驗的。陳徹就去案前取了籤筒，開始搖了起來。

一支竹籤很快就從籤筒裏跳了出來，陳徹就拿著竹籤走向了廟祝，將竹籤遞給了廟祝，笑著說：「麻煩師傅給看一下。」

廟祝拿著竹籤，看了一下上面的數字，臉色瞬間變白了，脫口說：「怎麼竟然是六十六籤？」

傅華一直在關注著陳徹的一切，現在看到廟祝的舉動，心裏不由得也是一陣慌亂，看來這支籤是大大的壞籤，不然廟祝也不會如此舉止失措。

傅華心中清楚，像今天這樣的場面，有關部門肯定事先就會到媽祖廟進行一些佈置，在各方面都會做好安排，力保今天的場面不出紕漏。

求籤一般都是來媽祖廟的例行程序，肯定廟祝那裏已經有人事先打好了招呼，要廟祝多說好話。現在廟祝表現出這種神態，肯定是他感覺陳徹求的這一籤，他有點無法往好的地方圓說。

王尹也看到了這一切，就要走上前去說廟祝，傅華趕緊伸手攔住了王尹，他知道陳徹並非泛泛之輩，這時候你再去跟廟祝說什麼，不但無法圓場，甚至會讓陳徹反感，認爲這一切都是爲了騙他的投資刻意安排的。

還是一切順其自然吧，好籤壞籤任憑廟祝解說，這樣起碼給陳徹一個真實的感覺。

陳徹看廟祝沉吟不決，笑笑說：「請問可有籤詩？」

廟祝無法再遮掩，點點頭說：「有，有。」就找到了第六十六首籤詩，遞給了陳徹。

籤詩都是事先印刷好的，陳徹接過來看了看，笑了：「看來兩岸真是同根同源，就連遠隔千里的媽祖廟的靈籤都是相同的。」說完，將籤詩裝進了口袋。

廟祝看了看面前神色凝重的官員們，知道這支籤關係到的事物非同小可，就想憑藉自己的三寸不亂之舌把場面扭轉過來，便按照例行的程序問道：

「不知道貴客心中所求的是什麼？」

陳徹笑笑說：「謝謝師傅了，這個籤我以前求到過，就無需您解說了。」

傅華和王尹面面相覷，看來陳徹連廟祝圓說的機會都不給，這件事情越發難辦了。

傅華看了看曲煒，卻見曲煒面色如常，神態自然，似乎根本就沒把這籤當回事的樣子，心裏不免暗道了一聲慚愧，自己還是缺乏歷練，不能像曲煒這樣做到每逢大事要有靜氣的程度。

陳徹的助理上前遞了一個紅包給廟祝，陳徹說：「一點香油錢，請師傅收下。」廟祝收了下來，陳徹轉身對曲煒說：「曲市長不求一籤嗎？」

曲煒雖然表面上沒什麼，心裏卻對陳徹求到了一個壞籤很彆扭，本來禮貌上應該隨著陳徹也求一籤，可是他怕也像陳徹一樣求到一支壞籤，壞了意頭，就笑笑說：

「晚上孫永書記還要設宴爲陳先生送行，現在時間差不多了，算了吧，我就不耽擱這個時間了，下次吧。」

陳徹看了看手錶，笑笑說：「嗯，時間差不多了，讓孫永書記等我們就不好了，那我們就回去吧。」

一行人就隨著陳徹和曲煒往外走，傅華有意放慢腳步，留在後面，跟廟祝要了一份第六十六籤的籤詩，一看也有傻眼的感覺，只見上面寫著：

「第六十六首，太公下山到周營，曹操赤壁被火燒。」

後面是四句籤詩：「山下生泉決未通，三江流盡總歸東，一朝直灌淪浯水，看看曉日映長虹。」

「太公下山到周營」這個典故也許傅華還不明白是什麼意思，那四句籤詩他也不是很明白，可曹操赤壁被火燒他心中是明白的。曹操在赤壁被孫劉聯軍火燒連營，大敗虧輸，從字面上看來，這支籤是一支凶籤啊。

從媽祖娘娘廟回到海川市區，陳徹要回酒店洗漱一番，曲煒就和他分手了，相約在晚上的酒宴上見。

傅華跟隨著曲煒去了他在海川的賓館，曲煒在這裏有一個休息的房間。

進了房間，曲煒問道：「陳徹究竟抽了一支什麼籤啊？」

傅華將籤詩遞給了曲煒，苦笑了一下說：「凶籤，看來這一次很可能功虧一簣了。」

曲煒看了看籤詩的內容，面色凝重了起來，他心中明白，雖然這種抽籤的把戲是一種偶然性很強的東西，並不能真實的預見未來，但港台做生意的客商卻十分迷信它們，而且把它們奉爲行動的圭臬。

由於歷史的原因，中國一些傳統的東西在港臺一帶得到了保留，比如風水、算命、卜卦、抽籤。一些巨富大賈對這些傳統的事物是很信奉的，甚至有專門的命理師和風水師。香港的「小甜甜」龔如心據說能夠和公公打贏爭產官司，就是身後有著名的風水師給她做了風水佈陣。

曲煒還知道一個流傳很廣的故事，據說李嘉誠一次在飯店門口掉了一枚兩元港幣的硬幣，不巧的是，這個硬幣滾落到路邊的井蓋下面。於是李嘉誠讓秘書通知專人前來揭開井蓋，小心翼翼在井下尋找該硬幣。

大約十分鐘後，終於找到了硬幣，於是李嘉誠「獎勵」這位服務人員一百元港幣。有人不解，以爲「落井」的這枚硬幣有特殊身分，其實就是普通硬幣。

有風水先生這樣解析：一枚硬幣也是財富，如果你忽視它，它「落井」了，你不去救它，那麼慢慢地財神就會離你而去，所以李嘉誠找回這枚硬幣是對財富的尊重。

在風水角度上，你尊重了財富，財富才會眷顧你；一百元港幣則是李嘉誠先生對服務的滿意、也是服務人員該得的報酬。

曲煒心中很懷疑這個故事的真實性，既然李嘉誠尊重財富，他就更應該知道一百港幣的財富價值更大於兩元港幣，他捨大而取小，本身就不符合財富聚集的規律，就是不尊重財富。但這個故事能夠流傳這麼廣，說明了風水這類的事在港臺富商心目中的地位。

曲煒今天看到陳徹很鄭重的將籤詩裝進了口袋，一個巨富如此鄭重，說明他很看重這個結果，也就是說，他很相信這支籤了。

傅華看曲煒一直沉吟不語，便問道：「曲市長，這也是我們百密一疏，沒有事先安排好抽籤這一環節。您看我們下面該怎麼辦呢？」

曲煒苦笑了一下說：「你事先怎麼安排？所有的籤都換成上上籤？好啦，我們所有能做的努力都做了，陳徹如果還不選擇我們海川，那就是天意，我們也只有接受了。」

傅華看著曲煒，心中一陣落寞，眼見自己絞盡腦汁爭取到的這一切，最後還是逃不過一個失敗的結局，真是有些不甘心啊。可是不甘心又能如何？難道還能把籤給他換掉嗎？顯然是不能了。

晚上，海川市市委書記孫永做東爲陳徹送行，市長曲煒出席作陪。

海川市的一二把手一起出面，充分顯示了對陳徹的重視。這是因爲改革開放以來，經濟發展已經跟官員們的政績密切聯繫了起來。一個官員要想順利的升遷，一份好的GDP成績單是必須的。而現在如果陳徹肯在海川投資，那他的投資規模和年產值對海川市的GDP將會帶來很大的拉動，這對孫永和曲煒來說都是一個很大的政績。

曲煒和傅華倆人的心情是複雜的，他們都知道了陳徹抽籤的內容，估計陳徹投資海川的可能性已經不大了，心情都很沮喪。但他們不能將這份心情表現出來，還不得不在酒宴上強作笑顏。

孫永敬了第一杯酒，說了一些爲陳徹送行的客套話，賓主就把杯中酒乾掉了。在服務員倒酒的間隙，孫永笑著問道：

「陳先生，你在海川看了兩天了，印象如何？」

傅華聽孫永這麼問，知道孫永急於知道陳徹是否要在海川投資，他看了坐在另一邊的曲煒一眼，倆人都猜測到陳徹可能的答案，知道陳徹很可能敷衍幾句什麼海川很好，他會慎重考慮投資之類的話，算是給他們海川市一個面子，然後就會沒下文了，不由得相視苦笑了一下。

傅華、曲煒都低下了頭，他們爲了陳徹的投資費盡了心思，實在不想聽到這種含糊籠統敷衍他們的結果。

果然，陳徹打起了哈哈：「海川很不錯，這兩天，我看到了貴市官員們的高效率以及良好的投資環境。這裏，我首先要感謝曲煒市長和傅華先生周到的安排和盛情的款待，來，我敬曲市長和傅先生一杯。」

聽陳徹提到了自己，傅華和曲煒不得不微笑著抬起頭來看著陳徹，曲煒說：「陳先生客氣了，作爲地主，我們是應該這麼做的。」

陳徹說：「曲市長不要客氣了，你們做得確實很好，我很感激。來，我們喝酒。」

三人碰了一下酒杯，一起將杯中酒喝完了。傅華和曲煒在喝酒的時候，不約而同地想到陳徹不愧是老狐狸，場面功力了得，竟然將敷衍的話說得這麼好聽，下面大概要說至於投資與否，他要回去請示董事會再定奪了。

喝完杯中酒之後，陳徹接著說道：「孫書記、曲市長，在這裏，我宣布一個決定，我經過慎重的考慮，決定說服融宏集團董事會，把新廠廠址定在海川科技工業園，首期投資八億美金。」

陳徹的話把海川市的官員們說愣了，尤其是曲煒和傅華，簡直不敢相信自己的耳朵，他們不相信陳徹最終會選址在海川。

陳徹沒得到預期熱烈的回應也愣了一下，他有些困惑地看了看孫永和曲煒，問道：「怎麼，貴市不贊同我的決定嗎？」

孫永馬上意識到自己被這個好消息搞得有點失態了，連忙笑笑說：「怎麼會呢？陳先生，我們高興還來不及呢。」

曲煒也立即反應了過來：「陳先生，謝謝您給我們海川市這個跟融宏集團共同發展的機會。您放心，我們海川市政府一定配合好融宏集團的工作，不會讓您爲今天這個決定後悔的。」

陳徹端起了酒杯，笑著說：「那就讓我們爲合作愉快乾杯吧！」

滿桌的人都站了起來，共同舉杯碰在了一起，然後一飲而盡。酒喝乾了以後，孫永帶頭鼓掌，隨即全場響起了熱烈的掌聲，宴會達到了高潮。

氣氛變得熱烈起來，陳徹酒卻依然喝得很克制，他向孫永和曲煒表示，融宏集團隨即將派出一個工作團隊到海川，跟海川市展開關於落戶海川建立新廠的細節討論。融宏的投資終於進入了實質性的談判階段。

由於陳徹要坐第二天的飛機離開海川，需要早點休息，酒宴進行的時間不長就結束了。

融宏集團終於決定選擇海川，傅華心頭的一塊石頭落了地，回到家中躺到床上就睡著了。

經過一夜好睡，傅華精神飽滿地來到了曲煒的辦公室，他想融宏集團的事情已經告一個段落了，自己也該回歸崗位，就來向曲煒告辭。

曲煒正在看一份文件，見傅華進來，一指沙發：「你先坐一會兒。」

傅華到沙發那裏坐下，曲煒看了一會兒文件，才從辦公桌站了起來，拿了一張紙遞給傅華：「你看看這個。」

傅華接了過來，見上面手寫著：「六甲生女，家事不安，官事不成，風水不吉，本身防危，月令破財，出外犯難，家信遲到，交易口舌，尋人難見，失物不見，功名無望，病人不安，婚姻不成，謀事無望。」

傅華看完，抬起頭問曲煒：「這是什麼？」

曲煒笑笑說：「這是昨天陳徹所求籤的解籤，我連夜找人去媽祖廟跟廟祝要來的。真是詭異，這上面沒一句好話，怎麼陳徹反而是一副很高興的樣子呢？」

傅華也想不透其中的道理，半天才說道：「也許是陳徹認為否極則會泰來吧？」

曲煒搖了搖頭：「應該不會，陳徹還不是那麼通透的人，這裏面一定還有什麼原因。」

傅華笑笑說：「管他什麼原因，反正他已經決定在海川投資了，雖然首期只投資八億美金，比原來聽到消息的三十二億美金少了很多。」

曲煒笑了：「你這傢伙，八億美金還不滿足？這可是近五十億人民幣啊，怎麼說也是一個大項目了。陳徹這個人是一個很有戰略眼光的人，估計下一步他可能要把產業佈局到全中國，所以這三十二億他不肯也不會都投到海川來。」

傅華點了點頭：「這個陳徹確實不簡單，他身上的很多東西都值得學習。」

曲煒說：「他能有這麼大的產業，絕非浪得虛名。哎，你這麼早來找我，有什麼事情嗎？」

傅華說：「我離開駐京辦有段時間了，現在融宏集團落戶海川基本已成定局，上午送完陳徹，我是否就可以回去了？」

曲煒笑了：「北京那裏有什麼人在等你嗎？」

傅華搖了搖頭。

曲煒說：「那你急著回去幹嘛？先別著急，等陳徹的工作團隊過來了再說。」

陳徹離開海川市後不久，他的工作團隊就來了。由於曲煒要求盡一切力量和融宏集團合作成功，傅華也不得不留在海川，參與了合作談判。

這是一場艱苦卓絕的談判，陳徹的工作團隊專業性很強，各方面的問題都想到了，他們是爲商人服務的，每一步都想把融宏集團的利益最大化。反過來，曲煒的工作團隊都是官員，他們也有自己不可逾越的原則底線。所以兩方面必然有衝突的時候。

出價，還價，強硬，妥協。這一場拉鋸戰足足進行了一個月，終於形成了一份雙方都可以接受的協議。陳徹的工作團隊拿著這份協議回去跟董事會請示去了，傅華也被曲煒赦免，得以返回海川市駐京辦。

雖然只是過去了一個多月，時間並不長，可是這一次回到駐京辦的傅華已經和剛上任時的神態大有不同了。剛上任時的傅華還不知道自己應該做些什麼，所以他當時是抱著一種謙卑和學習的態度到駐京辦的。現在他已經做成了一件足以讓人稱羨的工作，他有了充足的底氣和自信。

就是駐京辦的其他工作人員看傅華的眼神也有所不同了，林東在他面前變得更加諂媚，因爲現在他在駐京辦如日中天，地位變得不可撼動。至於詩人羅雨更是用一種崇拜的眼神看著傅華，覺得傅華領導下的駐京辦肯定會大有起色的。

傅華在駐京辦休息了一天，第二天就打電話給郭靜，郭靜應該算是海川市和融宏集團合作成功的第一功臣，他想把好消息第一個告訴她。

電話通了，傅華說：「郭靜，告訴你一個好消息，融宏集團已經決定將一個八億美金的專案投在海川市。」

郭靜淡淡地笑了笑：「那恭喜你們了。」

傅華笑笑：「這個真是要謝謝你了，沒有你給我陳徹到北京的消息，這一切都無從談起。」

郭靜淡然地說：「我那只是順水人情，關鍵還是你的努力。」

傅華說：「沒有你的消息，我再努力也沒有用。是這樣，我上次不是說過要請請你們夫妻嗎，你看你們什麼時間有空？」

郭靜遲疑了一下，似有爲難之處，說：「你這份心意我領了，請客就算了吧。」

傅華說：「怎麼能算了，再說，我也很想認識一下你先生啊。」

這些天，傅華在心裏理順過他跟郭靜的關係，他知道一味地回避也不是個辦法。既然回避不了，那還不如索性大大方方的來往，不過，來往的前提不再是他和郭靜倆人之間，而是他要跟郭靜的家庭交朋友。

郭靜笑笑：「一個商人而已，有什麼好認識的，再說，他也不一定有時間。」

傅華說：「你就幫我約一下又何妨，時間看他的安排，地點也由他來定。」

郭靜說：「那我約約試試，人家可是忙人，我可不一定約得到。」

傅華從郭靜的語氣中聽出了她對丈夫的不滿，不過，這是人家夫妻之間的事情，他一個外人不好置辭，只是笑了笑說：「那我等你電話。」

第七章

投其所好

丁江明白跟高層人士建立良好的關係，是有一定技巧的，
有時候光靠金錢並不一定能夠達到通關的目的，而是在於投其所好，
只有投其所好，才能想辦法打動其心。
所以他首先要摸清賈昊的喜好。

當晚，傅華來到了張凡家，他沒忘記丁江父子想要他找張凡引見賈昊一事。

傅華先跟張凡彙報了融宏集團投資海川的事情，張凡聽完，笑著說：「這個陳徹城府極深，神鬼難測，你能搞定他，確實是不容易。」

傅華笑著說：「老師，你對這個陳徹的看法真是太精準了，這人確實有點神鬼難測，我到現在都沒想明白，他最終爲什麼選擇海川。你說他不信那支凶籤吧，他又很珍重地保存了起來；你說他信這支凶籤吧，他又不應該選擇海川。這兩者的矛盾之處讓我百思不得其解。」

張凡笑了：「你是不明白其中的訣竅，明白了其中的訣竅，事情就會變得簡單了。我想問題的關鍵，就在於他曾經抽過相同的籤，這支籤就契合了以前某種情境，讓他反而堅定了選擇海川的信心。」

「對呀。」傅華腦海中一下子敞亮了，還是張凡見多識廣，一下子就抓住了問題的關鍵，肯定是這支籤契合了某種陳徹獲得過成功的情景，這才讓他抽到凶籤不但不沮喪，甚至還會以爲這是神靈對他選擇海川的支持。

傅華笑了：「老師，你這一句話讓我茅塞頓開。」

張凡說：「你只是沒想到而已。對了，下一步你打算做什麼？」

傅華說：「我想等融宏集團的事情塵埃落定，就著手重新更換一下駐京辦的辦公場地。」

張凡笑了，說：「你可以呀，融宏集團的事情讓你有了要價的本錢了。」

傅華笑笑說：「原本曲市長就支持的，現在只是更好說話了而已。老師，您跟賈昊之間還有聯繫嗎？」

張凡聽傅華提起賈昊，愣了一下，抬頭看了傅華一眼，問道：「你找賈昊有什麼事情嗎？」

傅華說：「是這樣，我們海川市的一家房地產公司想要上市融資，因此想托我找賈昊詢問一下相關上市的細節。」

張凡說：「詢問細節？不是這麼簡單吧？你們的曲市長倒是慧眼識人，現在看來沒有比你更適合做這個駐京辦主任的了。」

傅華看出了張凡似乎並不願意引見賈昊給自己認識，就問道：「老師，是不是您有什麼爲難的地方？要是爲難，我就把這件事情給推掉算了。」

張凡搖了搖頭：「我倒沒什麼爲難之處，只是現在的賈昊已經不是當初跟我讀書做學問時的那個賈昊了。」

傅華問道：「他現在對老師您不尊重嗎？」

張凡笑笑說：「尊重，不但尊重，還是特別的尊重。你可別忘了，我張凡也算國內經濟學界的一分子，現在的中央高層很重視科學治國，常常找我們這些老朽去講講課，問問經濟發展之道之類的。」

傅華知道，張凡是國內經濟學界市場派的代表人物之一，他的觀點和看法現在很受主流重視，對於這樣重量級的人物，想來賈昊也是不敢不尊重的。

張帆接著說道：「可是那種尊重不是一種發自內心的尊重，而是一種功利性很強的尊重。傅華啊，你非得找賈昊不可嗎？」

傅華笑笑：「既然老師不願意跟賈昊打交道，那就算了吧。」

張凡看了傅華一眼，問道：「你是不是答應那家企業什麼了？」

傅華說：「也沒有答應什麼，我只是說會盡力幫忙。」

張凡說：「那你打算怎麼跟那家企業交代？」

傅華說：「我看看再找找別的關係吧，他們總歸求到了我，我什麼都不做也不好，要是再不行也只好推掉了。」

張凡說：「這樣反而不好，如果被賈昊知道你、我之間的關係，我不出面他反而會生疑，到時候就是這家企業能通過，他也會想辦法卡住，這樣反而會害了那家企業。算了，君子坦蕩蕩，我也沒必要遮遮掩掩，我給你出面跟他打個招呼，他如果願意見你，你自己再來安排。」

傅華感激地說：「老師，謝謝您這麼爲我著想。」

張凡笑笑：「跟我客氣什麼。傅華啊，我給你引見可以，不過，我希望你不要涉入太多，京城這灣水很深，我可不希望你嗆著。」

傅華點了點頭：「我會記住老師的話的。」

過了一天，張凡打來電話，給了傅華一個電話號碼，說已經跟賈昊打過招呼了，賈昊讓傅華打電話給他。

傅華不敢怠慢，連忙打電話給丁江，說張凡已經聯繫了賈昊，賈昊讓自己跟他聯繫的情況。

丁江高興得哈哈大笑：「老弟，你一出手果然非同凡響。好！」

傅華說：「你別光顧著高興，我打電話給賈昊要怎麼說？」

丁江笑笑說：「你就跟他說，我們想當面請教一下公司上市的事情，我馬上買機票，明天就會到北京，到時候我們一起去見他。」

傅華說：「那我等明天你到了再打電話吧？」

丁江說：「別呀，打鐵趁熱，你現在就打電話給他，我想這些大人物的時間不好約，今天他一定不會有時間的。」

傅華笑笑：「那好吧。」

傅華撥通了張凡給的那個號碼，一個男人在電話那一頭很冷漠地問道：「哪位？」

傅華連忙通報了自己的名字，說是張凡老師給自己的這個號碼。

男人一下子變得熱情了起來：「原來是小師弟啊，我就是賈昊。你的情況，老師都跟我說了，現在在海川市駐京辦是吧？」

也不知道是不是張凡事先給傅華打了預防針的緣故，反正傅華對賈昊驟然從冷漠變得十分熱情感到很彆扭，心說這個人果然有些虛偽。他笑了笑說：「對啊師兄，我現在來北京發展，還望您多加關照。」

賈昊笑笑：「這個自然，我們都是張老師的弟子，應該互相關照的。說吧，找我什麼事？」

傅華說：「是這樣，我們海川市有一家天和房地產公司，他們老總想要股票上市交易，想跟師兄當面請教一下應該如何操作。」

賈昊說：「哦，是這樣啊，那個老總在北京嗎？」

傅華說：「他明天就到，不知道師兄什麼時候有空能見見他？」

賈昊說：「那就後天晚上七點半吧。」

傅華問道：「那去什麼地方碰面呢？」

賈昊說：「就老舍茶館吧，那裏後天晚上有京劇彩唱，據說有名家表演《四郎探母》。」

第二天，丁江帶著丁益到了北京，傅華派車將他們接到了駐京辦事處。

傅華看到丁益一起來了，心知丁江急於將兒子推上臺面的苦心，他在這樣一個結識上層的時候將兒子帶來，是想讓兒子多見見世面，認識一下權勢人物，爲將來接班做準備。

傅華將跟賈昊接觸的情況跟丁江作了彙報，聽完之後，丁江疑惑地說：「賈昊怎麼定得下心來去看京劇？他喜好京劇嗎？按照他的年紀不應該啊。」

丁江明白跟高層人士建立良好的關係，是有一定技巧的，這個時候光靠金錢並不一定能夠達到通關的目的，再說，這些高層的眼界廣闊，所經手的都是巨額的財富，所以你想用錢來滿足他們似乎難度很高。要想跟他們建立良好的關係，關鍵就不能在於錢，而是在於投其所好，只有投其所好，才能想辦法打動其心。所以他首先要摸清賈昊的喜好。

傅華笑了：「這是他要去看的，可不是我自作主張。再說，蘿蔔白菜各有所愛，這與年紀沒關係的。」

丁江笑了笑說：「隨著時代的變遷，社會的流行元素瞬息萬變，京劇已經逐漸淡出了主流媒體的關注焦點，日漸式微，我以爲只有我這個年紀以上的人才會喜歡呢。」

傅華笑著說：「也許現在流行復古風呢。」

丁益笑了：「看來傅哥對流行時尚的掌握度很高啊。」

傅華笑笑：「管他呢，反正這是賈昊自己點的，我們去陪他看戲就是了。對了，兩位準備下榻哪裡？」

丁江說：「公司已經預訂了崑崙飯店。老弟，我不是嫌棄你們駐京辦，不過，你這裏確實太過於簡陋了。」

傅華笑笑說：「我知道我這裏廟小，容不下你這尊大菩薩，一會兒我派車送你們過去。」

丁江就和傅華約了第二天見面的時間，然後去了崑崙飯店。

次日，傅華和丁江父子七點一刻就到了老舍茶館門前，傅華撥通了賈昊的手機：「師兄，我已經在老舍茶館門前了。」

賈昊笑笑說：「哦，你已經到了，我七點半準時到。」

傅華跟賈昊還從未謀面，他怕錯過，就問：「那我怎麼知道師兄來了？」

賈昊說：「我的車號是京A××××。」

三人在汽車裏等到了七點半，賈昊的車果然到了，看來這是一個很守時的人，傅華心裏有了一絲好感。

車停穩後，車門打開，一男一女下了車。男人四十多歲的樣子，中等個子，一身休閒打扮，精瘦，戴一副圓框金絲邊眼鏡，頭頂的頭髮有些禿，髮際明顯後退，看上去一副典型的官僚樣子。

那個女人卻是戴了一副黑色墨鏡，看不清楚墨鏡下的面容，不過遠遠看去，身材苗條，衣著時髦，舉止之間自有一股風情。想來也是一位時髦俊俏的女郎，只是不知道她跟賈昊之間的關係。

傅華和丁江、丁益三人連忙迎了過去，傅華先問道：「是賈師兄嗎？」

賈昊微笑著伸出手來跟傅華握手，說：「小師弟一表人才啊。」

傅華說：「師兄誇獎了，這是我們海川市天和房地產公司的丁江丁董事長，這位是他的公子丁益丁副總經理。」

丁江父子分別跟賈昊握手問好。

賈昊指了指身旁的女伴，說：「這是我朋友小文。」

賈昊並沒有說明小文的職業和倆人的關係，似乎並不想傅華三人瞭解具體的情況。傅華等人的關注中心在賈昊身上，因此對小文也就沒十分的留意。

小文微笑著跟三人握了握手，問了好。

寒暄完畢，傅華說：「師兄，座位都訂好了，我們進去吧。」

賈昊說：「好的。」

五人走進了老舍茶館，茶館的門面很簡樸，門廳沒有豪華雅座，只在玄關掛著一張節目單。沿古舊的木樓梯扶欄而上，走道上掛滿了字畫和照片，櫥窗裏擺著各式工藝茶具，精巧雅致。傅華領著賈昊等人往裏走，就沒有時間駐足細看。

上得三樓，眼前便是數十張整齊排列的八仙桌，一色的仿紅木高背椅；頂棚掛著四行十六盞八角宮燈，很像是一個辦喜宴的宴會大廳；八仙桌之外的兩廂，一邊是出售紀念品的櫃檯，一邊擺設著瓷器、古玩；大廳的廊柱都裝飾著雕花窗格，顯得古韻十足，頗有傳統的意味。

大廳正面有一個不大的舞臺，藍天白雲做天幕，襯托著圓門籬牆，簡潔明快。臺眉鑲鏤空花格，兩邊掛一對木刻楹聯，上寫「振興古國茶文化，扶植民族藝術花」，金字黑底，格外醒目。

五人到了第一排的第三桌坐下，便有堂倌過來，在桌上滿滿地擺上了豌豆黃、驢打滾、艾窩窩等北京著名的小吃。每人面前端上了一碗蓋碗茶，堂倌報茶名為「大佛龍井」，產自浙江新昌，是近年來聲譽鵲起的名茶。

傅華掀開了蓋碗，見茶湯碧綠鮮亮，喝了一口，滋味清醇甘爽，果然是龍井茶中的上品，比起西湖龍井絲毫不差。

演出開始，魁梧的男主持從圓門登臺，他像老北京茶館的跑堂一樣，搖著京步，把茶巾往肩上一甩，先來一段開場白，京腔京韻，詼諧幽默，頓時引得滿場喝彩。

見人們的注意力都被吸引到了臺上，小文這時才將黑色墨鏡摘了下來。傅華甩眼一看，不由愣了一下，這副面孔太熟悉了，這個小文竟然是有名的電影明星文巧，她近年參演的幾部電影都風靡大江南北，很受觀眾喜歡。難怪她會戴著黑色墨鏡露面，不然的話，整個茶館中的人就不會看臺上，目光只會聚集在她的身上了。

沒想到這賈昊居然跟文巧是朋友，而且倆人的神態似乎還很親密，應該不止朋友那麼簡單。

鑼鼓響起，《四郎探母》第一場《坐宮》正式開始，楊延輝和鐵鏡公主相繼登場。傅華看賈昊全神貫注跟隨著臺上的人物唱的節奏手指點擊著桌子，便知道他是真的喜歡京劇。

《坐宮》是講楊四郎延輝在宋、遼金沙灘一戰中，被遼擄去，改名木易，與鐵鏡公主結婚。十五年後，四郎聽說六郎掛帥，老母佘太君也押糧草隨營同來，不覺動了思親之情。但戰情緊張，無計過關見母，愁悶非常。公主問明隱情，盜取令箭，四郎趁夜混過關去，此劇是生、旦唱腔成就較高的傳統戲之一。

傅華的母親喜歡京劇，晚年因爲疾病，京劇更是成了她唯一的娛樂，耳濡目染之下，傅華多多少少也懂一點京劇。

臺上楊延輝西皮快板唱道：「我和你好夫妻恩德不淺，賢公主又何必過於歉言。楊延輝有一日愁眉得展，也難忘賢公主恩重如山。」

鐵鏡公主（**西皮快板**）：「說什麼夫妻情恩德不淺，咱與你隔南北千里姻緣……」

高潮到了，臺上大鑼連打「串錘」，起西皮快板。楊四郎撩袍挑袖，站立於宮門，心神激蕩地唱道：「公主去盜金鈚箭，好到宋營拜慈顏。扭轉頭來叫小番！」

「小」字一出，聲腔急速上翻，其「番」字如離弦之箭，直射清空，在高八度音區上迸發出又亮、又長、又足的激越之聲來，充分抒發出了四郎延輝回營探母刻不容緩的情感。

賈昊忍不住一拍桌子大聲叫道：「好！」此時，全場的氣氛被烘熱起來，滿堂喝彩，掌聲不絕。

傅華知道這個叫小番就是京劇中有名的「嘎調」了，很多老票友聽坐宮這一段，就專聽這一口，這也是評價一個演員水準高低的重要標誌之一。

小番叫完，坐宮一折基本結束，下面的節目就是一些京韻大鼓魔術之類的，賈昊便顯得意興闌珊，看了看傅華和丁江父子，說：「我們去四合茶院坐坐吧。」

這個表演大廳太過於喧鬧，並不適合談話，丁江巴不得離開，連忙說：「好。」

五人去了四合茶院，這裏跟表演大廳又是另外一種局面，古琴悠揚，顯得十分幽靜，選了一個包間坐下，賈昊說：「不好意思，這京劇是我個人的一點癖好，沒讓幾位悶著了吧？」

丁江笑著說：「怎麼會，多好聽啊。」

賈昊又看了看傅華，笑著問：「小師弟這個年紀應該不喜歡這個調調吧？」

傅華笑了：「這是我們的國粹，多好啊。今天這個楊延輝很不錯，唱出了楊派老生特有的蒼勁和雄渾，不過似乎功力稍顯不足。」

賈昊眼睛亮了：「小師弟也懂京劇？」

傅華說：「不敢說懂，稍知一二。」

賈昊說：「我聽過這個劉越唱過幾次了，每次總感覺他唱腔有什麼問題，可又說不出來。小師弟知道問題的所在嗎？」

傅華笑笑：「我只是隨口一說，師兄別當真。」

賈昊說：「不然，我也感覺這個劉越有不足之處，小師弟還是說說看。」

傅華說：「那我就班門弄斧了，這個劉越唱的勁道是夠了，可有點傻小子睡涼炕，全憑火力壯的勁頭，底下沒有氣托著，很多音太虛，技巧方面稍顯不足。」

賈昊叫了一聲：「對呀，楊派老生發聲深沉渾厚，行腔與吐字力求穩重蒼勁，不浮不飄，如寫字之筆筆送到。唱腔簡潔大方，雖少大幅度的起伏跌宕，卻於細微處體現豐富的旋律，細膩而不瑣碎。細品起來，這個劉越唱得真像師弟說的，很多地方是硬頂上去的，缺乏細膩。」

傅華笑笑說：「好了，師兄，我們不要再談京劇了，這樣下去會冷落了文小姐的。」

文巧見提到了自己，笑了笑說：「沒事，你們談得挺有意思的。」

傅華笑著說：「師兄你不應該啊，文小姐這樣的大明星你也不好好介紹一下，讓我們幾乎對面不識，怠慢了文小姐。」

文巧呵呵笑了：「傅先生客氣啦，我不過是演了幾部電影而已，也是平常人。昊哥跟我很談得來，彼此拿對方當好朋友，因此不需要特別介紹。」

丁益笑笑說：「文小姐豈止是演過幾部電影，你的那部《天幕》演得相當不錯，很感人。」

文巧笑笑：「丁先生看過《天幕》？」

丁益說：「《天幕》轟動一時，我當然看過。」

傅華在一旁卻聽出了文巧語氣中的意味，她稱呼自己和丁益都是先生，稱呼賈昊卻是昊哥，彼此之間的親密溢於言表，看來絕非談得來那麼簡單。

丁江在一旁也看出了賈昊和文巧之間的關係不簡單，他是老江湖，腦筋馬上就轉到了文巧身上，便笑著問道：「有件事我想問一下，不知道文小姐下個月有沒有檔期？」

文巧看了丁江一眼，問道：「丁董問這個幹什麼？」

丁江笑笑說：「是這樣，下個月我們公司有一個大樓盤要開盤，公司有意做一次盛大的宣傳活動，想邀請一位像文小姐這樣的大明星出席。今天正好幸運地碰到了文小姐，因此冒昧問一下。」

文巧心知自己雖然也算是影視圈不小的一個腕兒，但今天這個局面，丁江真正的目的是在賈昊身上，沒有賈昊，她就是再大的大腕兒，丁江也不一定會搭理她，就看了賈昊一眼，問道：

「昊哥，這合適嗎？」

賈昊似乎很滿意文巧徵求自己意見的舉動，他溫柔地笑了笑說：「怎麼不合適，這是人家丁董的正常商業活動，如果沒有檔期，小文你就去一趟吧。」

文巧見賈昊答應了，便笑著對丁江說：「那我就謝謝丁董了，檔期的問題，我給你個電話，回頭您跟我的經紀人談一下吧。」

丁江就讓丁益記下了電話號碼，他很高興賈昊同意文巧去參加天和公司的開盤活動，這說明賈昊對自己有好感，才讓他的紅粉知己參與天和的商業活動。一條良好的溝通管道就此建立了。

傅華在一旁心裏暗自稱讚丁江這隻老狐狸手腕的高超，什麼有意做一場盛大的宣傳活動，天和房地產公司算是海川市的知名企業，聲譽卓著，他們的房產向來是海川市的搶手貨，不用宣傳也很快就會賣光，又怎麼會需要做什麼宣傳活動，要通過文巧討好賈昊才是真的。

賈昊也是，丁江這麼明顯的賄賂都不拒絕，看來也不是一個潔身自好之輩，張凡對他的看法倒也不無道理。

餘下的時間，大家都圍著文巧談論一些娛樂圈的八卦，哪個明星最近演了什麼什麼大片，誰跟誰又分手了，誰跟誰又在一起了，大家似乎都忘了這個聚會是以丁江想要請教某些公司股票上市交易的規定做名義才召集起來的。

有美女在場，時間過得很快，賈昊看了看手錶，說：「已經十點多了，我明天上午還有個會，是不是就此散了？」

丁江說：「行啊，天下無不散的筵席，今天就玩到這裏吧，不耽擱賈主任休息了。」

丁益就去結賬，丁江和傅華一起送賈昊和文巧離開。

上了車，賈昊將車窗搖了下來，對傅華說：「小師弟，你剛到北京來發展，有什麼需要儘管開口，我一定會盡力幫忙的。就是沒事，也可以到我那兒聊聊，相信我們一定有很多共同話題的。」

傅華看得出來，賈昊這幾句話說得很真誠，便笑著說：「那我就先謝謝師兄了。」

「跟我客氣什麼，對了，」賈昊又轉頭對丁江說，「丁董，我後天上午有時間，你到我辦公室來吧，我們談談公司上市需要注意的問題。」

丁江笑著點了點頭，說：「我後天上午一定登門拜訪。」

賈昊說：「那回頭見了。」就發動汽車，離開了。

看賈昊離開，丁江笑著拍了拍傅華的肩膀：「老弟，你今天真是讓我刮目相看，我聽了這麼多年的京劇，也沒聽出今天這個楊延輝唱得還有問題，看來這個賈昊很欣賞你啊。」

傅華笑笑說：「湊巧而已。」

這時，丁益結完賬走到了倆人身邊，笑著說：「什麼湊巧，我今天可是跟傅哥又學了一招啊。」

傅華說：「別笑話我了，我那是虛招，倒是丁董邀請文巧這一手很高，一舉兩得啊。」

丁江說：「這還是要感謝老弟你啊，沒你從中牽線，賈昊估計連見都不會見我。正好，今天提到了我們公司開盤，丁益啊，回頭你選一套好一點的房子，把手續什麼都辦好，給你傅哥送到北京來。」

傅華笑著搖了搖頭：「丁董，這我可不敢接受，我介紹你認識賈昊，不過是舉手之勞，什麼時候方便，你請我吃頓飯就可以了，房子嘛就免了。」

丁江說：「老弟送我這麼大的人情，一頓飯怎麼可以呢？」

傅華笑笑說：「你如果真的過意不去，可以請我吃一頓好的嘛。」

丁江說：「房子你不要我也不勉強，這份人情我記下了。至於你想吃頓好的，老弟幫我們天和操了這麼多心，請老弟吃頓飯本來就是應該的，說吧，你想吃什麼？」

傅華知道這頓飯不好再推辭了，否則丁江會覺得他在推三阻四，不給面子，人情世故上說不過去，就笑笑說：「北京這地方我初來乍到，也不知道什麼好吃，只是聽說北京烤鴨和東來順的涮羊肉不錯，丁董覺得哪家不錯，就在哪家請吧。」

丁江笑了：「老弟，烤鴨和涮羊肉算什麼啊，對北京的美食你還需要多瞭解一下，這應該也是你駐京辦主任的職責之一吧。」

傅華說：「那丁董定地方吧，我跟著您去開開眼界。」

丁江說：「那這樣，明天我正好沒事，我們去吃譚家菜吧。」

傅華知道譚家菜，譚家菜又稱官府菜，榜眼菜，清末就已聲名卓著，留下了「食界無口不誇譚」之譽。這個「譚」，指的便是廣東南海人譚家浚。此人在同治十三年考中榜眼入翰林，後督學四川，又充任江南副考官，一生酷愛珍饈美味。譚家的女主人都善烹調，並經常不惜重金禮聘京師名廚於家，不斷汲取各派烹飪之長，成功地將南北菜系融於一爐，最終形成了獨具一格的譚家菜。

北京做譚家菜的飯店有幾家，據說都是從譚家出來的人開的，傅華也曾經在一家酒樓吃過一次，倒也沒覺得特別好，不過既然丁江提出來了，他也沒有反對的必要，還是將這頓飯吃了，趕緊把這段事情應付過去好了，否則丁江不知道又要送自己什麼東西了。

雖然傅華知道丁江這是好意要還自己人情，可是傅華很清楚自己的身分，他是公務人員，如果收受了丁江送的東西，那就是受賄，是不爲組織紀律所允許的。

傅華說：「好哇，那我就跟著丁董去享受享受吧。」

第二天，丁江帶著傅華、丁益來到了北京飯店C座七樓譚家廳。傅華知道今天這頓飯與他之前吃的那家肯定不同，北京飯店是五星級的，半圓的窗戶，豪華典雅的陳設，絕對是一個顯擺的地方。

坐定之後，丁江也沒詢問傅華，自顧地點了清湯燕菜、黃燜魚翅、蠔油鮑魚、羅漢大蝦、柴把鴨子、罐燜鹿肉、五彩素燴、草菇蒸雞、清蒸豉油魚等菜。

傅華笑笑說：「丁董，太豐盛了。」

丁江說：「這都是招牌菜，來北京飯店是一定要嘗嘗的。」

傅華心想這些菜本身的材料都不便宜，加上在五星級酒店，肯定價格不菲，也就是你這個大老闆財大氣粗，換了別人，誰會點這麼多？

傅華笑笑：「那真是要感謝丁董的盛情款待了。」

丁江笑著說：「老弟，比起你幫我的忙，這實在算不上什麼，就不要客氣了，待會兒你一定要好好品嘗一下黃燜魚翅，這裏的黃燜魚翅可是頂尖的，是我吃過做魚翅做得最好的。」

因爲有丁江的特別提醒，傅華便對上來的黃燜魚翅格外留意，這黃燜魚翅果然沒讓傅華失望。那金黃透亮的顏色，醇厚汁濃的味道，軟爛滑糯的質地，確實展現出了魚翅的美味，令傅華讚嘆不已。

丁江笑著說：「我沒騙你吧老弟？」

傅華笑著說：「確實美味。」

丁江說：「跟你說老弟，這裏才是最正宗的譚家菜，傳承自譚家浚的家廚彭長海。

這個黃燜魚翅，選料一定要選產自菲律賓的呂宋黃，翅中有一層像肥膘一樣的肉，翅筋層層排在肉裏邊，膠質豐富，品質上乘。烹飪魚翅的湯，用料一定要足，整雞、整鴨、豬肘、乾貝、金華火腿等熬湯的材料必須都有，這樣才能保證湯清而味濃、鮮美至臻。然後還要在火上燒燉六七個小時，使魚翅的質地極其軟糯，味道才會異常鮮美。我每次到北京，這個黃燜魚翅是一定要來吃的。」

傅華心說這樣做下來，這碗黃燜魚翅得要多少錢啊？這還真是平常人吃不起的美味。忽然想到這譚家廳環境優美，菜肴高檔美味，請郭靜夫妻倒是可以安排在這裏。按說沒必要安排在這麼高檔的地方，可這是要請郭靜的丈夫，據說郭靜的丈夫家庭背景雄厚，傅華不想在他面前失了面子。

傅華也是一個平常人，有著平常人一樣的競爭心和妒忌心。潛意識中，他對這個得到了郭靜的男人是有著幾分敵意的，雖然當初是他自己放棄了郭靜。他選擇北京飯店，實際上是想告訴那個得到郭靜的男人，他傅華混得也不差，可以在北京的一流餐廳請他們吃飯。

雖然事後想起這件事情，傅華也覺得自己膚淺和可笑，但他腦海裏浮現出選擇北京飯店請客想法的當時，認爲這想法是很適當的；甚至他還有些感謝丁江，感謝丁江帶自己去了這麼個高檔的地方，讓他有了可以請郭靜夫妻吃飯的地點，否則他可能真要請郭靜夫妻去吃烤鴨或者涮羊肉，那就掉份兒了。

從打電話發出邀請郭靜夫妻到現在，已經過去幾天了，郭靜始終沒再打來電話，傅華感覺到郭靜似乎不太情願帶丈夫來見自己，這讓他處境變得有些尷尬，既然已經發出了邀請，按理說，應該追問一下對方的具體安排，可又明知道郭靜心裏不情願，這讓他問也不是，不問也不是。今天這北京飯店一行，倒是給了傅華一個很好的話頭，讓他覺得可以打電話給郭靜了。

第八章

不速之客

三人正吃著，一個三十多歲個子高挑的男人進了包間。

傅華心說今天是怎麼了，不速之客這麼多。

郭靜站了起來，說：「你不是說不來了嗎？」

男人笑笑：「你同學請客，我不來打個招呼也不好，這位就是你的同學吧？」

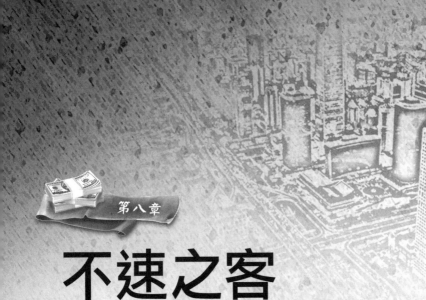

隔天丁江和丁益父子自行去了賈昊那裏，傅華因為賈昊並沒有明確邀請自己去，就沒有陪同，他怕賈昊要跟丁江父子談什麼比較私密的事情，他去了反而不太方便。

傅華撥通了郭靜的電話，笑著說：「你在忙什麼呢？」

郭靜笑笑：「也沒什麼，就是瞎忙。」

傅華說：「哦，我昨天在北京飯店跟朋友吃飯，感覺那裏的譚家菜很不錯，就想起了我邀請你們夫妻吃飯的事情，你是不是把這事兒給忘了？」

郭靜說：「傅華，真的沒必要。再說我家那位真的挺忙的。」

傅華說：「我是誠心誠意想邀請你們夫妻，再忙，吃飯的時間總是有的，是不是你根本沒對人家說啊？」

郭靜說：「我跟他說了，可那幾天他的行程排得很滿。」

傅華說：「那你再問一下嘛，地點就定在北京飯店譚家廳，那裏的黃燜魚翅真的不錯，我是誠心請客，你們可一定要給我個面子。」

郭靜說：「好啦，我再問一下他什麼時間有空。」

傅華說：「那你趕緊問，我等著。」

郭靜苦笑了一下：「你是不是不達目的不甘休啊？」

傅華笑笑：「還是你瞭解我。」

郭靜說：「怕了你了，你別掛電話，我用分機打給他。」

傅華就聽到了郭靜給她丈夫撥電話的聲音，過了一會兒，就跟傅華說：「我家那位說了，後天晚上吧。」

傅華說：「那就後天晚上七點，我在譚家廳恭候了。」

郭靜說：「好吧。」就放下了電話。

下午，丁江打來了電話，說他們父子要趕回海川，傅華聽他興高采烈的語氣，知道跟賈昊談的這一上午，肯定是讓丁江受益匪淺，也不具體問賈昊都說了什麼，只是說一路平安，如果北京方面有什麼事情需要駐京辦協助，他一定全力幫忙。

丁江呵呵笑著說：「行啊，老弟，少不了麻煩你。」

時間很快過去，到了傅華跟郭靜約好的時間，差一刻七點鐘傅華就到了北京飯店譚家廳。這時候他才發現，內心中，他是很渴望瞭解郭靜究竟嫁了一個什麼樣的男人的，也不知道這個男人跟自己相比是好還是壞。

人都是生存在一個比較的世界裏，會比較自己的同事、朋友、鄰居……他們用的車、住的房子、賺的錢等等，跟自己相比究竟如何。傅華自然也不能免俗，他其實很在意郭靜究竟找了一個什麼樣的男人。

七點過五分，郭靜一個人來了，傅華笑笑問：「你家那位還要等一會兒嗎？」

郭靜看了傅華一眼，說：「不好意思，他臨時有點事不能來了。」

傅華本來還想問爲什麼都定好了又不來了，卻注意到郭靜臉上閃過一絲無奈，他瞭解郭靜，知道這是一個要強的女人，怕再追問下去郭靜會尷尬，就笑笑說：

「那就我們兩個人吃吧，這頓飯本來也是爲了感謝你的。」

倆人入座，傅華讓郭靜點菜，郭靜點了幾個素淨的菜，傅華笑了：「你別這樣點啊，我還想跟你沾光，奢侈一下呢。」

傅華就將菜單拿過去，加了清湯燕菜、黃燜魚翅兩道菜，笑著說：「沒來是他沒口福，我們可不能怠慢了自己。」

郭靜看了傅華一眼，問道：「傅華，你是不是很想見見我家那位？」

傅華笑了：「當然了。」

郭靜說：「他就是一個商人，其實幫不到你什麼的。」

「我是那麼功利的一個人嗎？」傅華覺得郭靜誤會了自己要見她丈夫的意圖，有些不滿地說。

郭靜看了傅華一眼，說：「那你要見他幹什麼？」

傅華苦笑了一下，說：「我想要見他，是想真實地瞭解一下這些年你過得怎麼樣。」

郭靜笑了：「過得怎麼樣啊？說不上好，也說不上壞，現在的夫妻不都是這樣嗎？」

傅華笑笑：「倒也是。」

郭靜看了傅華一眼：「你還在乎我過得怎麼樣嗎？」

傅華被問住了，郭靜今天的一切雖然不能說是他一手造成的，但也與他有著莫大的關係，當初若不是他捨棄了郭靜，可能就不會有郭靜現在的婚姻，他實在沒有權利可以說在乎；但是說不在乎也不符合事實，傅華心中還是很關心郭靜的一切，當初倆人心心相印，那段情愫早就深植心底，不是說一句不在乎就可以了斷的。

傅華無從置辭，倆人就沉默了，氣氛變得尷尬起來。

幸好郭靜的手機響了起來，打破了沉悶的氣氛。郭靜接了電話：「哪位？」

「嫂子，是我，趙婷啊。」

「趙婷啊，找我有什麼事嗎？」

「也沒什麼事，就是想到你那兒找頓飯吃，你在家嗎？」

郭靜笑了：「我不在家，跟一個朋友在北京飯店吃譚家菜呢。」

「喂喂，你這樣不好吧嫂子，吃譚家菜也不叫我？」

「呵呵，你想來嗎？」

「方便嗎？不打攪你會情人吧？」

郭靜被說得臉紅了一下，還真叫這丫頭說中了，她和傅華曾經確實是一對情人。她說：「你這瘋丫頭，說話沒遮沒攔的，什麼情人啊，是我一個老同學。」

「老同學更危險，說不定……」

「這麼多廢話，你到底來不來？」郭靜怕趙婷說出更不堪的話來，趕緊打斷了她。

「去，爲什麼不去，我晚飯還沒著落呢，再說譚家菜的口味還不錯。」

「那你趕緊來，我們已經開始吃了。」

「我就在天安門附近，很快就到的，你們等我啊。」

郭靜放下電話，對傅華說：「我家那位的表妹，挺瘋的一個丫頭，她要過來。」

傅華正覺得跟郭靜單獨在一起吃飯，氣圍有些尷尬，也歡迎有人加入飯局，就笑笑說：「好哇，多一個人也熱鬧些。」

過了二十幾分鐘，一個二十多歲的女子匆忙走了進來，見到郭靜就說：

「北京這破路太堵了，明明走路五分鐘就到了，可是轉了二十多分鐘才過來。嫂子，你們沒把好吃的都吃了吧？」

郭靜笑了：「我們告訴廚師等一下上菜，等著你呢。來我給你介紹，傅華，我同學，海川市駐京辦的主任。這位是趙婷，我妹妹。」

傅華看這個趙婷，姣好的瓜子臉，一雙大眼睛炯炯有神，紮著一條馬尾辮，上身穿一件很隨性的細格子T恤，外罩一件小背心，下身一件七分褲，運動鞋，渾身上下洋溢著青春氣息。

青春真是美好啊，和趙婷相比，傅華就感覺自己有些暮氣沉沉，心中有了蒼老感。

傅華站了起來，伸手出來笑著說：「你好。」

趙婷上下打量了一下傅華，跟傅華握了握手，也笑笑說：「你好。」

倆人坐了下來，趙婷趴在郭靜耳邊笑著說：「嫂子，你這同學打扮得怎麼這麼土氣啊？」

雖然是咬耳朵的話，可是趙婷說話聲音並不太低，傅華聽得清清楚楚，不由得苦笑了一下，心說這個女人倒直爽，一點面子也不給自己留。

郭靜見傅華苦笑，知道他聽到了，就笑了笑說：「別瞎說，人家是公務員，不能打扮得花里胡哨的。」

趙婷一撇嘴：「那也不用這麼土啊。」

傅華笑了笑，他的打扮基本上跟在海川是一樣的，可是在北京就顯得有些落伍了，便笑著對郭靜說：「跟你妹妹這樣的時尚美女比，我似乎真的顯得很土。郭靜，這時代不屬於我們的了。」

郭靜呵呵笑了，一旁的趙婷不滿意了，叫道：「喂喂，你有多大呀？就說這麼老氣橫秋的話？你跟我嫂子同學，撐死了也就三十出頭而已。」

傅華不好跟趙婷計較什麼，就說：「那也比你大。好了，你看看是否還需要點些什麼？」

傅華將菜單遞給了趙婷，趙婷也不客氣，接過菜單問道：「你們都點了什麼？」郭靜說了點的菜，趙婷不滿地對傅華說：「怎麼點的菜都是這麼素的，喂喂，你不是摳門吧？」

傅華有點哭笑不得，說：「這是你嫂子點的，你不滿意，可以再加嘛。」

趙婷也不客氣：「是要加點，來個酒烤鱈魚，我上次吃這個很不錯，不要一品鮑魚，他們做得不太好，再來個清蒸豉油魚……」

「好了，再多都吃不完了。」郭靜看趙婷還要點下去，連忙攔住了她。

趙婷笑了笑：「好吧，這樣也馬馬虎虎了。」

菜陸續的上來，三人開了一瓶紅酒，邊吃邊談。

趙婷問郭靜：「我哥呢？」

郭靜說：「你哥原本說要跟我一起來的，臨時有急事趕著處理去了，就沒過來。」

趙婷又抬頭看了看傅華，說：「喂喂，我嫂子說你是什麼地方的主任啊？」

傅華笑笑說：「海川駐京辦事處的，有什麼指教的嗎？」

趙婷說：「聽起來也像是個官了，是不是管很多人啊？」

傅華笑了：「辦事處是一個外派機構，沒幾個人的。」

趙婷哦了一聲，低下頭去對付她的黃燜魚翅了。吃了一會兒，又抬起頭來，對傅華說：「喂喂，你們辦事處在什麼地方？」

傅華笑了一下：「我有名字的好不好，你別喂來喂去的。」

趙婷也不在意，說：「哦，你叫傅華是吧？傅華，你們辦事處在什麼地方？」

傅華對一個比自己小很多的人直呼其名有些彆扭，可看趙婷的神情，倒不是故意要這麼不禮貌，純屬一種自然天性的顯露，也就不好計較，只好說道：「在菊兒胡同。」

趙婷說：「哦，那改天找你去玩啊。」

傅華心說我那兒有什麼好玩的，不過也不好說別的，只好說：「歡迎。」

三人正吃著，一個三十多歲個子高挑的男人進了包間，傅華心說今天是怎麼了，不速之客這麼多。

郭靜看到男人進來，站了起來，說：「你不是說不來了嗎？」

男人笑笑：「你同學請客，我不過來打個招呼似乎也不好，這位就是你的同學是吧？」

傅華聽到這裏，知道來的男人是郭靜的丈夫，連忙站了起來，伸手出來笑著說：「你好，我是傅華，很高興認識你。」

男人稍稍沾了一下傅華的手，算是跟傅華握手了，笑道：「我是楊軍，早就聽郭靜說起過你。」

楊軍說話的時候雖然是笑著，傅華卻感覺他從裏到外透著一股冷淡，似乎並不屑於跟自己交往。

趙婷這時也站了起來，笑著叫道：「哇塞，哥，你突然跑來了，是不是不放心嫂子來查崗的？」

楊軍的臉不自覺地抽搐了一下，似乎被說中了心事，不過，他也拿自己這個表妹沒辦法，略顯尷尬地說：「趙婷，你就會胡說，你怎麼也跑來了？」

趙婷說：「本來想去你家找頓飯吃的，嫂子說她在北京飯店，我恰巧在附近，就過來了。」

傅華讓服務員加副碗筷，楊軍就在郭靜身邊坐了下來，傅華笑著說：「不知道你還會來，所以就沒等你。」

楊軍笑笑：「說來是我不好，原本答應要來的，誰知卻臨時有事來不了。不過小靜跟我說過幾次了，不來照個面不好意思，所以我趕緊把事情處理完，馬上就趕來了。你是在海川駐京辦是吧？」

楊軍一邊說著話，一邊親暱地握著郭靜的手，似乎想告訴傅華，他們夫妻的感情很好，又似乎想要向傅華宣示他對郭靜擁有的主權，這一切做得十分明顯，傅華看在眼裏很不是滋味。佳人別有懷抱，真是情何以堪。

傅華強笑了一下：「對，我前不久才被派來北京做這個辦事處主任的，就想跟老同學們聯絡一下，也沒別的意思，我初到北京來發展，希望老同學們多關照一下。」

楊軍看了傅華一眼，不鹹不淡地說：「北京這地方，形形色色的人物都有，水深得很，可不是好混的。」

傅華聽出了楊軍話中的不友善，便知道這傢伙心眼有點小，他很可能知道了自己跟郭靜過往的那段戀情，對自己有些敵意，不過自己跟郭靜過往的那段戀情，發之於情，止乎於禮，並沒做什麼出格的事情，傅華心中坦蕩蕩，也不覺得對楊軍有什麼愧疚。

他看了郭靜一眼，見郭靜因爲丈夫到場，不再像剛才那樣談笑自若，心裏頓時明白她來時臉上那絲無奈的緣由，明白爲什麼她不想安排這個飯局了。

想明白了這些，傅華就不想跟楊軍針鋒相對，那樣會讓郭靜更難做，於是笑笑說：

「我這也是身不由己，單位安排，推辭不掉。」

傅華說是職責所在，這話題就被堵死了，無法再深入下去了。楊軍端起酒杯，喝了一口酒，沒再說什麼。

趙婷直率，並不代表她不聰明，她看出了傅華跟楊軍之間並不友好，有點像兩隻雄性動物爲了爭奪異性而劍拔弩張，她並不想摻和，正好譚家菜美味的菜肴陸續端了上來，就專心對付美食去了。

郭靜因爲丈夫到場，她知道丈夫的個性，就不好表現出十分熱情，也低著頭吃著飯菜。

桌上的氣氛變得沉悶起來，作爲主人的傅華覺得自己有義務找點話題，打破這沉悶的氣氛，就笑笑說：「楊兄過來的正好，我有個問題想請教。」

楊軍看了傅華一眼，他不好表現得太沒有風度：「什麼問題啊？」

傅華說：「我們海川駐京辦現在是租用別人的地方辦公，很不方便，也不適應我們海川市的經濟發展需要，所以市裡想給我們駐京辦弄一處自己的地方，楊兄是搞房地產的，幫我參謀一下，我們是搞塊地自己建呢，還是買現成的？」

楊軍眼睛一亮，這倒是一個可以做的生意，他是商人，對可以做的生意自然十分感興趣，再說就目前傅華的表現來說，人家請郭靜吃飯，也是友好的先徵詢自己的意見，並沒有什麼冒犯之意。因此楊軍雖然心裏彆扭，卻想爭取一下傅華這項工程，尤其這還是一項政府的工程，政府的工程向來是利潤豐厚的。

楊軍笑了笑：「這要看傅兄是怎麼想的了，如果選地自建，操的心會多一點，但也更能適合你的需求，成本也相對低一些；反過來說，購買現成的會少很多麻煩，不過別人建好的房子就不一定能完全適合你的要求了，而且相對來說，價格也會高一些，因爲建商也需要從中賺取一部分利潤的。」

傅華笑笑：「這倒也是。」

楊軍問道：「傅兄準備選在什麼地方？」

傅華說：「大概在朝陽區吧，四環和五環之間，不在現在的東城區，這裏太貴了。」

楊軍說：「這倒也是，東、西城區地價飛漲，建設的成本太高了，反而是朝陽區四五環之間還算是城市的邊緣地帶，地價還沒有起來。不知道傅兄準備建成什麼樣子？」

傅華說：「現在還是初步設想，想建一部分做辦公用，再有一部分建成酒樓，我想在這裏建一座海川風味的飯店，一來方便在京的海川人聚會；二來也可以宣傳一下海川的地方風味和特色。」

楊軍笑笑說：「設想不錯，不過格局感覺小了點，我倒覺得你可以索性動作大一點，建一座大酒店，留幾層做行政辦公用，底下幾層做酒店，上面建成旅館。」

傅華笑了：「楊兄說得容易，我也想把它建成一座大酒店，可那要錢呢，我估計海川市能給我的資金頂多是三千萬，其餘的我如何籌措啊？」

楊軍哈哈大笑：「傅兄，這世界上籌錢的方法很多，你可以找人合作開發，同時你也別忘了，這世上還有一個可以借給你很多錢的地方叫做銀行。偉人不是說過嘛，人有多大膽，地有多大產。這話雖然有些片面，可是也不無道理，你的思想要開闊，心有多大，你的格局才能有多大。」

傅華笑了笑：「我覺得還是腳踏實地比較好，有多少資金就做多少事情。」

楊軍笑著搖了搖頭：「傅兄啊，改革開放都這麼多年了，你的思想怎麼還這麼保守呢？牟其中知道吧？他的『飛天計畫』多麼富有想像力啊。」

傅華笑了：「可是牟其中現在身陷囹圄，這也是他富有想像力的結果。」

楊軍說：「那是他後來被神化以及自我過度膨脹的結果，他後期幾乎狂妄，甚至以為自己無所不能。這世界上誰能做到無所不能？到最後誰都難逃宿命的擺佈，所以他的失敗也是很正常的。但你不能因此就否認他的飛天計畫確實是商業上的一個經典案例。」

傅華說：「這倒是。」

這時，楊軍的語氣已經客氣了很多，他拿出一張名片遞給了傅華，說：「我在朝陽區還有點影響力，你敲定了怎麼做之後，可以跟我說一下，無論你是想買還是想建，我都能幫點忙。」

傅華笑著把名片接了過來，心裏卻十分尷尬，他本來只是想提個話題出來而已，與建新的辦公地點還只是他心中的一個想法，連曲煒都還沒正式同意過。楊軍現在卻就想參入其中，這反而讓傅華不好再解釋什麼。就是爲了維護他在郭靜面前的面子，他也不能說這還只是一個初步構想而已。

他拿出了一張自己的名片遞給了楊軍，有些虛僞地說：「到時候少不了麻煩楊兄。」

這時正在埋頭大吃的趙婷抬起頭來，對傅華叫道：「喂，傅華，你發名片怎麼也不給我一張，太沒禮貌了吧？」

楊軍笑了：「趙婷，我們是可能有商業往來才交換名片的，你跟著瞎攪和什麼？」

趙婷說：「什麼瞎攪和，我是想什麼時間有空找傅華玩一下。」

傅華心說你找我玩，我跟你很熟嗎？不過，他有點怕這個青春洋溢、口無遮攔的女子，反正就是一張名片，便趕緊奉上，還客套說：「不好意思啊，趙小姐，是我疏忽了。」

趙婷拿過名片看了一下，說：「這才對嘛。傅華，你也別趙小姐、趙小姐的叫了，現在這個時代，叫小姐不好聽，你就叫我趙婷吧。」

這個女子就是這麼率直，反而讓傅華有些自慚，八年多的官場歷練下來，他已經褪去了當初那股在校園的純真，變得世故圓滑了很多。這世上的人都能像趙婷這麼簡單多好？可惜，這種人現在很少能見到了。

傅華心中對趙婷有了一絲好感，便對趙婷的話不置可否地笑了笑。

雖然因爲有駐京辦要置辦新辦公場所這個案子吸引，楊軍的態度好了很多，不過席面上可談的話題還是不多，這場酒宴很快就結束了。

傅華將三位客人送到了酒店門口，便跟楊軍握手告別。楊軍還沒忘承攬工程的事情，叮囑傅華說：「有什麼需要別忘了找我。」

說著話，楊軍忽然仔細地打量著傅華，有點困惑地問道：「傅兄，我們是不是曾經在什麼地方見過？」

傅華有點莫名其妙：「我們今天好像是第一次見面吧？我印象當中以前沒接觸過，怎麼了？」

楊軍撓了撓頭：「我怎麼感覺跟傅兄似曾相識。」

傅華笑了，他以為楊軍是想以此拉近倆人的關係，就說：「那可能是我們一見如故吧。」

楊軍呵呵笑了笑，他只是對傅華有一種見過面的感覺，並沒有想起在什麼地方和時間見過面，便說：「也許是吧。」

楊軍和郭靜上了車，楊軍的座駕是一輛黑色的賓士，闊大的車身顯得沉穩氣派，倒是很適合楊軍商人的身分。楊軍放下車窗，夫妻二人跟傅華揮手告別，開走了。

趙婷開一輛mini cooper，時尚小巧，傅華知道這款寶馬旗下的小車並不便宜，最低也要三十多萬，是時尚雅皮族的寵物，看來趙婷的家世背景也不差啊。

趙婷把車停在了傅華身邊，問道：「你怎麼走，要不要我送你？」

傅華笑道：「你這小車我要坐進去，大概先要把腦袋砍掉一塊才行。」

趙婷呵呵笑了：「你長那麼高幹嘛。」

傅華笑笑：「這也由不得我。好了，我開車來的，你先走吧。」

趙婷說：「那我先走了，改天找你玩去，拜。」

傅華看著趙婷開車走了，暗自搖了搖頭，心說這個女子還真是有趣，自己一個破辦事處有什麼好玩的。

傅華上了車，就開上了王府井大街，他要趕回駐京辦。

夜開始靜了，在車裏悠揚的音樂聲中，傅華腦海裏浮現出他來北京這段時間發生的大大小小的事情，有辛苦，也有收穫，時間雖短，卻充滿了傳奇色彩，讓傅華目眩神迷。

北京到底是皇城根，它帶給傅華的新鮮和刺激，不是枯燥地像一潭死水一樣的海川可以相提並論的。

枯燥是傅華選擇離開海川的重要原因之一，他給曲煒做秘書的那些日子，基本上算是一個被公式化的機器人，每天都在重複著前一天所做的事情，生命和激情就這樣在不斷地重複再重複中被消耗。

這讓傅華有一種窒息的感覺，如果不是有母親的牽絆，他早就會選擇逃離了。人活這一輩子，決不是爲了機械的重複和繁衍，而是要在這時代的年輪上刻下自己的印記。傅華從小就認爲自己絕不是平庸之輩，他想要站在北京這更廣闊的天地上，做出一番自己的作爲。

北京是全中國的心臟，這裏有高不可攀的高官，有富可敵國的富豪，有傾國傾城的美女，這裏有舉凡一個野心勃勃的男人所渴望得到的一切。更重要的是，這裏充滿了可以建功立業的一切因素和機會，是每一個自認不凡的男人都想來發展的地方。

想到了美女，傅華眼前浮現出了孫瑩的倩影，自廣州聯繫過那一次，一晃快兩個月過去了，傅華由於忙著跟融宏公司的投資談判，便把這事給擱下了，也不知道孫瑩現在怎麼樣了。

人和人之間的相處，有時是需要時常往來的，只有時常往來，倆人之間有了一定的熟悉感，關係才會變得親密。現在近兩個月都沒聯繫，倆人之間的熱度已經降了下來，傅華倒不好再重啓和孫瑩之間的往來了。

想想也是好笑，自己爲什麼會牽掛孫瑩呢？難道男女之間有了肌膚之親，心理上就會建立起一定的聯繫嗎？不知道孫瑩對這段關係是怎麼定位的，不過，似乎孫瑩是很在乎的，不然她也不會爲了在飛機上不理自己一再解釋。

飛機上！

傅華腦海裏突然閃過當時孫瑩靠在那個男人肩上的影像，心裏不由驚叫了起來。

他明白爲什麼楊軍會覺得跟自己似曾相識了，他們確實見過，當時孫瑩依靠的那個三十多歲、渾身貴氣的男子就是楊軍！因爲當時楊軍和傅華關注的目標都是孫瑩，所以對對方並沒有留下什麼深刻的印象。

這個發現讓傅華心中十分惱火，楊軍怎麼能這樣呢？他已經擁有了郭靜這麼好的女人，爲什麼還在外面拈花惹草呢？

傅華有些衝動地拿出了手機，他想把這個發現告訴郭靜，他不想讓郭靜受到傷害。撥了幾個號碼之後，傅華開始冷靜下來，這麼做好嗎？郭靜知道了這件事情會是什麼反應呢？無論如何，她肯定不會高興的。

這世界上，大概他這個舊情人是最不適合告知郭靜這個情況，郭靜會不會認爲自己在嘲諷她的錯誤選擇呢？再說，自己腦海裏只有一幅很模糊的影像，是不是可以確定那個男人就是楊軍呢？這還真不好說。

還是先向孫瑩確認一下再說吧，如果確實是楊軍，那就想辦法側面提醒一下郭靜，讓她多管束一下楊軍的行爲。

傅華找出了孫瑩的號碼，撥了過去。

電話被接通了，孫瑩笑著說：「是傅總啊，怎麼突然想起小女子我來了呢？」

傅華說：「是這樣，孫瑩，我想問你一件事情。」

孫瑩說：「哦，有事就想起我來，沒事就把我忘在腦後了是吧？」

傅華笑笑：「沒有，我怎麼會。」

孫瑩說：「你不是說從廣州回來就跟我聯繫嗎？這多長時間了，快兩個月了吧？你不是有事，又怎麼會打電話給我？」

一連串的質問讓傅華有些招架不住，便說：「你誤會了，你聽我解釋。」

孫瑩淡淡地說：「算了，你不用解釋了，說吧，你要問什麼。」

孫瑩這樣說，反而讓傅華覺得不解釋不好，再說，在電話裏問孫瑩陪什麼男人去廣州的事情也不合適，就說：「這個電話裏說不太好，你在哪裡，方便跟我見個面嗎？」

孫瑩說：「還挺神秘的，好吧，你來吧，我在什刹海的左岸。」

「左岸是什麼？」傅華對北京的地形並不熟悉，因此問道。

「左岸都不知道？站在河中，面向下游，你的左邊就是左岸。」

「好了，別開玩笑了，我問左岸是個什麼樣的地方，怎麼走？」

「你真的不知道左岸？」

「我承認我是鄉下來的老土，左岸到底是什麼？」

「酒吧啊，就在什刹海，不過你沒來過，可能還真不好找。」

「是酒吧就好了，我到了什刹海慢慢找。」

「我跟你說，你從銀錠橋旁刻著『銀錠觀山』的大石頭向西，沿湖邊走下去，直到你認爲前面不會再有酒吧的時候，『左岸』就快到了。」

「好吧。」

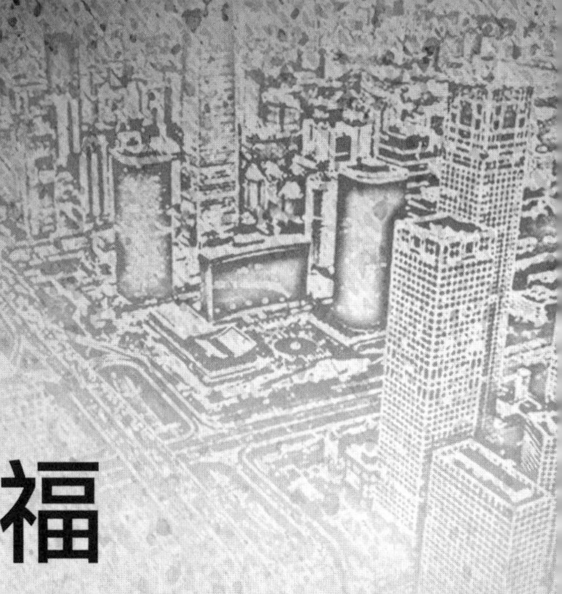

第九章

飛來艷福

剛才孫瑩的舉動，透著強烈的曖昧意味，
傅華也是血氣方剛的男人，對女人充滿了好奇和渴望，
他的身體已經被帶動，熱血在體內四處亂竄，意欲衝破堤壩，奔流而出。
沖淋了好一會兒，傅華的身體才恢復了平靜。

傅華沿路打聽著，好不容易才找到了「左岸」。

「左岸」門前有個院子，正對前海湖心的小島，小院用鐵柵欄圍成。院裏擺放了露天的座位，周圍種著竹子，大理石碎片鋪地，收拾得一塵不染，院子裏一棵粗大的古樹枝葉繁茂，頓時給人一種清爽的感覺。

走進竹林掩映的小院，迎面是一個通透、敞亮的大房間。青花瓷缸裏的紅色金魚在緩慢地游著，老式英文打字機沉默著，燭影搖曳，白色的百合靜靜地怒放，萊納李奇低聲地吟唱著「Say You，Say Me……」

傅華幾乎懷疑自己走錯了地方，這裏有著靜若處子的淡定，跟外面喧囂的塵世恍若兩個空間，透著一種浪漫氣息，透著一股懷舊的氣氛，這裏實在不像酒吧，更像是一間書房。傅華幾乎馬上就喜歡上了這裏，他覺得找尋的辛苦沒有白費。

孫瑩看到了傅華，招手讓他過去，坐到了她對面寬大的竹椅上，笑著說：「這裏的環境好優雅。」

孫瑩淡淡地一笑，說：「你喝點什麼？」

這淡淡一笑中透著一絲慵懶，一絲頹廢，一絲美麗的柔弱，在這充滿了懷舊氣氛的酒吧裏，在搖曳的燭影裏，讓傅華感到了一種入骨的媚態，禁不住有些心旌神搖，心說這孫瑩不愧是仙境夜總會的四大頭牌之一，「媚惑」這個詞大概就是形容她的吧。

傅華定了一下心神，指了指孫瑩面前的高腳杯：「你喝的是什麼？」

孫瑩笑笑，說：「愛爾蘭咖啡。」

傅華愣了一下，他還是第一次看到用高腳杯喝的咖啡，就笑笑說：「那我也來一杯吧。」

孫瑩輕輕搖了搖頭，說：「你應該不適合喝這種咖啡的。」

傅華笑了，說：「爲什麼？」

孫瑩說：「喝這種咖啡是需要一種心境的，你沒有，所以你喝不到這種咖啡的精髓。」

傅華說：「什麼心境啊？」

孫瑩說：「這裏面有一個很長的故事，不過我現在沒有心情跟你說。」

傅華看出了孫瑩心境不佳，也就不再追問下去，說：「那你幫我推薦一款飲料吧，我第一次來，也不知道該喝什麼。」

孫瑩說：「算了，我也不知道你該喝什麼，隨便吧，你不是有事情要問我嗎，趕緊問，問完走人。」

「那我就來一杯愛爾蘭咖啡吧，我倒想看看這裏面有什麼心境。」傅華說。

孫瑩不置可否地笑笑，服務員拿著單子離開了。

傅華說：「因爲在海川市有些公事要處理，我就從廣州去了海川市，沒想到事情很囉嗦，一直忙了一個多月，這幾天剛回北京，所以一直也沒跟你聯繫。」

孫瑩臉上有了笑容，看著傅華說：「你有必要跟我解釋嗎？」

傅華說：「有必要的，我們是朋友，我不想你誤會我。」

孫瑩歪著頭打量著傅華，問：「有個問題我一直很困惑，你是知道我是做什麼的，你又不想得到我的身體，你對我這麼好，究竟想要幹嘛？」

傅華說：「人與人交往，難道一定要從對方那兒得到什麼嗎？」

孫瑩笑了笑說：「難道不是嗎？」

傅華搖了搖頭，說：「你如果是這麼定義朋友的，那我們就不要往來了。」

孫瑩冷笑了一聲說：「你以爲我稀罕。」

傅華有點惱火地站了起來，說：「那你就當今天沒見到過我。」

傅華說完就往外走。

孫瑩卻伸手拉住了傅華的胳膊，笑著說：「你怎麼這麼不經逗呢？別走，我跟你開玩笑的，再說，你不是有事要問嗎？」

傅華有些哭笑不得，只好又坐了下來，看著孫瑩問道：「我怎麼覺得你今天有些古怪，出了什麼事情嗎？」

孫瑩說：「沒事，我心情不好而已。說吧，你要問什麼？」

傅華此刻已經覺察到今天這個時機不太恰當，不過已經來了，他不得不硬著頭皮撐下去，就試探地問道：「你還記得陪你去廣州的那個男人嗎？」

孫瑩警惕地看了看傅華：「你怎麼突然想起來問這個？」

傅華撓了撓頭，說：「我今天可能碰到他了。」

孫瑩問道：「你在哪裡碰到的？你不會提到廣州這件事情了吧？」

傅華說：「我是在答謝朋友的聚會上碰到的，是不是他我還不能確定，所以也沒提到去廣州的事情。」

孫瑩鬆了口氣說：「那就好。你找我，是不是就是爲了確認這件事情？」

傅華說：「對，那個男人是不是叫楊軍，做房地產的？」

孫瑩問道：「你爲什麼非要確認是不是他呢？有什麼理由嗎？」

傅華說：「這個楊軍的老婆，是我的同學，我怕她被楊軍欺騙，受到傷害。」

孫瑩說：「我是不會破壞別人的家庭的，這你大可以放心。」

傅華見孫瑩並沒有否認這個人是楊軍，就說道：「還真是他啊，這個楊軍，怎麼能這樣呢。」

孫瑩說：「我警告你啊，千萬不要跟你同學提這件事情，否則我就不認你這個朋友

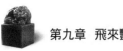

了。」

傅華說：「可是我如果不告訴她，會讓她受傷害的。」

孫瑩說：「你錯了，你告訴她，她才會受傷害；你不告訴她，她還會以爲自己生活得很幸福呢。再說，現在的男人有幾個不在外面拈花惹草，有一點婚外情的調劑，男人才會對妻子更好。」

傅華苦笑了一下，說：「你這是什麼邏輯啊？荒謬。」

孫瑩說：「荒謬什麼，這個社會本來就是這個樣子的。你這麼緊張幹什麼？這關你什麼事啊？哦，我知道了，這個女同學是你的舊情人？」

孫瑩一語道中。

傅華乾笑了一下：「是，我和她在學校時，曾經交往過一段時間。」

孫瑩說：「人家都已經結婚了，你怎麼到現在還念念不忘啊？」

「這個——」傅華被孫瑩咄咄逼人的追問搞得有些詞窮，恰巧服務員將愛爾蘭咖啡送了過來，他端起高腳杯，掩飾說：「我先嘗嘗這咖啡到底有什麼不同。」

杯中的愛爾蘭咖啡分成三個界限清楚的層次，最上面的一層是鮮奶油，下面咖啡色的明顯是咖啡，但底下一層透明的部分，傅華卻有點不知所以然，看上去這咖啡倒很有雞尾酒的風格。

喝了一口，傅華感覺特別的濃香醇烈，他還是第一次喝到這麼香的咖啡，香得濃厚特別，從中可以品出洋酒的味道。

傅華明白了，那透明的部分是酒，而且是度數不低的洋酒。

傅華說：「這到底是酒還是咖啡啊？」

孫瑩笑了：「你先別管這個是酒還是咖啡，你先告訴我你喝到了什麼滋味？」

傅華咂了一下嘴，說：「喝到嘴裏的滋味層次很豐富，有咖啡的苦香，有洋酒的醇烈，有奶油的鮮甜，怎麼我感覺還有一點兒鹹鹹的。」

孫瑩說：「鹹鹹的是因爲裏面加了鹽，那它給你的整體意境是什麼？」

傅華困惑地說：「什麼意境，我感受不出來，就是一杯濃烈的咖啡而已。」

孫瑩失望地說：「我說你喝不出來嘛，浪費了一杯好咖啡。」

傅華說：「好啦，我們男人沒你們女人那麼感性和小資。」

孫瑩說：「那倒也是。好啦，跟我說說你跟那位念念不忘的女同學的故事吧。」

傅華並不想跟別人分享他和郭靜的戀愛心路，就笑了笑說：「你不是讓我問完就走嗎，我現在就問完了，可以走了吧？」

孫瑩眼睛瞪了起來：「你走走試試？」

孫瑩雌威大作，杏眼圓睜，似笑非笑，別有一番風情，看在傅華眼中有些心動，就笑了笑說：「其實是一個很老套的故事，說了怕你也沒什麼興趣。」

孫瑩笑了：「我現在就有興趣，你還是老實地交代吧。」

傅華就講了自己跟郭靜的故事，講了自己當初怎麼被吸引，怎麼苦追，怎麼放棄，這次又是怎麼重逢……

孫瑩聽得不勝唏噓，搖著頭說：「你真是的，為什麼不聽從郭靜的意見，請個人伺候你母親呢？那一樣是盡孝了。」

傅華說：「我不放心把重病的母親交給看護，那樣我就是留在北京，心裏也會不安的。」

孫瑩說：「你不放心，就把你母親接到北京來嘛。」

傅華說：「我母親故土難離，她不想離開海川。」

孫瑩說：「那她就活生生拆散你們啊？」

傅華說：「不是的，我母親也不想拖累我，她贊同請人，是我自己決定回鄉的。你不明白，我自幼喪父，母親吃了很多苦才將我拉拔大，這個時候我沒有其他選擇。」

孫瑩冷笑了一聲說：「你可真夠偉大的。」

傅華知道孫瑩是站在女人的立場上同情郭靜，苦笑了一下說：「我知道是我辜負了郭靜，我心裏也很愧疚。」

孫瑩說：「所以你想用維護郭靜來尋求心理平衡是吧？」

傅華苦笑了一下：「我不希望她受到傷害。」

孫瑩看著傅華的眼睛，說：「你還是忘不了她是吧？」

傅華說：「我以爲我已經忘記了，沒想到時間還是沒能將那段記憶抹去。」

孫瑩邪邪地笑了，說：「這好辦，你就將遇到楊軍和我的事情告訴她，說不定她會重投你的懷抱。」

傅華苦笑地搖了搖頭：「我冷靜地想了想，還是算了吧，也許你說得對，她不知道可能更幸福。愛一個人不一定非要擁有她，爲了她好，我還是不打攪她的生活了吧。」

孫瑩說：「你總是有藉口，又是爲了你母親，又是爲了她好，可被你放棄的還是她，我看你還是愛她愛得不夠深。」

傅華神色黯然了下來，這是他心底永久的痛，當初他對郭靜一見傾心，是想跟她廝守終生的。可是現實畢竟不是童話，他也不是王子，時勢迫使他不得不忍痛放棄和公主共同生活的美好願望。

雖然他對當初的決定從來沒後悔過，可是這不代表他不心痛。

傅華沒有了再坐下去的心緒，他說：「時間已經不早，我要回去了。你怎麼辦，要不要我送你回去？」

孫瑩看了看傅華的表情，她明白這個男人是在隱忍著自己的痛苦。她沒再糾纏郭靜的話題，只是站了起來，說：「好吧，我沒開車來，你送我回去吧。」

倆人誰也沒說什麼，只是默默地走出了「左岸」，默默地上了車。

孫瑩說了自己住的地方之後，倆人就各自沉入了自己的思緒中，一路無語，來到了孫瑩所住的社區。

傅華說了聲到了，停下車。孫瑩從自己的思緒中被驚醒，看了一下四周，茫然地說了一句：「到了嗎？」

傅華說：「到了，早點兒休息吧。」

孫瑩哦了一聲，卻坐在那裏並沒有下車的意思。

傅華看了看孫瑩，說：「已經不早了，回去休息吧。」

孫瑩倦懶地笑了笑，伸手搖了搖傅華的胳膊，說：「我今晚心裏好孤單，不想一個人回家，你能不能陪我一晚？」

傅華愣了一下，看了看孫瑩，孫瑩一臉的哀求，他遲疑了一下，但還是說：「這不好吧？」

孫瑩苦笑了一下，央求說：「我今晚心裏真的很難過，就想你陪陪我，沒別的要求，好嗎？」

傅華心裏天人交戰著，此時的他，已經不同於當初跟孫瑩赤裸相見的他了，他對孫瑩有了更多的認識，也有了更多的渴望，也許自己應該翻過郭靜這一篇章，開始新的生活了。

傅華沒再說什麼，默默地停好了車，和孫瑩一起下了車。孫瑩很乖巧的過來挽著傅華的胳膊，倆人像情侶一樣走進了屋裏。

孫瑩的房子並不大，內部裝修很簡單，除了幾個大玩偶之外，房間裏其他的佈置都是生活必需品。這讓傅華心裏稍稍有些意外，仙境夜總會是北京頂級的夜總會，給服務員的小費都要五百起跳，那裏的頭牌竟然住這樣的房子，未免與孫瑩應有的收入不相符。

孫瑩將傅華領到了客廳，開了電視，說：「你先坐，我去找點東西。」

傅華就在沙發上坐了下來，眼睛似乎在看電視，耳朵卻豎著，聽孫瑩在臥室那邊幹什麼。

過了一會兒，孫瑩拿了一條浴巾出來，說：「你是我帶回這裏的第一個男人，我這裏也沒適合你穿的睡衣什麼的，你就用這條浴巾先去洗澡吧。」

傅華臉紅了一下，有些扭捏地接了過去。

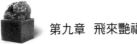

孫瑩在一旁笑了：「還害羞嗎？呵呵，你身上所有的部位我都看過了，有什麼好害羞的。」

傅華乾笑了一下，也不知道該說什麼好了。

孫瑩指給他洗澡的地方，傅華就匆忙進了浴室開始洗澡。水流噴湧而下，傅華仰起頭迎著水流，想用水流降低他體內的燥熱。

剛才孫瑩的一連串舉動，透著強烈的曖昧意味，傅華也是一個血氣方剛的男人，對女人充滿了好奇和渴望，他的身體已經被帶動，熱血在體內四處亂竄，意欲衝破堤壩，奔流而出。

沖淋了好一會兒，傅華的身體才恢復了平靜，這才圍上了浴巾，走出了浴室。

孫瑩笑笑說：「你一個大男人洗澡怎麼這麼久啊？真夠慢吞吞的。」

傅華笑了笑，說：「出的汗多了一點兒嘛。」他心裏說，我不多沖一會兒，身體的某些部位下不去，那多尷尬啊。

傅華環視了一下四周，問道：「我睡哪裡？」

孫瑩說：「先別急著睡，你等一下，我幫你把頭吹乾，不然頭不乾就睡覺會頭疼的。」

孫瑩拿出了吹風機，傅華想要自己吹，孫瑩不讓，非要傅華坐著她吹。傅華拗不過她，只好乖乖地坐到了沙發上。

暖暖的風吹拂著頭髮，孫瑩細嫩的小手不時在傅華頭髮中穿插，傅華愜意地享受著這一切，享受著一種家庭的溫馨氛圍。

時間似乎在瞬間就閃了過去，傅華還意猶未盡，孫瑩卻關了吹風機，說：「好了，你的頭髮乾了，跟我來吧。」

傅華跟著孫瑩進了臥室，孫瑩指了指床，說：「你先睡吧，我去洗澡。」

傅華此時早已經心猿意馬，心裏癢癢的，對將要發生的事情滿心期待，腦海中早就沒了拒絕的意識，乖乖地上了床。

孫瑩關上了臥室的門，出去了。躺在床上的傅華，心撲通撲通猛烈地跳動著，他認爲接下來孫瑩應該是要跟自己做那件事了。

像大多數成年男人一樣，對男女之事，傅華也是充滿了期待和渴望，因此，傅華現在的心情是又激動又惶恐，惶恐是因爲他實在不知道下面他應該對孫瑩做什麼。

房子的裝修雖然簡單，隔音的效果卻很好，臥室裏靜悄悄的，傅華豎起了耳朵，卻仍然聽不到外面的絲毫聲音。

時間在傅華的期待中，一秒一秒的往前走著，也不知道過去了多久，門終於開了，孫瑩披散著頭髮，穿著睡衣走了進來，輕聲問道：「你睡著了嗎？」

傅華心說，有哪個男人能在這種情況下睡著？便笑了笑說：「還沒呢。」

孫瑩上了床，偎依在了傅華懷裏，打了一個呵欠，說：「很晚了，睡吧。」

傅華有些失望，孫瑩似乎真的不想做些什麼，只好說：「好吧，睡吧。」

這一夜對傅華來說十分的煎熬，這可不比那晚赤裎相見的時候，那時傅華喝得亂醉，對孫瑩也還陌生，關鍵是他並不想做那種用錢買來的交易。現在他對孫瑩有所瞭解，甚至有些心動，又經過了一連串曖昧的過程之後，他實際上是想發生點什麼的。偏偏孫瑩卻變得很乖，偎依在他懷裏一動不動，很快就氣息平穩，睡了過去。

這讓傅華陷入了兩難，軟玉溫香的美女就抱在懷裏，那種甜膩的女人體香直沖鼻孔，讓他綺思不斷，動也不是，不動也不是，心想這柳下惠還真是不容易做啊。

過了好長時間，傅華才終於睡了過去，醒來的時候已經是早上七點了，孫瑩還在熟睡。

傅華打量著懷中的孫瑩，現在的孫瑩洗淨鉛華，夜晚的豔麗已經斂去，臉色可能由於不太見陽光，顯得有些蒼白，長長的睫毛閉合著，眼角有些淚痕，似乎在晚上曾經偷偷哭過了。

此刻的孫瑩更像一個鄰家的大女孩，親切可愛，傅華有些心疼地想，究竟是什麼人惹她傷心了，便伸手想拭去孫瑩眼角的淚痕。

手觸到孫瑩的眼角時，孫瑩被驚醒了，睜開了眼睛。傅華問道：「你哭過了？」

孫瑩倦倦地笑了：「怎麼，心疼我嗎？」

傅華笑笑：「誰惹你這麼傷心，竟然會在晚上偷著爲他哭泣？」

孫瑩說：「你別管那麼多了，謝謝你借胸膛讓我靠了一晚上。」

傅華說：「不要客氣了，我們是朋友嘛。」

孫瑩說：「經過這一晚，我好多了。呵呵，想不到你還真是個君子，就這麼乖乖讓我靠了一晚。」

傅華笑了笑沒說話，心想這種情況下，其實我倒寧願做個小人。

孫瑩看了看時間，皺了一下眉頭，說：「你怎麼醒得這麼早？」

傅華笑了笑，他是秘書出身，習慣早起，便說道：「我的生理時鐘就這樣，到時間就醒了。」

孫瑩說：「那你等一會兒，我給你弄點兒早餐吃。」

說著孫瑩就要起床，傅華知道她是習慣過夜生活的，這麼早起床肯定不舒服，便拉住了她，說：「我一會兒在外面隨便吃點兒就行了，你不要起來了。」

孫瑩也沒堅持，打了個哈欠說：「那好吧。」

傅華說：「那你好好休息吧，我要走了。」

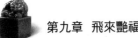

孫瑩抓住傅華的胳膊說：「等等。」

傅華看著她，問道：「還有事嗎？」

孫瑩湊了過來，在傅華臉上輕輕地一吻：「昨晚謝謝你肯陪我。」

傅華心神蕩漾了一下，笑著說：「不客氣，心情愉快一點，愁眉苦臉的女人很容易老的。」

孫瑩哈哈笑了笑，鬆開了傅華。

回辦事處的路上，傅華心裏是惆悵的，這一夜什麼都沒發生，他未免有點兒小小的失望。可他並不是一個急色的人，孫瑩不主動，他也只有相敬如賓了。

人有時候挺矛盾的，明明心裏想，卻還不得不做出一副君子相，連傅華都覺得自己虛偽。不過，孫瑩似乎有著很重的心事，傅華不知其所以然，也就無法寬解她，心裏也跟著彆扭。

回到辦事處，正碰到了劉芳，劉芳用狐疑的眼光看著傅華，說：「傅主任，昨晚怎麼沒回來啊？」

傅華笑了笑說：「昨晚跟朋友喝多了，不能開車回來，就在朋友那兒睡了一宿。」

劉芳笑著說：「你的朋友不會是女的吧？」

傅華看了劉芳一眼，心想這女人真是八卦，關你什麼事啊。

不過，這個女人雖然是他的手下，可是他也不敢輕易得罪，這個三十多歲的女人當初之所以會被外派到北京來，是因為她被海川市副市長秦屯的老婆向蓮捉姦在床，當時鬧得沸沸揚揚，滿城皆知。劉芳的男人為此跟她離了婚，而上面出於對同志的愛護，將劉芳外派到了北京辦事處。

這個女人身後有著秦屯，傅華不得不投鼠忌器，忍下對她八卦的厭惡，笑笑說：「劉姐，我從哪裡弄個女朋友啊，你也知道我老大不小了，也不幫我操操心，找個老婆?!」

劉芳笑了：「傅主任想找老婆了嗎?好說，我是做接待的，認識不少北京的漂亮小姐，改天給你介紹一個。」

「劉姐，你做媒可不要忘了我呀。」羅雨這時也從屋裏走了出來，笑著說。

傅華笑著說：「對呀，小羅也到了婚嫁年齡了，劉姐就一併操操心。」

劉芳說：「好說，好說。」

傅華回了自己的辦公室，在洗手間洗了一把臉，對跟進來的羅雨說：「小羅，麻煩你跑趟腿，買點早餐回來。」

羅雨答應了一聲，一會兒早餐買了回來，傅華一邊吃早餐，一邊問羅雨：「小羅，我來辦事處也有一段時間了，一直沒時間跟你細談，怎麼樣，你在北京待著還習慣嗎？」

羅雨說：「習慣，這裏跟海川差不多，都是北方氣候，只是風沙多了點兒。」

傅華說：「那就好好幹，現在市裏的領導已經意識到了辦事處的重要性，這裏很快就會有大的發展。」

羅雨笑了：「我知道，打從傅主任來的那一天，我就知道辦事處會有大變化的。」

傅華點了點頭：「按照我的設想，辦事處要做的事情很多，大家都會有用武之地的。」

羅雨說：「我知道傅主任你是一個實幹的人，但有時候也不能一味地蒙著頭做事，也要注意一下身邊的人。」

傅華抬起了頭，看了羅雨一眼，問道：「是不是某些人做了什麼小動作了？」

羅雨笑笑說：「辦事處換了幾屆領導，那些領導都不是蠢人，有些也想辦些實事，可是仍然被擠走，除了自身的問題之外，主要原因還在林東身上。」

傅華說：「經過我這段時間的瞭解，林東似乎也沒這麼大的能力啊？」

羅雨笑了，說：「林東一個人當然不行，可是再加上一個劉芳就可以了。」

傅華說：「你是說他們勾結在一起了？」

羅雨說：「是，他們之間很早就有一腿了。你別以爲剛才劉芳是關心你，其實她是對你一夜不歸產生了懷疑。我們辦事處這裏做的都是拉關係、走後門、迎來送往的事情，接觸的是花花世界，傅主任要小心不要被人抓了小辮子。」

傅華一下子明白了，爲什麼接連幾個主任都鬥不過林東這個看上去並沒什麼後臺的副主任。林東勾結上劉芳，就是勾結上了秦屯，有秦屯在背後支持，加上那些主任們自身並不過硬，自然是鬥不過林東。

這關係有夠亂套的，傅華厭惡地想道：「看來自己還真是小覷了林東，今後要小心應對了。」

傅華說：「我心裏有數了，謝謝你小羅。」

羅雨說：「不客氣，我提醒你，是因爲我不想看到你也栽在他們手裏，這幫傢伙成事不足，敗事有餘。」

傅華說：「我明白，以後你也幫我注意他們一點。」

這時，院子裏響起了一個女人的聲音：「這裏是海川市駐京辦嗎？」

傅華笑了：「這個趙婷，竟然第二天就追上門來了，這傢伙還真是閒啊。」

第十章

鬼市淘寶

劉康看得很仔細，遲遲沒看完，
傅華有些無聊，信手拿起了攤上一個有些古舊的信封，
見上面貼著陝甘寧邊區的延安寶塔郵票，知道這可能是早先戰爭時期的一封信，
反正閒著無聊，就打開看了看。

劉芳首先迎了出來，問道：「這裏是海川駐京辦事處，請問你找誰啊？」

趙婷說：「傅華是在這裏嗎？」

劉芳笑著問：「你是？」

趙婷說：「我是他朋友，他在嗎？」

劉芳說：「在在，我領你去他辦公室。」

趙婷卻不接劉芳的話，叫道：「傅華，你這傢伙，既然知道我來了，怎麼還不露面？給我出來！」

傅華趕緊站了起來，笑著對羅雨說：「我出去見她，晚了這傢伙能把房頂掀了。」就推開門走了出來。

趙婷穿著一身俏麗的運動休閒服站在院裏，傅華笑著說：「不知道趙大小姐大駕光臨，有失遠迎了。」

劉芳探詢地看了傅華一眼，傅華笑笑說：「劉姐你去忙吧，這是我朋友。」

劉芳笑了：「傅主任，你這人不實在了，有這麼漂亮的女朋友在，還讓我給你做媒？」

傅華笑道：「劉姐別誤會，是朋友，不是女朋友。」

劉芳曖昧地笑了笑，說：「是什麼你心裏清楚。」

傅華有些急了，他怕趙婷聽後生氣，連忙解釋說：「真的不是，劉姐，我們昨天才認識的。」

一旁的趙婷冷笑了一聲，說：「傅華，你那麼急幹什麼？我做你的女朋友還辱沒了你不成？」

傅華心說自己好心反成驢肝肺，這個大小姐還生氣了，便苦笑了一下說：「我是怕劉姐胡亂牽線你會生氣嘛，好了，別在這兒站著了，到我辦公室坐吧。」

傅華領著趙婷進了自己的辦公室，羅雨倒了一杯茶過來，傅華介紹說：「這是我們辦事處的小羅，這位是趙婷。」

羅雨笑著說：「你好，想不到傅主任的朋友這麼漂亮。」

趙婷對羅雨誇獎自己漂亮很高興，笑著跟羅雨握手，說：「我真的漂亮嗎？」

羅雨說：「真的，你真的很漂亮。」

趙婷轉身對傅華說：「聽見了嗎，傅華，你的兵誇獎我漂亮呢。」

幸好傅華對趙婷直爽的性格有所瞭解，對她的舉止不會感到唐突，只是笑著對羅雨說：「小羅，你先出去吧。」

羅雨衝著傅華眨了一下眼，笑著走了出去。

趙婷見羅雨出去了，把手中的紙袋遞給了傅華：「給你的，去換上試試。」

傅華笑問：「什麼啊？」便接過來，打開紙袋一看，裏面是一套藍色的休閒服。

傅華看了趙婷一眼，心想：這個女人是不是完全活在自我的世界裏？昨天說我土氣，今天就給我送衣服來了，也不管我是否願意。

傅華將紙袋遞還了過去，說：「我身上的衣服挺好的，這我不能要。」

趙婷有些急了，叫道：「傅華，你怎麼能這樣呢？我可是跑了幾個地方才選到這套衣服的。」

傅華笑了：「我沒讓你去幫我買衣服啊，我也不需要買衣服。」

趙婷振振有辭地說：「你是沒讓我幫你買衣服，可是你是我的朋友，你身上這套衣服穿出去丟我的臉，你知道嗎？」

傅華看了看自己身上穿的衣服，笑了笑說：「我沒覺得這套衣服不好啊？我一個大男人，也不需要打扮得花里胡哨的。」

趙婷說：「什麼叫花里胡哨的，氣質，氣質你知道嗎？你穿這套衣服，整個精神就垮下去了。」

傅華笑笑說：「我還是不能要，這套衣服你拿回去吧。」

趙婷看了傅華一眼，說：「你不要是吧？」

傅華說：「我不能要。」

趙婷臉有點兒掛不住了：「那好，反正這套衣服是專門爲你買的，你不要別人也不能穿，那我扔掉算了。」說著就站了起來，將紙袋扔在了傅華辦公室的紙簍裏，轉身就要離開。

傅華有點兒哭笑不得，這女人，這脾氣，他還真拿她沒辦法。見趙婷要走，傅華趕緊拉住了她：「好啦，你別急，我留下了還不行嗎？」

趙婷這才轉嗔爲喜：「那你還不趕緊換上試試。」

傅華無奈，只好拎起紙袋，去裏間換上了。

走出來的時候，趙婷看著他連連點頭：「我沒白跑這幾家店，我想要的就是這種感覺。」

傅華心說：衣服是我穿，你也不管我是否要這種感覺。

照了照鏡子，傅華的確覺得自己帥氣了很多，少了幾分古板，多了幾分隨意和瀟灑。傅華拿出了自己的錢包，笑著問：「多少錢？我給你。」

趙婷瞄了一眼傅華錢包的厚度，笑了：「你真的想給？」

傅華說：「當然了，沒理由讓你花錢給我買衣服的。」

趙婷伸手向著傅華：「好吧，三千八百塊，謝謝。」

傅華愣住了：「這麼貴？」他看了一下錢包，裏面只有不到兩千塊錢的樣子，根本不夠付給趙婷的。

趙婷說：「這可是義大利名牌，三千八還算便宜的。」

傅華笑了笑：「那你等我一下。」就想要出去跟羅雨和劉芳借點錢，好把這姑奶奶打發走。

趙婷瞪了傅華一眼：「幹嘛，要出去借錢是吧？」

傅華笑笑：「對啊，我錢包裏沒那麼多現金可以給你。」

趙婷側頭看著傅華：「傅華，你可不可以拿出點男人的大器來，你跟我計較這三千八百塊錢幹什麼？我缺這麼點錢嗎？」

傅華有點哭笑不得，這個女人真是的，明明是想對人好，偏偏做事的風格和說話的語氣卻讓人是那麼的不舒服。他還是第一次接觸到這種完全沉浸在自我意識中、做事任性妄爲的人。

傅華說：「我知道你不缺這麼點錢，可是我沒有理由接受你這麼貴的禮物。」

趙婷說：「那你說我們是朋友嗎？」

傅華點了點頭。

趙婷說：「朋友送東西給你，你都會付錢給對方嗎？」

傅華搖了搖頭：「這倒不一定，可是……」

傅華想說可是我們的關係還沒到那份上啊，但趙婷沒讓他說完，打斷了他的話說：「好了，我本來滿心高興買了這套衣服送你，你看你，又是不要，又是給錢的，什麼意思嘛？真掃興，我走了。」

說完，趙婷站起來就往外走，傅華說：「你等一下。」

趙婷眼睛瞪了起來：「等一下幹什麼，你再說給錢，我跟你翻臉啊。」

傅華笑笑說：「錢可以以後再談，你坐一下再走嘛。」

趙婷虎著臉說：「我沒心情了，走了。」

傅華不好再留她，只好把她送出了門外，趙婷上了車，傅華一臉尷尬地說：「謝謝你了，有時間過來玩。」

趙婷臉上這才有了笑容：「這才像句人話。喂，傅華，別說，你還真是個衣架子，這套衣服穿在你身上還真帥。」

傅華苦笑了一下：「謝謝誇獎了。」

趙婷說：「好啦，別一副苦瓜臉了，我走了。」

車開走了，傅華轉身回到院裏，羅雨迎了出來，笑著問：「傅主任，你的衣服好漂亮啊，老實交代，這位美女是誰？」

傅華笑笑，說：「我告訴過你名字了。」

羅雨說：「我不是問名字，我是問你們的關係。」

傅華說：「都跟你說是朋友了。好了，別這麼八卦了，我跟她真的是普通朋友。」

羅雨困惑地說：「我怎麼覺得沒這麼簡單呢？」

傅華說：「可以了，該做什麼做什麼去吧。」

羅雨訕訕地離開了。

傅華回了辦公室，看了看身上的衣服，撥通了郭靜的電話：「你知道我今天早上見到誰了？」

郭靜笑了笑：「趙婷是吧？」

傅華驚訝地問：「你怎麼知道？」

郭靜說：「她打電話跟我說了，說要給你換換行頭，看樣子她還真去了。」

傅華笑了：「她給我買了一套三千八的衣服，我要給她錢她還不要，郭靜，你說怎麼辦？我不能拿她這麼貴重的東西，你能不能幫我把錢轉給她？」

郭靜笑了：「挨罵的事情我可不幹。」

傅華說：「看來你也是挺怕她的？」

郭靜說：「你也別太當回事，趙婷就是這麼個人，她很單純直率，並無惡意。」

傅華說：「我知道她是一片好心，可是她這種做法讓我很不舒服。」

郭靜說：「你別身在福中不知福，趙婷眼界很高的，很少對人這麼好的。傅華，我看她是喜歡上你了。」

傅華說：「千萬別，我可受不了這位大小姐的作風，做什麼都自以爲是，什麼都由她掌控，別人還不能拒絕。」

郭靜說：「這與她的出身有關，她父親是通匯集團的董事長趙凱，你不知道多少公子哥圍著她轉呢，她能對你稍假顏色，已經是很給你面子了。」

通匯集團是國內著名的民營企業，趙凱家族是赫赫有名的富豪，難怪趙婷會如此，她有這麼做的底氣。

但傅華並沒有因爲趙婷的身世背景，就對她的印象有所改觀，在他心目中，趙婷不過是一個長得很漂亮、家裏很有錢的一個女孩而已，不但不足以吸引他，她的刁蠻和任性反而讓他有些看不慣。

傅華說：「這種面子還是留給別人吧，我是敬謝不敏。」

郭靜說：「傅華，我覺得你們挺般配的，趙婷這女孩子本質不錯，何不追求一下？」

傅華笑了：「幹嘛，幫我做媒啊？千萬不要，弄這麼個老婆回家，我得拿她當祖宗供著。這我可不幹，我還想多活幾年呢。」

郭靜呵呵笑了：「好啦，你對她不感興趣無所謂，不過，傅華，她是我妹妹，你可不准惹她生氣，知道嗎？」

傅華苦笑了一下：「郭靜啊，你真是高看我了，我敢惹她生氣？她不欺負我就不錯了。」

郭靜說：「那你少招惹她就是了。」

傅華說：「是我招惹她嗎？我可是昨天才認識她的。我覺得還沒跟她熟到要送衣服給我的程度吧？」

郭靜笑著說：「那沒辦法，誰叫她看上你了，哈哈。我跟你說，你想不跟她衝突也很簡單，她叫你做什麼你就做什麼嘛。」

傅華說：「那她指使我上癮了怎麼辦？郭靜，這位大小姐做什麼工作的，我看她很悠閒啊。」

郭靜說：「她不需要工作，原本大學畢業之後，她父親給她在通匯集團安排了一個職位，可這大小姐做了不到一個月就不肯上班了。她是家裏的寵兒，她父親也捨不得讓這個寶貝女兒受苦，就由著她了。」

傅華苦笑著說：「那我豈不是慘了，早知道就不告訴她我在哪裡辦公了。」

郭靜笑笑說：「你也別太緊張了，趙婷還有些孩子氣，所做的無非是小小的胡鬧而已，無傷大雅的。再說幾千塊錢對她來說是毛毛雨啦，她送你禮物，你就該拿著，反正她家裏的錢也花不完，別推來推去，讓人覺得你小家子氣。」

傅華說：「可能她真的覺得沒什麼，可對我來說總是一個負擔，我爲什麼要接受她那麼貴重的禮物啊。」

郭靜說：「她做什麼都沒長性的，等過了這段時間她膩了，就會疏遠你了。」

第二天，趙婷又來了，看到傅華穿著她買的衣服很高興，笑著說：「這就對了嘛，這麼一穿多精神啊，今後你就要照著這樣的衣服買。」

傅華穿這套衣服倒不是刻意讓趙婷高興的，而是原來的衣服髒了，正好就換了，此時聽趙婷這麼說，心裏暗道，我每個月才拿多少錢啊，夠買幾套這樣的衣服，你讓我照著這樣的買，我也得買得起啊。

不過郭靜已經交代過了，不許招惹趙婷，傅華就不想跟她鬥嘴，笑著說：「這說明你很有眼光，謝謝你，以後我買衣服會參照的。」

趙婷愣了一下，看了傅華一眼：「怪了，你今天怎麼變得這麼會說話？」

傅華笑了笑，譏諷地說：「吃一塹長一智，受了昨天的教訓，我今天還不得學著點嗎？」

趙婷卻沒聽出傅華話裏的譏諷，笑著說：「這就對了嘛。哎，傅華，你會打高爾夫嗎？」

傅華搖了搖頭：「這麼高檔的玩意兒我可不會。」

傅華雖然跟隨曲煒做了八年的秘書，可是曲煒向來律己甚嚴，很少參加高爾夫等娛樂活動，傅華自然也就沒什麼機會熟悉這一類的玩意兒。

趙婷說：「土包子，我猜你也不會，跟我走吧。」

傅華看了趙婷一眼：「幹嘛？」

趙婷說：「我帶你去學打高爾夫啊。你這個駐京辦不是要為地方上引進很多項目，我見我爸跟人談案子都是在高爾夫球場，你肯定也需要跟人談案子，不會打高爾夫怎麼行？」

傅華心想這小丫頭倒挺為我著想的，便有些感激地說：「趙婷，謝謝你想得這麼周全，不過我現在不能去。我們的市政協主席劉康今天的飛機到北京，一會兒我就要去機場接他。」

趙婷很失望的哦了一聲，隨即說道：「要不我也跟你去機場吧。」

「我這是去接領導，是工作，你跟我去很不方便。」

趙婷笑著說：「這有什麼不方便的，就說我是你們的工作人員好了。」

傅華有點哭笑不得，這可不是兒戲，自己周圍很多眼睛盯著呢，叫海川市的官員們知道自己帶個女伴去接政協主席，他們會怎麼說啊。自己對駐京辦還有很多的計畫要實施，可不想在這些小細節上給人留下話柄。

傅華說：「我這是工作，不是玩；再說，我們駐京辦哪有像你這樣的美女，你去，人家馬上就知道你不是了。」

趙婷笑了：「嘿嘿，你們駐京辦是沒有打扮時尚的。」

傅華心想我們都是公職人員，哪裡能夠打扮得太過亮眼，這趙婷真是沒有一點社會經驗。不過，像這樣的女孩子，沒功利心，沒私心，做什麼都直來直去的，真的很少了。

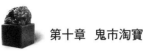

傅華溫和地說：「好了，我要出發了，我們改天再約吧。」

趙婷眼睛亮了：「你會約我？」

傅華本來是隨口敷衍，見趙婷這麼認真，只好說：「會的，怎麼不會，我們是朋友嘛。」

在機場的貴賓通道裏，傅華見到了劉康一行，他知道越是像劉康這樣淡出權力核心的人物越是不能疏忽，這些人曾經有過輝煌的歷史，享受過權勢給他們帶來的榮耀，現在有一點兒的疏忽就會讓他們心生芥蒂，就連忙迎上前去，熱情地跟劉康握手說：

「歡迎劉主席到北京。」

劉康是副市長上了年紀轉任政協主席的，原本就跟傅華很熟，此時上下打量了一下傅華，笑著說：「不錯嘛，傅華，看來北京這地方確實不同於海川，你這身打扮很氣派嘛。」

這都是趙婷惹的禍，看來這一身的打扮讓劉康覺得扎眼，傅華笑了笑，解釋說：「我這身衣服是朋友送的，朋友說我駐京辦是代表海川，我這個主任的穿著代表著海川的體面，尤其是在招商工作中，需要接觸的都是大老闆，穿得太過寒酸，丟了海川的臉面不說，人家直接就看不起你。」

劉康點了點頭：「你朋友說得對，這社會還真是先敬衣後敬人。你到了北京，是需要換換眼光了。」

傅華笑笑：「看來還是劉主席眼界開闊，我是要換換腦筋了。」

劉康指著傅華說：「你這傢伙，拍我老頭子馬屁是吧？你眼界不開闊，能上來就把陳徹拉到海川去？」

傅華說：「瞎貓撞上了死耗子而已。」

劉康笑著說：「別在我老頭子面前謙虛了，實話實說，你這一把火燒得不賴。」

傅華笑著說：「謝謝劉主席誇獎。您的住處我已經安排好了，崑崙飯店，怎麼樣，還滿意吧？」

劉康說：「沒什麼不滿意的，我老頭子只要是個地方就能住的。」

話雖這麼說，傅華還是不敢稍稍放鬆，一直把劉康送到了崑崙飯店的豪華套間，什麼都安排妥當了，這才告辭說：「劉主席你先休息一下，晚上我爲你接風。」

劉康笑笑說：「傅華啊，晚上接風就算了，我另有安排，你就不必過來了。」

傅華說：「好吧，那劉主席還有什麼需要我做的嗎？」

劉康說：「明天是週末，你有沒有時間陪老頭子我逛逛潘家園啊？」

傅華笑笑：「看劉主席說的，我們駐京辦不就是服務領導的嗎？明天幾點？」

劉康說：「早一點，四點你就過來吧，我們去逛一下鬼市。」

潘家園舊貨市場位於北京東三環南路潘家橋園西南，是一個規模很大、人氣很旺的古舊物品市場。傅華到北京之後，一直想找時間去看一下，卻忙忙碌碌一直沒騰出時間。

至於鬼市的由來，一說來自晚清時期，時局動盪，許多清廷遺貴、破落富豪家道敗頹後無以糊口，只能靠變賣祖宗留下來的那點家產苟且維生。但是總歸曾經顯赫一時，哪裡放得下架子，丟得起面子？於是趁著天亮前半明半暗的光線，拿了古董偷偷到街邊擺攤販賣，既躲開了熟人還做成了買賣，久而久之，沿襲成市，就是「鬼市」了。

又一種說法是，鬼市開市時間早，天還沒亮，在幽幽晃晃如鬼火一般簡陋的照明設備下，人影穿梭停走，飄忽不定。鬼沒半隻，鬼氣先有了。再加上很多梁上君子也到此脫手一些見不得光的玩意兒，更有造假者趁亂兜售贗品，兩者都是鬼鬼祟祟的，總之是離不開「鬼」字，鬼市由此得名。

第二天，傅華去接劉康的時候，天色還未大亮，街頭有些靜謐。早起的劉康還有些迷迷糊糊，傅華也就不去打攪他，一路上沉默著到了潘家園。

黎明微曦的晨光中，恍惚的燈影中，潘家園的鬼市已經是人頭攢動。劉康上來了精神，笑著說：「傅華，這個地方可是很考你眼力的。」

傅華笑了：「那我可要跟劉主席好好學學啊。」

劉康喜歡收藏，這在海川市是出了名的，他每次到北京來，潘家園是他必須去的一個地方。

倆人信步往裏走，裏面的攤販都是在地上鋪一塊布，然後將東西擺在上面展示，買家拿著小手電筒或者放大鏡認真地觀察著相中的物品。相中了之後，就和攤販竊竊私語，討價還價。偌大的市場雖然人頭濟濟，卻絲毫聽不見攤販的叫賣聲，在陰暗的光線下，果然顯得鬼氣森森。

逛了一會兒，劉康在一個小攤看中了一個小磁罐，拿在手裏用放大鏡認真地研究。傅華在一旁暗自好笑，劉康看來是早有準備，小手電筒、放大鏡倒是裝備齊全。

傅華被眼前琳琅滿目的物品搞得眼花繚亂，都不知道該看什麼好了，不過他知道自己對瓷器並沒有什麼研究，而且現今瓷器造假的水準很高，甚至達到了專家都難以分辨的程度，他也就不裝樣去拿什麼瓷器來看了。

劉康看得很仔細，遲遲沒看完，傅華有些無聊，信手拿起了攤上一個有些古舊的信封，見上面貼著陝甘寧邊區的延安寶塔郵票，知道這可能是早先戰爭時期的一封信，反正閒著無聊，就打開看了看。

信裏寫道：「華：自延安一別，甚念。昨日收到你的來信，很是欣喜。」然後是一堆革命形勢如何的說辭，最終落款寫到「想你的徐明」。

這似乎是一封情書，雖然沒寫什麼肉麻的情話，可是字裏行間卻透露出寫信人徐明對這個華的思念。

傅華對信有了點興趣，就問老闆道：「這封信怎麼賣啊？」

老闆說：「給三百塊錢您拿走。」

傅華笑了：「這價太高了，一百，一百我就要了。」

老闆說：「這位朋友，你沒看到上面的邊區郵嗎？」

傅華說：「就是看到了才給你一百，寶塔郵票存世量很高的，這張的品相又不好。」

老闆笑了：「好了，給你了。」

傅華付了錢，劉康此時也看完了，也跟老闆講了價，開價六百的小瓷罐最終兩百成交。

磁罐到手之後，劉康臉上露出了笑容，邊往外走邊說：「傅華，你知道嗎，這個小罐別看它小，可是黑金烏釉的，我仔細看過了，時代可以推定在明代。」

傅華笑了笑，說：「看來劉主席是撿到寶貝了。」

劉康笑著說：「寶貝算不上，算是不虛此行吧！好了，我也不貪心，找到這一件就可以了。我們找地方吃飯吧，我有些餓了。」

天色已經大亮，看看時間已經八點多了，傅華帶著劉康找了一家賣早點的飯店，點了油條、豆漿之類早點開始吃了起來。

劉康吃了一會兒，肚裏有食了，這才好整以暇地問道：「傅華，我看你也買了一點兒東西，拿出來看看。」

傅華就把信遞給了劉康，說：「一個邊區郵。」

劉康看了看郵票，問：「多少錢？」

傅華說：「一百。」

劉康說：「你買貴了，邊區郵雖然有收藏價值，可是這寶塔存世量很大，價值並不高，你這張郵票品相又差。」

傅華笑著說：「我不是喜歡郵票，我是喜歡信裏面的內容，也算記錄了一段歷史吧。」

劉康看了看信，笑了：「情書啊，想不到你還挺浪漫的。」

傅華笑了：「我是看中這封信裏面蘊含的訊息，倒不完全是因爲它是情書。」

劉康對收藏向來有興趣，聞言眼睛一亮：「什麼訊息啊，說來聽聽。」

傅華說：「我也是揣測，這封信是戰時，那時候軍隊物質匱乏，能發出這封信的人，肯定是相當級別的幹部。」

劉康說：「嗯，敢這麼正大光明書信往來的，一定是團職幹部以上的人員。」

傅華點了點頭，說：「團職幹部以上，文筆又這麼好，如果沒犧牲，肯定是高級幹部了，如果犧牲了，這也是一份很好的烈士遺物，也表現了我們的同志革命浪漫主義情懷，無論從哪個角度來看，這都是一份很好的文史資料，應該不止一百塊的。」

劉康笑笑，將信封遞還給了傅華，說：「你小子還挺有眼光的。對了，前幾天聽曲煒市長說，你有意擴大駐京辦的規模？」

傅華說：「我想給駐京辦準備一處辦公場所。」

劉康說：「這個想法很好啊，駐京辦是我們在北京的前沿，是我們海川市在中央的門面，是需要一點規模，我老頭子支持你。你具體怎麼打算的？」

傅華說：「我現在還沒有具體的想法，大體上就是辦一座飯店，方便跟在京的海川人士聯絡，再就是給駐京辦弄幾間辦公室。是買是建還沒想好，再說現在想這些有點不切實際，現在市裡還沒有批准呢。」

劉康笑著說：「想聽聽我老頭子的意見嗎？」

傅華說：「還請劉主席指教。」

劉康說：「我看孫書記和曲市長都有擴大這個駐京辦規模的意思，批准是早晚的事。至於辦公場所是買是建，我的意思是，你應該朝這個方向往大去做。」

傅華說：「您的意思是，我把規模儘量往大了去做？」

劉康說：「對。傅華，我知道你是怎麼到駐京辦的，看樣子，你是想在北京長期發展，現在是你奠定自己格局的時期，這個時候你不往大了做，將來你會後悔的。」

傅華想想也是，如果自己只做一個飯店，這個範圍也太窄了點，不夠施展拳腳。不在奠基時期往大了建，將來如果感覺規模小了，再想擴大難度就更大了。

也就在這一刻，傅華的思路打開了，融宏集團的事情，讓他對自我的評價提升了一個檔次，他覺得自己的能力應該能夠把駐京辦做得更大一點。也許應該像楊軍跟他說的那樣，建一座大酒店出來。

至於資金不足的部分，可以找找合作單位，也可以聯繫銀行，如果擴大駐京辦規模的想法得到市裡的允許，那自己手頭就會有兩三千萬的資金，相比那些空手套白狼的傢伙已經多了很多，如果運籌得當，足可以撐起大酒店的前期建設來的。

劉康看傅華沉吟不語，笑了：「你這傢伙，心動了吧？」

傅華笑笑：「瞎想而已，還是等市裡批准了再說吧。」

說話間，倆人已經吃完了飯，傅華就將劉康送回了崑崙飯店休息。

第十一章

空心大老官

趙婷說：

「這傢伙是我跟父親來打高爾夫時認識的，就是想纏著我父親跟他做生意。可我父親私下跟我說，這傢伙是一個空心大老官，做什麼都是玩空手道，其實他的英語也就小學生水準，除了Hello、See you之類的，不會再說別的了。」

週一週二週三，劉康接連開了三天會，會議完了之後，週四上午，劉康返回了海川，傅華在機場送別了他，在返回辦事處的路上，接到了賈昊的電話。

賈昊笑著問：「小師弟，這段時間在忙什麼啊？怎麼一直也沒有來看我？」

賈昊這幾年雖然在證監會混得風生水起，其根基還是在當初他給高層做秘書積累下的人脈，飲水思源，他心裏對當初張凡推薦他去做秘書是十分感激的，總想找機會回報一下老師。可是這幾年張凡對賈昊做事的方法有所耳聞，觀感不佳，認爲賈昊有悖於他的教導，對賈昊就有些敬而遠之。

這次因爲傅華這個心愛的弟子，張凡親自打電話給賈昊，想要賈昊幫幫傅華，讓賈昊有些受寵若驚，自然是很想幫傅華做點事情，以不負老師的囑託，好讓老師高興。因此在傅華沒什麼動作之後，賈昊主動打了電話給他，要是換到是別人，賈昊是不會這麼殷勤的。

傅華笑笑說：「是這樣，師兄，最近我們來了幾個領導，一直忙著接待，才剛將他們送走，所以一直沒騰出時間去看你。」

賈昊說：「是這樣啊，你們駐京辦也是，老是迎來送往的。」

傅華說：「我正想一會兒打電話給師兄呢，想要看師兄什麼時間方便，我好過去拜訪。」

傅華被劉康說動了，想要把駐京辦做大，因此就很想聯絡一下賈昊，賈昊身在金融系統，應該熟悉北京的銀行系統，也許通過他，可以爲自己搞來貸款。

賈昊說：「正好，我周日會去打高爾夫，一起去吧，到時候介紹幾個朋友給你認識。」

傅華說：「好哇，先謝謝師兄了。」

結束了跟賈昊的通話，傅華便想打電話給趙婷，週末要跟人打高爾夫，但他到現在還對高爾夫一竅不通，需要趕緊找人學習一下。這時，傅華才想起自己並沒有趙婷的電話號碼，趕緊撥給了郭靜，向郭靜要趙婷的號碼。

郭靜笑了：「你對趙婷感興趣啦？」

傅華說：「不是的，我週末有個應酬，要打高爾夫，想要讓趙婷教我一下。」

郭靜沒再說什麼，就把號碼給了傅華。

傅華撥通了，「趙婷，你明天有時間嗎？」

趙婷遲疑了一下，說：「明天啊，你要幹什麼？」

傅華說：「我週末有個應酬，需要打高爾夫，你明天能教我一下嗎？」

趙婷呵呵笑了：「不好意思，我明天有事。」

傅華愣了一下，這大小姐也有忙的時候？不過他急於學習打高爾夫，沒工夫細想，就說：「那後天呢？」

趙婷說：「沒時間。」

傅華詫異地說：「怪了，你怎麼突然忙了起來？」

趙婷冷笑了一聲：「就允許你忙？我忙就不行了嗎？」

傅華聽出了趙婷話裏生氣的意味，連忙說：「好，好，趙大小姐你也可以忙，那你有沒有會打高爾夫的朋友給我介紹一下，我現在急需學會。」

趙婷說：「對不起，我沒有這樣的朋友。」

傅華這才意識到趙婷這是故意跟自己搗亂，就說道：「趙婷，如果我什麼地方做得不對惹你生氣，我跟你說聲對不起總可以了吧，拜託，我現在真的需要馬上學會高爾夫。」

趙婷說：「那你知道什麼地方做錯了嗎？」

傅華想了半天，也不知道自己什麼地方做得不對了，只好說：「我這個人粗枝大葉慣了，有些地方可能不注意得罪了你，你大人不記小人過，放我一馬好了。」

趙婷說：「那不行，你這麼說，還是你不知道錯在哪裡了。」

傅華有點忍無可忍了，心說就算我錯了，我也跟你道過歉了，你還這麼糾纏不休幹什麼，再說，北京城又不是只有你一個人會打高爾夫，大不了我找別人學，便說道：

「那不好意思，打攪你了，既然你忙，我再找別人了。」

趙婷越發不高興：「傅華，你這什麼態度啊，有你這麼找人辦事的嗎？」

傅華也火了，這個女人真是被寵壞了，也顧不得郭靜讓他不要欺負趙婷的囑託，直接結束了通話。

那邊趙婷見傅華斷了通話，越發火大，長這麼大，身邊的人對她都是寵著敬著，傅華還是第一個敢這麼對她的男人，就又撥通了傅華的電話。

傅華見是趙婷的號碼，開始想不接，可是電話鈴聲不停地響著，無奈接通了：「趙婷，你還要幹什麼？」

趙婷叫道：「你竟然敢掛我的電話……」

傅華的耳朵被趙婷的喊聲刺得生疼，二話不說，再次掛掉了。

趙婷還不甘休，又撥了過來，傅華索性將手機關掉了，耳根這才清淨了很多。

一個多小時後，傅華開著車回到了菊兒胡同，遠遠就看到趙婷的車已經停在駐京辦門口，不由得頭大了。這姑奶奶大小姐脾氣爆發，竟然打上門來了。有心掉頭不回去，又怕這大小姐見不到自己不肯走，只好硬著頭皮把車開回了駐京辦。

羅雨見傅華回來了，連忙從屋裏出來，指了指傅華的辦公室，說：「有美女在等你，不過滿臉殺氣，我打過你的手機，你手機沒開。」

傅華笑笑：「我知道了。」就走到了自己辦公室門前。開了門，見趙婷正怒目圓睜，張口就要指責他，傅華連忙把手指豎在嘴前，做了一個噤聲的動作。

趙婷沒料到傅華會如此動作，愣了一下，用眼神詢問傅華爲什麼？傅華用手指指了指身後，趙婷往傅華身後看了看，見羅雨正用好奇的眼神看著這邊，便哼了一聲，不言語了。

傅華關上了門，這才笑笑說：「現在可以啦，我的辦公室隔音效果還不錯，你是要發火，要罵人盡可以了。」

說完，傅華也不看趙婷，自顧走到沙發那裏坐下，拿出手機開了機，看看這段時間除了趙婷的電話，倒沒有別的電話打進來，便將手機放到了茶几上，一副靜聽教訓的樣子。

趙婷滿肚子要教訓傅華的話，一時竟然不知道該從何說起了，呆了半晌，才指著傅華說道：「你這是什麼態度，你這個樣子是在說我無理取鬧了？」

傅華笑了笑，趙婷並沒有暴跳如雷，讓他已經有信心應對這個場面了，就說道：「我不是這個意思，可能我確實做錯了還不自知，你該批評批評，我一定知錯就改。」

趙婷語氣軟了下來，說：「明明是你做錯了嘛，你還來掛我的電話。」

傅華不好意思地摸了摸腦袋，問道：「你能告訴我，我究竟哪裡做錯了嗎？別讓我悶在葫蘆裏了好嗎？」

趙婷說：「你真的不知道？」

傅華說：「我真的不知道。」

趙婷笑了：「看你的態度還算誠懇，好了，我就告訴你錯在哪裡。我約你去打高爾夫那天，你明明告訴我改天你會再約我的，可是你約了嗎？我等了你五天你都沒約。」

傅華苦笑了一下：「我今天不是約你了嗎？」

趙婷嘴嘟了起來，說：「這是因爲你週末的應酬需要學高爾夫，否則你根本就把我置之腦後了。你這人太差勁，用著人靠前，不用人靠後。」

傅華想想也是，自己當時只是隨口敷衍，並沒有想真的要約趙婷，要不是這一次賈昊約自己打高爾夫，自己大概是不會主動去約趙婷的，就說：「你這麼說我就知道錯了，對不起啊。」

趙婷說：「這還差不多，我接受你的道歉了。」

傅華看趙婷臉上有了笑容了，他的問題還沒解決，就試探著問：「那你現在可以指點一下我高爾夫了吧？」

趙婷詭笑了一下：「你真的想跟我學？」

傅華說：「關鍵是你的高爾夫究竟打得怎麼樣？如果水準很差，我就不跟你學了。」

趙婷說：「我參加過業餘比賽，獲得過第三名的好成績，你說我打得怎麼樣？」

傅華說：「真的嗎？」

趙婷說：「當然是真的了，不信你問郭靜。」

傅華笑了：「這倒讓我刮目相看了，那就請你指點我一二了。」

趙婷說：「你這樣不行，一點禮貌都沒有，要跟我學也不叫我老師。」

傅華苦笑了一下，心知這傢伙趁機要脅自己，不過求到了人家，也需要禮下於人：「那就請趙老師多多指點了。」

趙婷哈哈大笑：「乖徒弟，我會好好教你的。哎，你要打高爾夫，你有球具嗎？」

傅華笑了：「這不正想請教老師我該買什麼嗎？」

趙婷看了看傅華：「你要應酬的人層次高不高？」

傅華想了想說：「應該不低吧？」

趙婷說：「那就不能用檔次太低的球具了，現在的人眼睛都刁得很，一眼就知道你用的球具多少錢。你用檔次太低的，人家會看不起你的。」

傅華還真沒想過這個問題，他把打一場高爾夫想得很簡單，以為去買根球桿就可以了，此刻他老老實實地問道：「那老師說我該買什麼樣的球具？」

趙婷說：「你準備買什麼價位的？」

傅華心說一根球桿而已，五千頂頭了，就大著膽子說：「三五千總可以了吧？」

趙婷看著傅華，哈哈大笑了起來，過了一會兒，她停住了笑聲，說：「傅華啊，看來你還真是沒打過高爾夫，叫你笑死我了。算了，你別買球具了，我爸爸有一套球具一直沒用，先借給你用吧。你準備個幾千塊錢，我們現在去買球衣球鞋吧。」

傅華看趙婷的樣子，就知道這球具不會便宜了，先借用倒也未嘗不是一個解決的辦法，就說：「那我先謝謝老師了。」

趙婷笑了：「嗯，乖徒弟，不用謝。」

傅華看趙婷得意的樣子，也笑了，這傢伙還真是有點兒孩子氣，得了一點兒口頭便宜，就高興成這個樣子了。當下，倆人就到了運動專賣店買了球衣球鞋。

第二天一早，趙婷來到了駐京辦，拉著傅華去北京紅葉高爾夫俱樂部，她是這裏的會員。

因為傅華是剛學打高爾夫，在練習的時候，趙婷先讓他租用俱樂部的球桿。正當趙婷給傅華講解握桿姿勢的時候，一個矮胖的五十多歲的男人走了過來，笑著對趙婷說：

「Hello，趙婷，你也來打高爾夫？」

趙婷抬頭看了看那個男人，有點冷淡地說：「是趙叔叔啊，我一個朋友要學高爾夫，我來教教他。你怎麼也跑來了？」

姓趙的男人並不在意趙婷的冷淡，仍然笑著說：「我也是帶朋友來學高爾夫的，看到你就過來打個招呼。你爸爸今天也來了嗎？」

趙婷說：「我爸爸沒來，他在公司。」

趙說：「哦，我還以爲他過來了，正想找他商量點事情呢。」

趙婷說：「你要找他，去公司吧。」

趙說：「也不忙於一時。哎，你這位朋友是？」

趙婷本來並不想介紹傅華，見趙這麼問，只好介紹說：「這是我一個朋友，傅華。傅華，這是我爸爸的朋友趙進趙叔叔。」

趙進伸手笑著說：「你好。」傅華跟趙進握手，也問候說你好。

趙進看了看傅華：「在哪裡高就？」

傅華笑笑說：「我是海川市駐京辦的。」

趙進眼睛亮了一下，拿出一張名片遞給傅華，笑著說：「海川市是個好地方啊，我是北京京華投資有限公司的，我們公司一直有意在二三線城市投資，找個時間我們可以好好聊聊。」

傅華也有了興趣，他的駐京辦招商是很大的一塊業務，看了看名片上，寫著印度洋大學工商管理學博士、紐西蘭大學哲學碩士、北京京華投資有限公司CEO、京華置業有限公司CEO等等一大堆頭銜，看上去這不是一個簡單的人物，便也拿出了自己的名片遞給了趙進，說：「改日我一定專程登門拜訪。」

一旁的趙婷有點不耐煩了：「傅華，你到底打不打球了？」

趙進笑了：「好了，不耽擱你們了，我那邊的朋友也在叫我了，See you！」

趙婷和傅華說了再見，趙進就走向了不遠處一個身材惹火、衣著暴露的女人，看來倆人是一起的。

趙婷說：「別看了，專心打你的球吧。」

傅華笑了笑，他對能夠認識趙進感到很高興，也許又能為海川引進個項目了，便說：「你說的還真有道理，高爾夫球場還真是一個結識人的好地方啊。」

趙婷冷笑了一聲：「別說我沒警告你啊，這趙進不太可靠，你可不要招惹他！」

傅華看了看趙婷：「為什麼？這傢伙看上去很有來頭。」

趙婷呵呵笑了：「你被他名片上的名頭唬住了吧？那些東西都是他自己寫的，這樣你也相信？」

傅華笑了：「這傢伙一口一個Hello，一口一個See you的，我還真以為他留學過呢。」

趙婷說：「這傢伙是我跟父親來打高爾夫時認識的，跟我父親說他跟我們五百年前是一家，一筆寫不出兩個趙字，就是想纏著我父親跟他做生意。可我父親私下跟我說，這傢伙是一個空心大老官，做什麼都是玩空手道，其實他的英語也就小學生水準，除了Hello、See you之類的，不會再說別的了。」

傅華說：「原來是這麼個傢伙啊。」

趙婷說：「不過，你也別瞧不起他，我父親說，這傢伙唬人的能力超強，前段時間哄騙了北京一個上了富比士榜的富豪，委託他接洽一個案子，折騰了兩年，損失了幾億，才意識到上當受騙，將他趕了出來。這傢伙不但不以為恥，反而以此為吹噓的資本，至今仍打著那位富豪的旗號到處招搖撞騙呢。」

趙婷雖然有點小性兒，可真要做起事來卻十分認真，教起傅華來一絲不苟，一天下來，傅華基本上掌握了高爾夫一些門道，開球要用什麼桿，推桿要怎麼推等等。

最後趙婷滿意地說：「你的悟性還不錯，雖然想要打好還需要練習，可是應付一下場面足可以了。」

傅華笑笑說：「這主要歸功於老師教得好。」

經過這段時間的接觸，傅華已經知道該怎麼與趙婷相處了，趙婷喜歡聽好話，因此在無關原則的地方，不妨多拍拍馬屁。

趙婷高興地笑了：「你這才知道啊。」

傅華說：「你也受累一天了，晚上我請你吃飯吧。」

趙婷說：「好啊，吃什麼？」

傅華說：「北京你比我熟，你說吃什麼就吃什麼吧。」

趙婷說：「要不去老莫吃西餐吧？」

傅華說：「好啊，我也常聽他們說起這個老莫，正好也去見識一下。」

倆人就去了莫斯科餐廳，這算是北京最早的西餐廳，大廳墨色的柱子上雕刻著各色動植物花紋、天花板上裝飾著雪花圖案、前方牆壁的兩側雕塑著持槍的獵人和小鹿，充滿著異域風情，四個大柱子撐起了天花板，整個大廳空曠敞亮、金碧輝煌，傅華還是第一次看到這麼高大雄偉的餐廳。

點了傳說中的紅菜湯、牛舌、酸黃瓜……口味只能說是一般，傅華吃不出什麼特別來，就笑笑說：「這菜似乎也不是很出色啊。」

趙婷笑了：「其實我更喜歡燕莎中心那裏的凱賓斯基的西餐，那家的口味更好一點兒。」

傅華說：「那你爲什麼跑來老莫？」

趙婷說：「這裏是我父親很喜歡來的地方，他每次來都很興奮，我想你應該也會喜歡吧？」

傅華搖了搖頭：「是不是在你眼中，我已經歸於你父親那一時代的人了？」

趙婷詭笑了一下：「這可是你自己說的，我可沒說。」

傅華說：「我就這麼保守嗎？」

趙婷說：「我覺得你們很相似，談起工作來都很興奮，要做這個，要做那個的，似乎這世界少了你們就不轉了。」

傅華笑笑說：「世界少了誰都會轉的，不過是個人責任心的問題。其實我看你做事很認真的，爲什麼不出來幫你父親呢？」

趙婷笑著說：「有必要嗎？每天圍著我父親轉的人有一堆，根本就輪不到我幫忙。錢由我父親去賺就好了，我還是自由自在地過我自己的生活吧。」

傅華想想也是，趙凱賺的錢，趙婷幾輩子也花不完，她實在沒必要再去奔波，完全可以寫意的生活。這就是含著金湯匙出生的富二代啊。

吃完飯，傅華載著趙婷去駐京辦取她的車，到了駐京辦，趙婷笑著說：「徒弟，記住，可不要丟師傅的臉啊。」

傅華笑了笑：「一定。」

趙婷開著車走了，傅華停好了車，進了辦公室，整理身上物品的時候，看到了趙進的名片，覺得沒用，隨手就要扔到紙簍裏，卻猶豫了一下，心想留著充充場面也好，自己的名片盒看上去有點空，就放到了桌上的名片盒裏了。

周日，傅華按照賈昊電話的指示，來到了昌平的北京國際高爾夫球場，這是一個十八洞、標準桿七十二桿的球場。

到了球場，賈昊已經先到了，跟傅華說：「再等一下，那幾個朋友還沒來。」

一會兒，一輛帕薩特開了過來，下來了兩個四十多歲的男人，笑著跟賈昊握手。賈昊介紹說：「這位是發改委的劉傑司長，這位是商務部的崔波司長，這位是我的小師弟，傅華，海川市駐京辦的主任。他剛到北京不久，兩位還要多關照他。」

叫劉傑的人一臉笑容，一看就知道是北方人，握著傅華的手說：「老賈的朋友就是我的朋友。」

傅華笑著說：「劉司長好。」

劉傑搖了搖頭：「不要叫我司長，叫我劉哥好了。」

傅華看出這是一個很豪爽的人，就笑著叫了一聲劉哥。

劉傑拍了拍傅華的肩膀：「這就對了。」

崔波卻是文質彬彬，有些拘謹，只是淡淡地跟傅華握了握手，互相問候了一下，顯得很冷漠。

寒暄完畢，劉傑看了看賈昊：「老賈，開始吧，我有段時間沒打，手癢得很呢。」

賈昊笑笑說：「別急，頂峰證券的潘濤還沒過來呢。」

劉傑笑了：「你約了潘濤？」

賈昊說：「是他約的我，我想大家好長時間也沒湊在一起打球了，就約了你們一起過來，順便介紹一下我的小師弟給你們認識。」

崔波冷笑了一下：「這潘濤架子越來越大了，竟然敢讓老賈你等他。」

劉傑詭笑了一下：「這傢伙是不是被小白臉纏了一夜，起不了床了？呵呵。」

賈昊也笑了：「這可難說，一會兒看看他會不會給我們帶個朋友過來。」

傅華不知道劉傑話裏所指爲何，只能在一旁跟著傻笑。

又過了十五分鐘，一輛寶馬730來了，從司機位置上下來了一個五十多歲的北方男子，板寸頭，個子不高，臉已經有些鬆垮，顯出了一副與年紀不相稱的老態來，看來這就是所謂的潘濤了。

副駕駛位置上則下來了一位二十出頭的年輕男子，身材高挑勻稱，長得很秀氣，不過舉止有些扭捏，看上去有些娘娘腔。

劉傑笑著對賈昊說：「我猜得沒錯吧？」

賈昊說：「潘濤這傢伙，帶這麼個人來，不是倒我們胃口嗎？」

崔波說：「你也知道他好這一口，該事先跟他說一聲。」

說話間，潘濤帶著那年輕人走了過來，衝著賈昊笑著叫道：「老賈，不好意思，不好意思，我這個朋友昨天從外地來看我，昨晚玩得有點瘋，早上就沒起得來。」

賈昊笑著說：「潘總啊，你也該節制點了，玩大了可傷身體。」

潘濤笑笑，「沒什麼啦，誰叫我喜歡呢。劉司、崔司來了一會兒了？」

劉傑譏笑說：「您潘總要來，我還不得早來候著？」

潘濤笑笑說：「劉司說笑了，我哪敢勞您候著。今天是我不對，晚上我請客，到時候自罰三杯。」

賈昊笑笑說：「大家都是朋友，相互之間就別計較這麼多了。好了，我還沒介紹我的小師弟呢。」

賈昊隨即指了指傅華，說：「這位是傅華，我的小師弟，海川駐京辦的主任，有機會潘總可要多關照一下啊。」

潘濤這才注意到了傅華，上下打量了一下傅華，潘濤頓時眼睛亮了，滿臉笑容地說：「好說，好說。我是頂峰證券的潘濤，小老弟，有什麼需要儘管找我。」

潘濤的眼神充滿著色迷迷的味道，看得傅華渾身不自在。他已經明白這個潘濤可能喜歡男人，是一個同性戀。

雖然不舒服，但場面還是要圓下去，傅華跟潘濤握了握手，說：「很高興認識潘總。」

潘濤一把抓住了傅華的手，笑著說，「我最喜歡跟年輕的朋友交往，有時間去我那兒玩啊。」

傅華想抽回手卻抽不出來，也不好強掙出來，便掃了一眼賈昊。

賈昊笑了，給傅華解圍說：「好了，老潘，還沒介紹你的朋友呢。」

潘濤這才有些不捨地鬆開了手，笑著說：「我這位小朋友叫孔曉。小孔啊，問大家好。」

孔曉扭捏地說：「大家好。」

賈昊等人點了點頭，算是回應了。

劉傑說：「既然都到齊了，大家下場吧。」

大家都說好，便下了場。賈昊看到傅華的球具，笑了笑，說：「小師弟不簡單啊，你喜歡用登祿普？」

似乎賈昊對自己會用登祿普有些驚訝，看來這套球具與自己的身分有些不符，傅華趕緊笑著說：「讓師兄見笑了，我是新手，剛學不久，這套球具是朋友借我用的。」

賈昊說：「你的這個朋友很大方啊，十幾萬的東西竟然借給一個新手用，你們的交情不淺啊。」

傅華愣了一下，原來這套球具值十幾萬啊，趙婷這傢伙也不說一聲就這麼隨便地借給自己，隨即他就釋然了，趙凱所用的東西自然價值不菲，他早就應該想到的，便笑了笑，沒再說什麼。

開球之後，大家的注意力都放在了高爾夫球上，一個個都很認真地算計著擊球的力道和角度，很少交談。

傅華雖然是新手，但因爲事先加強練習了一天，打得還算中規中矩，大多數時候他都用七號鐵桿應付了過去，這是趙婷教給他的一個投機的技巧，趙婷說，如果不知道該用什麼桿，就用七號鐵桿。只有在果嶺上的推桿，由於缺乏練習，他常常推來推去，幾桿都不能進洞。

結束的時候，傅華的成績還算可以，起碼不是最後一名。

一行人去沖淋更衣，傅華簡單地沖了一下，就到休息室休息，一會兒賈昊也出來了，對傅華說：「小師弟，打得不錯，新手打成你這樣算是很好了。」

傅華笑了：「我打得差遠了，尤其是七號洞，最後我差一點兒都不知道該如何處理了。」

賈昊說：「這很正常，七號洞是十八洞中最難的，你被難住了很正常，我打那裏也很困難。」

傅華笑了，「原來是這樣。」

賈昊說：「只是你現在的推桿還差得很遠，這是缺乏練習的緣故，找時間多去練習場練練。」

傅華說：「師兄是行家，一看就知道問題所在。」

賈昊說：「你今天的亮相還可以，那套球具很給你長臉啊。我跟你說，那個劉傑在發改委是很受重視的角色，你需要在發改委跑什麼專案可以跟他聯繫，他爲人很四海，朋友私下都叫他劉爺，很好打交道。崔波是劉傑的同學，在商務部的分量也還可以，目前我倒看不出有什麼可以幫你的，不過多認識一個朋友沒害處。潘濤是頂峰證券的老總，頂峰證券是國內很有實力的證券公司，我想讓頂峰證券幫助安排丁江的公司上市，一些具體的工作交給他們去做，你認識一下也好。雖然這傢伙喜歡男人，那個孔曉就是他的新寵，是個新出來的演員，他出錢捧孔曉拍戲。不過潘濤爲人做事還是很仗義的，你有什麼事情大可以找他去辦，我在他那裏還有幾分薄面。你長得很英俊，他黏你也很正常，你別太在意。北京這地方龍蛇混雜，場面上，你什麼人都會遇到。這些人喜歡在這裏碰面，你以後可以在這裏跟他們加強聯繫。」

傅華笑著說：「多謝師兄給我安排了這麼好的機會。」

賈昊說：「我們都是張教授的學生，幫點小忙是應該的。哎，最近你見過張教授了嗎？」

傅華說：「去過他家裏一次。」

賈昊說：「老師身體還好吧？」

傅華說：「挺好的。」

賈昊說：「你有時間多去看看他，我看得出來他是很喜歡你這個弟子的。我這個學生就有點差勁了，成天忙東忙西，也騰不出工夫去看他老人家。你要知道，當初他可是最疼我的。」

傅華笑著說：「我看得出來師兄是很牽掛老師的。」

說話間，劉傑、崔波、潘濤、孔曉陸續沖淋完畢。潘濤說要在這裏吃飯，其他的人打了一上午球，也有些餓了，便都同意了。

第十二章

仙境花魁

傅華問道：「初姐是誰啊？」

孫瑩說：「初茜啊，仙境的花魁，當初你去仙境，不就是想見她嗎？」

孫瑩笑了，臉上現出了仰慕的神情，說：「你是沒見過她，你見了她，也會被她迷住的，她算是仙境的傳奇人物。」

一行人出了休息室，迎面正碰上了一個四十多歲，戴一副金邊眼鏡，胖乎乎的男人。男人一眼就看到了賈昊，笑著說：「這麼巧啊，賈主任也來打高爾夫？」

賈昊笑著跟男人握手，說：「對啊，週末嘛，跟朋友來運動一下。沒想到高總也喜歡打高爾夫。」

高總笑笑，「我也是來湊湊熱鬧。」說著，高總指了一下潘濤，笑著說：「老潘啊，你這傢伙不夠意思啊，約賈主任來打高爾夫也不叫我。」

看來潘濤跟高總認識，潘濤說：「不好意思，老高，臨時湊的局，沒來得及找你。」

賈昊又介紹了劉傑和崔波、傅華等人，傅華這才知道眼前這位高總，並非一個普通人物，竟然是國內白色家電行業中的領軍企業「百合家電集團」的董事長高豐，旗下掌控著幾家著名的白色家電企業，其中有三家是上市公司，據傳最近還要進軍汽車業。這傢伙算是橫跨實業和資本領域的一個大鱷。北京這地方還真是龍虎風雲際會之地。

客套了一番之後，高豐把賈昊拖到了一邊：「賈主任，我們借一步說話。」

賈昊對其他人說：「你們先去餐廳，我跟高總說幾句話就過去。」說完就和高豐走到了一旁，不知道嘀咕什麼去了。

傅華等人去了餐廳，他們實在是很餓了，也就沒等賈昊，隨便點了幾樣東西吃了起來。過了半個多小時，賈昊才走進餐廳，劉傑笑著說：「我們沒等你啊，老賈，你想吃什麼自己點吧。」

賈昊笑著說：「跟我還客氣什麼。」就拿起菜單隨便點了幾樣。

潘濤已經吃得差不多了，這時有了精神，看著賈昊問道：「老高慌慌張張地找你，是不是出了什麼問題？」

賈昊冷笑了一聲：「怕是他的麻煩大了，這傢伙在實業上賺了幾個錢，就想玩什麼資本運作，資本運作可是人就能玩的？他以爲他是誰啊？德隆的唐萬新嗎？」

潘濤笑了：「老高這兩下子差唐萬新遠了去了。」

賈昊說：「老高這傢伙一直在玩什麼左手倒右手的把戲，現在有點不靈了。證監會已經注意到了他的問題，這傢伙想從我這套點消息呢。」

潘濤愣了一下：「你們證監會真的盯上了他？」

賈昊說：「高層已經注意到了百合集團最近的資本運作有不合規之處，不過目前還沒有展開調查。」

潘濤說：「哦，是這樣啊。」

賈昊看了潘濤一眼：「反正最近不要跟老高往來，老潘啊，就此我也提醒你幾句，當初那個什麼規則都沒有的草莽時代已經過去了，現在都在走向正規，你那裏也要注意，做什麼都要符合規則，千萬別踩了紅線，否則出了事別怪我不幫你。」

潘濤笑了：「你放心吧，我心裏有數。」

賈昊似乎看出潘濤並沒有把他的話當回事，看了潘濤一眼，就沒再說什麼，開始吃飯了。一旁的傅華覺得這賈昊似乎還是比較有原則的一個人，看來張凡曾經對他的教導也不是一點兒用處都沒有。

吃完飯，這些人就各奔東西了，傅華回了辦事處，連忙打電話給趙婷，趙婷接通了，傅華笑著說：「跟老師彙報一下，我師兄今天說我的高爾夫打得還可以，場面是應付下來了，算是沒給老師你丟臉。」

趙婷笑了，裝出一副老氣橫秋的口吻說：「嗯，不錯，乖徒弟，今天你表現很好，以後要加強練習，不要退步啊。」

傅華笑著說：「好的，我不會忘記老師的教誨的。對了，你借給我用的那套球具什麼時間拿回去吧。」

趙婷說：「你先留著用吧，反正我爸有好幾套呢。」

傅華說：「這不太好吧，你還是拿回去吧，你要是沒時間，我可以給你送過去。」

趙婷說：「怎麼了？場面應付過去就不想打了嗎？這可不好，你要善始善終。」

傅華笑著說：「好啦，別教訓我沒完了。你這傢伙也是，也不跟我說清楚這套球具的價值，我一個新手用這麼好的球桿，弄壞了我可賠不起。」

趙婷說：「哦，是這樣啊，不就十幾萬嗎？看把你嚇得。放心吧，是老師給你用的，用壞了老師負責。」

傅華說：「說得輕鬆，不當家不知柴米貴，十幾萬，多少人一年都賺不到。你還是拿回去吧，用壞了我心裏會不安的。」

趙婷說：「那你以後不打高爾夫了？」

傅華說：「打是還要打的，不過我可以買一套便宜的嘛，今天我問過球場的人，人家說五六千塊錢的就足夠我用了。」

趙婷說：「你這傢伙就是浪費，五六千塊錢不是錢嗎？我借給你的這一套，是我爸爸覺得不合手不用的，借給你就是廢物利用，你又何必跟我這麼計較呢？」

傅華說：「你說的是真的嗎？」

趙婷說：「當然是真的了。」

傅華心動了，他也是有虛榮心的，今天賈昊對他使用這套球具的驚訝，讓他也是很受用的，也有些不捨得將球具還回去，就笑著說：「你這麼說那我就先用著了。」

趙婷笑笑：「對嘛，這才是我的乖徒弟。」

跟趙婷聊完，傅華將球具提到了辦公室放好，將身上幾張今天剛交換來的名片拿了出來，打開桌上的名片盒要放進去。

忽然，傅華發現名片盒裏最上面的名片並不是他前天放進去的趙進的名片，不由得愣了一下，誰動自己的東西了嗎？

他把盒裏的名片拿出來點了一遍，發現趙進的名片真的不在裏面。傅華把羅雨叫了過來，問道：「上午我不在家，誰進我的辦公室了嗎？」

羅雨說：「我沒注意，不過，中間有一段時間我並不在辦事處，我出去辦事了。出了什麼事情嗎？」

傅華心想：反正自己也不想跟趙進有什麼聯繫，名片丟了就丟了吧，就說：「沒事，我就是問問。」

羅雨出去了，傅華坐在那裏想了一會兒，他很確定一定是有人動過自己的東西了，看來某些人的小動作做到了自己身上了。

想到這裏，傅華暗自覺得好笑，這傢伙要做小動作也不長眼，拿走一張空心大老官的名片有什麼用？難道說想去跟這個趙進聯繫？你等著他忽悠你吧。

傅華決定不去查問誰拿走了名片，他知道查問下去也是枉然，不會有人承認的。不過，他也多了一個心眼，將名片中他認爲比較重要的撿了出來，鎖到了抽屜裏。其中就包括他今天收到的幾張名片。

鎖好了抽屜，傅華打了電話給丁江，將今天自己跟賈昊的見面情況跟丁江說了一下，尤其是賈昊準備安排頂峰證劵作爲天和房地產公司上市的劵商這一部分，傅華猜測，賈昊之所以在自己面前提起這件事情，就是給自己一個機會向丁江賣好。

丁江對這一消息還不知道，聞言感激地說：「老弟，謝謝你還幫我牽掛著這件事情。」

傅華笑著說：「丁董你客氣什麼，這不都是駐京辦應該做的事情嗎？」

丁江說：「今天沒什麼花費吧，如果有什麼費用，老弟儘管言語一聲。」

傅華笑著說：「今天是我師兄邀請我去的，用不著我出錢。」

丁江笑著說：「看來賈主任很重視老弟啊，我們公司上市這件事情就拜託你了。」

傅華說：「不要這麼說，爲了這個目標大家一起努力吧。」

傅華發現人真是一種情境動物，容易被周圍的氛圍所感染。那一晚在左岸，在左岸那種懷舊、浪漫的氣氛中，他真的爲憂鬱的孫瑩所心動，甚至有了不顧慮孫瑩的身分，一親芳澤的念頭。

但是換了一個環境，在街頭這小小的川菜館裏，孫瑩就失去了左岸加到她身上的那種魅惑的光環，看在傅華眼裏，也只是一個漂亮女人而已，沒有了那種將這個女人據爲己有的衝動。

傅華心中暗自慶幸，幸好那晚孫瑩心情不佳，不然倆人如果突破了那道防線，自己該如何面對孫瑩？娶她吧，孫瑩的身分是一道強大的障礙，他將無法去面對地下的母親和身邊的同事和師長，尤其是自己該如何跟曲煒、張凡這些愛護自己的人說明娶孫瑩的理由；不娶她吧，傅華一向是個責任感很強的男人，他認爲男人跟女人如果有了那種關係，就一定要娶她，否則就是負心薄倖。

「喂，你怎麼不吃啊，在想什麼呢？」孫瑩看著發呆的傅華問道。

傅華臉紅了一下，他爲自己的薄情感到不好意思，如果孫瑩不是做那種工作的女人，他也許早就追求她了。這個女人不論是相貌、氣質還是脾性，都是一流的，如果職業正當，相信追求她的男子一定會很多。

「不好意思，我突然想起了辦公室一件事情沒做好，你別管我，你吃你的。」傅華找了一個藉口搪塞說。

孫瑩說：「很麻煩嗎？」

傅華說：「沒事，就一個細節上的問題，晚上回去趕工一下就好了。」

孫瑩說：「對不起啊，你挺忙的我還拖你出來。最近也不知道怎麼了，我老是心緒不寧的，就是想找你出來說說話。」

傅華笑了：「客氣什麼，你這樣的大美女找我出來吃飯是我的榮幸，我高興還來不及呢。」

孫瑩說：「你真會說話。」

倆人低著頭吃了一會兒，傅華抬起頭來看著孫瑩，問道：「有個問題我一直想問你，可是又不知道該怎麼說。」

孫瑩笑笑說：「想問就問吧。」

傅華遲疑了一下，說：「說出來你可別生氣。」

孫瑩臉色凝重了起來，看了傅華一眼，說：「你想問我爲什麼做這一行是吧？」

這女人真是冰雪聰明，這個問題困惑傅華很久了，孫瑩言談舉止上表明她受過很高的教育，傅華也沒感覺出她對錢財有著強烈的追求，無論從哪方面講，孫瑩都沒有理由做這一行的。

傅華尷尬地笑了笑說：「被你說中了，我是想問你，我想不到你要這麼做的理由，方便講嗎？當初是不是有人逼你這麼做的？」

孫瑩苦笑了一下說：「如果我說沒人逼我這麼做，你是不是很失望？」

傅華說：「那你這麼做，總有一個理由吧？」

「我當然有我這麼做的理由。」說著話，孫瑩看了傅華一眼，「你是一個男人，我正好問問你，你在乎你的女人做這個嗎？」

傅華呆了一下，孫瑩盯著他的表情，說：「你實話實說，沒關係的。」

傅華有點尷尬地說：「可能是我這個人不夠大度吧，我是在乎的。我覺得相愛的男女之間會有獨佔對方的欲望，就像你的另一半擁有你的同時還有情人，你能接受嗎？」

孫瑩苦笑了一下：「我也接受不了。哎，看來還是那時候初姐跟我說得對，我這是走上了一條不歸路啊。」

傅華問道：「初姐是誰啊？」

孫瑩說：「初茜啊，仙境的花魁，當初你去仙境，不就是想見她嗎？」

傅華說：「那是我初到北京，朋友想帶我見識一下，其實我並不知道這個初茜是怎麼回事。她真有那麼好嗎？」

孫瑩笑了，臉上現出了仰慕的神情，說：「你是沒見過她，你見了她，也會被她迷住的，她算是仙境的傳奇人物。」

看來這個初茜還真是不簡單，一個女人能迷住男人不算什麼，如果還能迷住女人，那真是不簡單了，尤其是能迷住孫瑩這樣的美女。因爲女人通常善妒，能讓一個女人服氣另外一個女人，真的是很少見。

不過花魁雖然好，對傅華來說，並沒有實實在在的認識過她，他更關心眼前的孫瑩，就說道：「你也別太自苦了，就像你當初跟我說楊軍的事情一樣，不要讓你的另一半知道就好了。」

孫瑩苦笑著點了點頭：「看來只好這樣了。」

正說著，孫瑩的手機響了，她看了看號碼，說：「人真是不經念叨，剛說楊軍，他的電話就打過來了。」

傅華急了：「你還在跟這個傢伙來往啊？」

孫瑩笑了：「爲什麼不呢？這傢伙又年輕又有錢，再說，就算我跟他斷了，他也不一定就老老實實待在你同學身邊。」

傅華還要說什麼，孫瑩噓了一下，瞪了他一眼說：「別說話。」便把電話接通了。

楊軍問道：「在那兒做什麼呢？」

孫瑩笑著說：「我在吃飯呢，怎麼，想我了？」

楊軍淫蕩的笑了：「當然了，你是我的心肝，我不想你想誰？」

孫瑩笑笑：「就會說好聽的，說吧，找我幹嘛？」

楊軍邪笑著說：「找你當然是幹好事了，你在吃什麼呢？」

孫瑩說：「我在吃川菜。」

楊軍說：「別吃什麼川菜了，我在凱賓斯基酒店，你過來吧。」

孫瑩說：「好的。」

楊軍說：「要不要過去接你啊？」

孫瑩抬頭看了一眼傅華，說：「不用了，我開車。」

楊軍說：「那等你啊。」

孫瑩放下電話，說：「你自己吃吧，我要走了。」

傅華看了一眼孫瑩，想要勸她跟楊軍斷了，可轉念一想，孫瑩說的不無道理，就算孫瑩跟楊軍斷了，這世界上不是還有其他做這一行的女人嗎？問題不在孫瑩身上，而是楊軍。

傅華有些無奈地說：「算了，你走吧。」

看孫瑩飄然而去，傅華暗自搖了搖頭，這就是一個現實的紛亂的社會，雖然他看不慣，可他又能改變什麼。

因爲高爾夫的緣故，趙婷和傅華更加熟悉，開始經常出現在駐京辦，傅華沒事的時候也會跟她去打打高爾夫，或者陪她玩玩別的什麼的；傅華有事的時候，趙婷也很知趣，要麼坐一會兒等傅華做完事，要麼沒耐心等，就自動閃人。倆人倒也相處愉快，相安無事。

這天，傅華正和趙婷有一搭沒一搭地說著話，郭靜打來了電話，傅華笑著說：「郭靜啊，怎麼突然想起來找我了？」

郭靜笑笑說：「也沒什麼事，最近好嗎？」

傅華說：「還好。」

郭靜說：「最近見過趙婷嗎？」

傅華剛要說趙婷就在身邊，卻見到趙婷衝著自己連連擺手，似乎不想讓郭靜知道她在這裏，就笑了笑說：「沒有哇，你找她有什麼事情嗎？」

郭靜沉吟了一會兒，說：「你也沒見過她啊？以前這傢伙隔三差五就會到我這兒蹭頓飯什麼的，可最近也不知道怎麼了，這段時間她都沒在我這兒露面，打她電話也不接，不知道是不是我什麼地方得罪她了。」

傅華笑了：「她不去蹭飯，你不就清靜了嗎？」

郭靜說：「我實際上是很喜歡趙婷的，她這麼長時間沒來，我還挺想她的。你如果什麼時間見了她，跟她說一聲，就說我問她是不是忘記了我家門了。」

傅華笑著說：「好的，我見了她會告訴她的。」

郭靜就掛了電話，傅華看了看趙婷：「你都聽見了吧？說吧，你為什麼跟郭靜鬧彆扭了？」

趙婷摸了摸腦袋：「呵呵，我才沒跟她鬧彆扭哪。」

傅華說：「既然沒鬧彆扭，郭靜說想你了，你找個時間去看看她吧。」

趙婷敷衍說：「好，我會找時間去的。」

傅華看著趙婷的眼睛，說：「不對，你們之間一定有什麼問題了。你告訴我，郭靜什麼地方得罪你了？」

趙婷眼神躲閃開了：「你別管了，不是郭靜的問題。」

傅華說：「那是怎麼了？」

趙婷說：「原因我不能說，我現在不能去見她。好了，我不跟你閒扯了，我回去了。」

說完，趙婷頭也不回地離開了。

傅華看著趙婷離開，看來她和郭靜之間確實是有些問題，就打電話給郭靜，說：「郭靜啊，恐怕你真的什麼地方得罪了趙婷，剛才她就在我身邊，可是並不願意跟你說話。」

郭靜奇怪地說：「我沒做什麼事情啊，上次在我這兒吃飯還好好的，怎麼突然就連話都不想跟我說了，真是奇怪了。」

傅華說：「你還是自己跟她談談吧。」

郭靜說：「好吧，我回頭去問她一下。」

結束了跟郭靜的電話，辦公室的分機響了，是曲煒的秘書余波，他說曲煒要他馬上趕回海川市，陳徹的融宏集團董事會已經同意了在海川市投資八億美金的具體協定，陳徹將會親自到海川來簽約，要傅華趕回去參與接待陳徹。

林東前幾天有事回了海川，傅華就跟羅雨、劉芳等人交代了一下，要他們看好辦事處，當晚就坐飛機飛回了海川。

第十三章

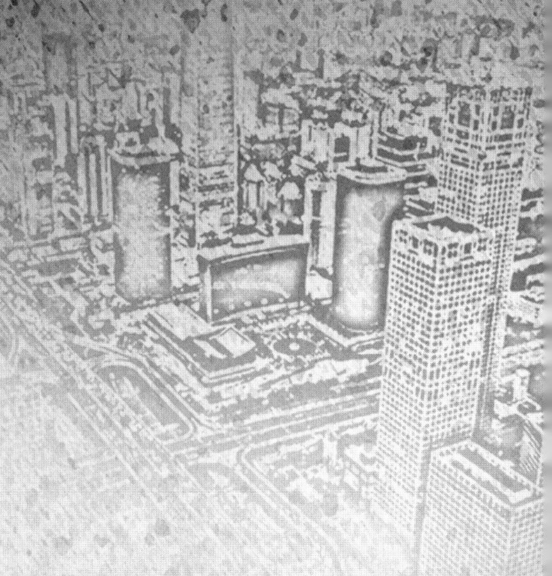

天意

陳徹說：「這支籤你如果求別的都是不好的，唯獨有一方面是大吉，那就是遷徙大吉。融宏集團在廣州的成績你看到了吧，你說我有理由不選擇海川市嗎？」

傅華說：「自然是沒理由。這世上難道真的有天意？」

第二天一早，傅華去了曲煒的辦公室。

曲煒見到傅華很高興，笑著說：「什麼時間到的？」

傅華說：「昨晚。」

曲煒說：「陳徹明天就會到海川，準備準備接待他吧。」

傅華說：「好的。」

余波倒了一杯茶送了進來，曲煒說：「我要跟傅華談談，不要讓別人來打攪我們。」

余波說「好」，就退了出去。傅華看了看曲煒，見他神色凝重起來，知道他要跟自己談的事情很嚴肅，便端坐了起來。

曲煒看了一眼傅華，問道：「你去辦事處有三個月了吧？」

傅華說：「三個多月了，時間過得真快。」

曲煒說：「怎麼樣，還習慣辦事處的工作吧？」

傅華點了點頭：「現在逐步上手了，還可以吧。」

曲煒說：「以前你是在我身邊，有我護著你，現在你自己獨當一面了，我沒辦法時時護著你了，很多事情就要多用用腦筋。」

傅華說：「我會注意的，怎麼了，是不是有什麼人說了什麼？」

曲煒說：「有人說你在駐京辦正事不幹，成天吃喝玩樂、打高爾夫，而且同時跟幾個女人來往，其中還有一些不正當的女人。」

傅華的冷汗下來了，叫道：「這是誰在胡說啊？」

曲煒說：「你覺得還會有誰呢？」

傅華頓時明白了，肯定是林東，這傢伙巴不得自己趕緊離開駐京辦，這些消息一定是他散播的。

曲煒看了看傅華，說：「當初你選擇要去駐京辦，我就建議過你是不是把林東調離，你不同意，現在好了吧，人家開始對你做小動作了。」

傅華說：「一個林東興不起大風浪的。」

曲煒說：「傅華，你怎麼老是繃不緊鬥爭這條弦呢。人家都把話傳到了孫永書記的耳朵裏了，孫永書記跟我提過這件事情，說你是不是有些年少輕狂，不知輕重。要不是你立下了把融宏集團引進來這麼大的功勞，怕是你在這駐京辦就沒辦法待了。」

傅華說：「不至於吧。我不過是跟一個女孩子打過幾次高爾夫，又沒犯什麼錯誤。」

曲煒冷笑了一聲：「一個女孩子！你也變得不老實了。你跟我說，那個在仙境夜總會工作的女人是怎麼回事？」

傅華震驚了：「什麼，他們連孫瑩也知道？」

曲煒說：「人家要盯上你，什麼查不到？孫瑩，仙境夜總會的四大頭牌之一，傅華，看不出來你小子還挺風流的。」

傅華急了：「曲市長，你聽我說，孫瑩是我一個同學拉我去見見世面才認識的，我跟她之間並沒有什麼的。」

曲煒瞪了傅華一眼：「這種世面你還是不見爲好，你去北京是工作的，不是去嫖妓的。」

傅華低下了頭，雖然他問心無愧，可是這件事情說起來總是不好聽，一個政府官員跟一個從事特種行業的女人來往，是很難說清楚的。

曲煒接著說：「這些還都是你個人生活作風問題，大不了說你私生活不夠檢點，可是你對工作也不認真，就說不過去了吧？」

傅華愣了一下：「我對工作怎麼不認真了？我不認真又怎麼會將融宏集團拉來海川？」

曲煒說：「你就是因爲有了這個成績驕傲了？」

傅華有些委屈地說：「我沒有啊，天地良心，對辦事處的工作我可是兢兢業業的。」

曲煒說：「那趙進的事情你怎麼解釋？人家都找上門來要投資，你卻不搭理，你不知道現在尋找新的投資有多難嗎？」

傅華再次震驚了：「曲市長，你怎麼知道趙進的？」

曲煒說：「人家京華投資已經在海川實地考察了，是秦屯在陪同，說要投資興建一個高科技工業園，內部包括數碼港、大賣場、五星級酒店等項目。這雖然比不上融宏集團項目大，可是也是一筆不小的投資，你怎麼能不接洽他呢？你這樣做讓我很被動。」

傅華聽到這裏，心中有數了，鎮靜了下來，問道：「是不是林東把趙進帶到海川的？」

曲煒看傅華神態自若，就知道這裏面是有緣故的，問道：「是林東帶回來的，林東說是他接了趙進找你的電話，才知道你不願意接洽這麼大一個投資，他這才聯繫對方的，有什麼問題嗎？」

傅華笑著說：「曲市長，我跟你這麼長時間了，你覺得我會放著一大筆投資不要嗎？我會那麼傻嗎？」

曲煒說：「難道這個趙進有問題？」

傅華點了點頭：「這是一個有名的空心大老官，北京的商界都知道他的底細，不過忽悠能力超強，曾經唬了一個富比士富豪兩年，讓那個富豪爲此付出了幾億的代價。這樣的人我領回來，市裡願意要嗎？」

曲煒說：「那當然不要。」

傅華說：「這件事情，林東完全是瞞著我進行的，他從我那兒偷走了趙進的名片，偷著聯繫趙進，他如果明著來，我是不會同意引進趙進的。」

曲煒說：「你也是的，一點兒警覺都沒有，這麼大的事情就被林東私下做了。」

傅華說：「名片丟失我是知道的，只是我沒想到林東會這麼傻，把一個空心大老官當成了財神了。」

曲煒鬆了一口氣：「你這麼說我就放心了。你別怪剛才我說你，你從來沒獨當一面，我是怕你有所閃失。」

傅華說：「我知道曲市長你這是愛護我。對了，是不是跟市裡負責接待趙進的同志說一下，趙進這傢伙空手套白狼慣了，別讓他騙了我們。」

曲煒說：「我會交代招商局那幫人的，詳細瞭解一下京華投資的情況，我們給他來個不見兔子不撒鷹。」

傅華笑了：「沒好處可得，趙進很快就會撤走的。」

曲煒說：「秦屯還以為這是一項很大的成績呢，呵呵。」

傅華笑著說：「如果真要引進來了，怕到時候哭都來不及。」

曲煒說：「傅華，你先別得意，出了這件事情，說明你還是沒有很好的掌控駐京辦的局面。要我說，趁這次融宏集團簽約，你離開駐京辦算了，融宏集團正式簽約，你立了頭功，我可以跟孫書記建議一下，給你一個好位置，回海川來工作吧，你離開這段時間，我還真有些不太習慣。」

傅華心說這可不行，雖然他在駐京辦只工作了三個月，可是他的視野卻大大的開闊了，他已經被北京這廣闊舞臺深深地吸引，正想大展拳腳，此時讓他撤離北京，說什麼他也是不情願的。

傅華說：「我還是覺得我在北京比較好，我這個時候離開，像是個逃兵。至於駐京辦，你放心，我會處理好的，保證不會再有類似趙進這樣的事情發生了。」

曲煒嘆了一口氣：「看來你是鐵了心要留在駐京辦了，好吧，隨你了。」

傅華說：「謝謝你能理解我。」

曲煒說：「這次你準備拿林東怎麼辦？」

傅華說：「我再跟他談一次吧，他的家已經安在北京了，我如果將他調離駐京辦，他的處境就尷尬了。」

曲煒說：「你這個人就這一點不好，心慈手軟，這一次雖然你沒事，可是你不能總這麼好運的。傅華，你要知道，對你的敵人慈悲就是對自己殘酷。」

傅華笑笑，「林東這樣的人我還能控制。」

曲煒說：「再是那個什麼叫孫瑩的，不許你再跟她來往了。」

傅華苦笑了一下：「我跟她本來就沒什麼，只是吃吃飯聊聊天而已。」

曲煒說：「那也不行，要知道眾口鑠金，人言可畏。現在是有我在孫書記面前護著你，不然的話，你很不好說話的。」

傅華只好說：「好的，我不跟她再來往了。」

曲煒正要說什麼，手機響了，看了看號碼，就對傅華說：「你先回去吧，明天你跟我一起去接陳徹。」

傅華知道這個電話曲煒不方便在自己面前接聽，就說：「那我先走了。」

曲煒點了點頭，傅華就走向門口，開門出去了。關門的時候，傅華回頭看了曲煒一眼，見曲煒已經接通了電話，臉上滿是笑意，那種神情只有在熱戀中的情人臉上才會看到。

傅華心中十分詫異，曲煒這種神情他還是第一次見到。曲煒跟他妻子的關係並不十分融洽，他跟了曲煒八年，幾乎沒見到曲煒跟妻子說笑過，倆人在一起都是十分嚴肅，眼前曲煒甜蜜的樣子不可能是跟他妻子在通話。

可是，曲煒是跟誰在通話呢？

曲煒這個人私生活向來是很嚴謹的，傅華也沒見他招惹過什麼女人，雖然有很多女人爲了曲煒市長的身分主動投懷送抱，可曲煒都是不加理睬的。可以說，曲煒是與桃色絕緣的。

眼前的場景似乎表明，在這三個月的時間裏，不但自己的生活發生了變化，曲煒的生活可能也有了新的元素加入。希望是好的元素，否則對曲煒的殺傷力將是很大的。

傅華有些忐忑，曲煒嚴於律己這麼多年，一個堤壩堵了多少年，一旦有了缺口導致決堤，將是一發不可收拾。

千萬不要出個什麼風流事件毀了他啊。這個余波也是的，自己不做曲煒秘書才三個月，他就讓曲煒的生活有了這麼大的變化。

傅華雖然心中有所懷疑，可這件事情並不是他可以隨便置詞的。曲煒是他的上司，又是在他面前很威嚴的師長，他並沒有資格干預曲煒的私生活，只好隱藏在心裏，想等待合適的時機再提醒一下曲煒。

第二天，傅華跟隨著曲煒在機場接到了陳徹，下午，融宏集團和海川市正式簽訂協定，確定新專案落戶海川市科技工業園，這件事情總算塵埃落定。

晚上，在海川大酒店舉行了盛大的慶祝酒會，傅華再次祝賀陳徹之後，問道：

「陳先生，有件事情我一直很好奇，當初你在媽祖廟求的那支籤明明很不好，爲什麼你卻反而最終選擇海川？」

陳徹笑了：「其實很簡單，之前我在臺灣大甲媽祖廟也求過一支相同的籤。」

傅華不由得佩服起張凡來，老師不愧是洞明世事，雖然根本沒接觸過陳徹，卻已經將事實猜出了七八分。

傅華說：「可這支籤明明很不好，當初你爲什麼還會選擇遷到廣州呢？」

陳徹說：「那是你沒有全部瞭解這支籤的含義，這支籤你如果求別的都是不好的，唯獨有一方面是大吉，那就是遷徙大吉。融宏集團在廣州的成績你看到了吧，你說我有理由不選擇海川市嗎？」

傅華說：「自然是沒理由。這世上難道真的有天意？」

陳徹笑了：「天意只是一個參考，天意只是更堅定了我的決心。如果你們海川市條件達不到我的需要，就是有天意，我也是不會選擇你們的，說不定那是老天爺跟我開玩笑呢。」

傅華笑了，這些大老闆予取予奪慣了，看陳徹這意思，即使是天意，如果不利於他，他也會不聽從的。

其實也是，古往今來，很多時候，天意只是聰明人利用的工具，陳勝吳廣起義，不就是借天意揭竿而起，如此種種，例子很多。

結束時，余波叫傅華上了曲煒的車。

曲煒在車上問傅華：「你原來說要爲駐京辦製備一處新的辦公場所，你心中可有什麼具體的打算？」

傅華說：「我全面考慮了一下，準備駐京辦自己買地，在北京建一座大酒店。」

曲煒笑了：「幾天不見，你的胃口可是見長，你知道建一座大酒店要多少錢？」

傅華說：「我估計大概五六千萬是要的。」

曲煒說：「那市裡解決不了，我不可能給你五六千萬，頂多只能給你兩千萬。」

傅華笑笑說：「那市裡給我兩千萬就好了，剩下來的，辦事處自己解決。」

曲煒看了看傅華，說：「真是士別三日刮目相看，北京這地方還真是出息人，你去北京才幾天，就有調動幾千萬資金的能力了？」

傅華笑了：「也沒有，我只是想找人合作開發而已。」

曲煒有些不放心，說：「你行嗎？這裏面牽涉的東西很多，你能操作好嗎？」

傅華說：「我會謹慎從事的。」

曲煒說：「看來你對建酒店有一個很好的預期啊。」

傅華笑了：「我綜合考慮過了，北京是全國的經濟文化中心，現在正是一個快速擴展的階段，就算酒店建好了沒什麼收益，土地增値這部分也將是一個很可觀的數字。相信我，一定不會虧本的。」

曲煒笑了：「既然你這麼有信心，我就不攔你了。回頭打個請批報告給市政府。招商局那邊，我跟王尹局長已經打了招呼，他會詳細調查京華投資的背景，並認真研究趙進的考察，不會上了他的當。」

傅華說：「我知道了，如果沒什麼事，我明天就回辦事處。」

曲煒說：「急著回去幹什麼？又要會你的小情人啊？我再次警告你啊，那個孫瑩一定要給我斷了。你要知道有多少男人都是栽在女人的褲腰帶上的。」

傅華笑笑說：「我會注意的，我讀過二十四史，知道多少英雄都是栽在女人手裏的，我會引以爲戒的。」

傅華說這話的時候，特意看了曲煒一眼，他想借此也提醒曲煒注意不要在私生活上栽跟頭，可是他這份苦心白費了，曲煒並沒有往自己身上想，只說：「你知道就好。」

傅華第二天就返回了駐京辦，開始著手尋找建酒店的地點。原本他可以找楊軍的，楊軍似乎對這個案子也很有興趣，可是因爲楊軍和孫瑩的事情，讓傅華覺得很不舒服，而且一個背叛他最親密人的人是不可信的，所以傅華並沒有去找楊軍。

尋找土地的過程並不順利，一些朋友幫傅華推薦了幾個地方，可是不是地理位置不佳，就是並不適合建酒店，幾天下來，接連失望，傅華都有些喪氣了。

林東從海川回來了，他想引進趙進的京華投資並沒有成功。

招商局經過詳盡的背景調查之後，發現京華投資有限公司雖然吹噓自己實力雄厚，可是並沒有什麼可以拿得出手的投資項目，並且，京華投資竟然連續幾年都沒有正常納稅，到了這一步，招商局就很清楚京華投資是一個什麼樣的公司了。

原本趙進在海川的食宿都是由海川市買單，知道這是一個空殼公司之後，招商局通知了趙進所住的酒店，要客人自行負擔食宿費。趙進是一個很聰明的人，見海川市這麼做，知道被人家看穿了底牌，他很知趣，馬上就不顧秦屯和林東的挽留，退房走人了。

林東本來以爲自己費盡心思將趙進拉到海川，一定能讓趙進在海川投資，而且交談過程中，趙進也表現出強烈的投資欲望，所以他滿以爲自己可以撈一筆油水了，結果卻是狗咬豬尿泡，空歡喜了一場。在被秦屯臭罵了一頓之後，林東又回了駐京辦。

傅華看林東灰溜溜的樣子，心中暗自好笑，這傢伙真是弱智，他也不想想，如果趙進是個香餑餑，自己會不聞不問嗎？有些時候，人要是利令智昏起來，腦子就被利益蒙住了，這麼簡單的道理都想不明白。

好笑之餘，傅華又覺得林東可憐，他想要的不過是管理這麼幾個人的小小的駐京辦，房子還是租來的。他已經爲此奮鬥了幾年了，剛剛看到一點兒希望，又被自己給弄破滅了。

仕途上的人就是這麼可悲，辛辛苦苦一輩子，渴望得到的也就是一官半職，而且若干年奮鬥下來，這些人除了做官，也就不會做別的了，他的人生沒有別的選項，只能爲了那渺茫的升遷希望繼續掙扎。

應該跟林東談談了，傅華既不想把林東打發走，但也不想還要時刻防範林東做自己的小動作。眼下傅華即將在駐京辦展開大計畫，不能放一個時刻會算計自己的人在身邊，即使這個人的危害是可控制的。他決定跟林東敞開談一次，如果還是無法說服，那他只能是請林東走人了。

林東被叫到了傅華的辦公室，傅華笑著說：「老林啊，你看我到辦事處已經三個多月了，一直想找你談談，可是卻因爲忙融宏集團的事情耽擱下來了。現在融宏集團的事情已經塵埃落定，我們倆可以坐下來好好聊聊了。」

林東看了傅華一眼，心說聊什麼聊，你這傢伙現在有資本了，可以教訓我了是吧？不過傅華現在風頭正勁，林東還沒有挑戰他的勇氣，就笑了笑說：「願聽傅主任指教。」

「指教什麼，你這麼說就不對了，我們這是私下聊天，互相瞭解一下而已。」

林東笑笑說：「不知道傅主任想瞭解什麼？」

傅華說：「哎呀，老林，你別一口一個傅主任的叫，多生分，我比你小，叫我聲小傅吧。」

林東說：「這我可不敢接受。」

傅華看了看林東，見林東始終是一副拒人千里之外的樣子，也就不再堅持，「好了，隨便你叫什麼了。哎，嫂子在北京做什麼工作？」

林東說：「在一家公司給人做會計。」

傅華說：「收入還可以吧？」

林東說：「勉強吧，餓不著。」

傅華說：「孩子都在北京上學嗎？」

林東說：「對，一個念高中，一個念初中。」

傅華笑了：「老林你這是要紮根北京啊。」

林東看了傅華一眼：「傅主任，你繞來繞去，到底想說什麼？」

傅華笑笑：「其實也沒什麼，就想跟你交個心。我到駐京辦之前，有人建議過我將你調離，說你是這幾任駐京辦主任幹不下去的主要原因。我當時說，老林才不會這麼做，他的家都安在北京，一定會在駐京辦好好幹的，絕不會跟我有什麼衝突。」

林東的臉抽搐了一下，傅華的話擊中了他的要害，他妻子的收入並不高，他還需要駐京辦這個位置的收入來維持生活。傅華如果將他從駐京辦調離，那他只有兩個選擇，要麼回海川過兩地分居的日子，要麼辭職，離開海川市政府。這兩個選擇都不是林東願意承受的。

傅華看著林東的表情，給他時間消化自己說的話。

林東很快就想明白了其間的利害關係，乾笑了一下，說：「我當然是願意接受傅主任的領導，在駐京辦好好幹的，你的朋友有點多慮了。」

傅華冷笑了一聲，問道：「是嗎？」

林東被傅華笑得心裏發毛，他不敢看傅華的眼睛，低著頭說：「我說的是真心話。」

傅華決定跟林東攤牌，不把林東逼到牆根，林東不會繳械，就說：

「那就奇怪了，我這次回海川見到的情況卻不是這樣的。有人在孫書記那裏反映我跟一些不正當的女人來往，還有人說我對工作敷衍，有投資商已經明確表示要投資，我卻置之不理，結果讓曲市長把我臭罵了一頓，說我在駐京辦只知道花天酒地，不務正業。這是誰在盯我的梢嗎？爲什麼我辦公室裏的名片莫名其妙的就沒了呢？老林，你知道這是怎麼回事嗎？」

林東臉紅得像猴屁股一樣，強笑著看著傅華說：「這些你都知道了？」

傅華說：「你都鬧到孫書記那裏了，你說我能不知道嗎？老林，你就這麼急著攆我走嗎？」

林東低下了頭。

傅華接著說：「你這個人有時候就是想不清楚，你如果有能力做這個駐京辦的主任，上面不就早讓你做了嗎，也不會空了半年沒人做主任了；你要是真有那個能力，也不會主持了半年的駐京辦工作，駐京辦一點工作業績都沒有。你成天在想什麼？就想怎麼搞陰謀詭計把主任擠走嗎？你也不想想，每個主任都被你擠走了，上面就那麼傻，不會懷疑是你在其中搞的鬼？就能任命你做主任？你知道上面是怎麼看你的嗎？上面認爲你就是駐京辦這幾年不穩定的主要原因，你知道嗎？」

林東的頭更低了。

傅華說：「老林，我自問來駐京辦以後對你還可以，可是你的做法讓我很寒心啊。你先回去想想吧，明天給我個態度。如果你不想再在駐京辦待下去了，我給你安排調動；如果你還想在駐京辦待下去，你想想下一步應該怎麼做。」

林東滿面通紅地往外走，傅華說：「你順便把劉芳叫過來。」

林東出去了，一會兒劉芳進來了，傅華看到劉芳的神態有些不安，便明白林東去叫她的時候，肯定把自己跟林東的談話講給她聽了，他要的就是這種結果。

跟劉芳之間，他不能像跟林東那樣直接攤牌，劉芳背後還有秦屯副市長，而且劉芳一直對他維持著表面上的恭敬，他並沒有抓到劉芳什麼錯。他只能讓林東把自己的態度轉述給劉芳，間接地讓劉芳感受到一點威懾。

劉芳小心地問道：「傅主任，你找我來有什麼事情嗎？」

傅華笑笑：「劉姐，先坐，先坐。」

劉芳原本以爲傅華叫她來，是像批評林東一樣批評她，見到傅華和風細雨的樣子，坐到了傅華的對面，忐忑地看了傅華一眼，問道：「傅主任，我做錯了什麼嗎？」

傅華笑了：「劉姐，你怎麼這麼緊張啊？我記得你沒來北京的時候，在市政府我們相處得不錯，現在一起工作了，應該相處得更好才對啊。」

劉芳乾笑了一下，說：「你現在是我的上司，我不能那麼隨便。」

傅華呵呵笑了：「劉姐你言重了，我這麼個小角色也算上司？放輕鬆，大家都是同事，我們駐京辦就這麼幾個人，最好是大家像一家人那麼相處。」

劉芳看傅華一直笑著，覺得傅華不像是要找她碴的樣子，神情輕鬆起來，說：「傅主任真隨和，不過駐京辦再小，你也是我們的上司。」

傅華說：「當這個小官其實挺麻煩的，劉姐，我來辦事處已經有三個月了，工作幹得怎麼樣我自己也不知道，你能不能從朋友的立場上跟我說說，我有沒有什麼地方做得不好。你知道我這還是第一次獨當一面，有時候真的不知道自己做的對與錯。」

劉芳笑笑：「傅主任你真謙虛，誰不知道你一上來就把融宏集團拉到了海川市，做得多好啊，你是我接觸過的駐京辦主任中能力最出色，做得也最好的。」

傅華笑了：「融宏集團的事情是我們大家共同努力的結果，你也有功勞的。劉姐你別光說好話，我是想問一下我日常處理事情還好吧，沒什麼不應該的地方吧？」

劉芳說：「傅主任，你要求自己太嚴格了，日常工作你做得井井有條，很好啊。」

傅華說：「我跟你說不要光說好話，我想聽聽有沒有不好的地方。」

劉芳笑笑說：「都很好，真的。」

傅華說：「那我對辦事處裏的同仁們怎麼樣？有沒有該注意的地方沒注意，結果讓同仁們對我有了意見。」

劉芳說：「沒有啊，傅主任你對大家都很尊重。」

傅華嘆了一口氣：「那就不是我的問題了。唉！我是第一次領導一個單位，心裏想儘量做得完美一點，不讓同仁們對我有意見，可還是達不到某些人的滿意，這些人究竟在想什麼呢？怎麼樣做他們才能滿意呢？」

說話間，傅華看了一眼劉芳，見劉芳的臉一陣白一陣紅的，知道她心中有鬼，以為這幾句話在說她呢。看看敲打她的效果已經達到了，傅華便笑了笑，接著說道：

「也不知道這個老林是怎麼了，他就那麼想當主任嗎？這一次竟然從我辦公室偷什麼名片，他以爲那個人是財神爺，其實我早就知道那是個空心大老官，玩空手道的。現在好了，被人忽悠了一場，兩手空空的又回來了。」

見傅華不是說自己，劉芳心裏暗自鬆了一口氣，她以爲傅華並不知道她跟林東的勾結，便笑了笑說：「林副主任向來自以爲是，老是覺得這個駐京辦主任就是他的，前幾個主任都是被他私下做小動作趕走的。」

傅華說：「剛才我狠狠說了說他，讓他回去認真考慮一下，是不是還要待在辦事處。」

劉芳說：「傅主任你想攆他回海川？」

傅華說：「我並不想這麼做，可是他不跟我好好配合工作怎麼辦？」

劉芳說：「可林副主任的家已經安在北京了，你這樣做，他豈不是要兩地分居？」

傅華說：「我現在也很爲難，這次回海川，孫書記和曲市長都表示對辦事處的發展有很大的期望，你可能也知道了，市裡基本上已經決定投資兩千萬發展辦事處。下一步辦事處有很多重要的工作要開展，那時我的工作就會更繁重，我不能總把一顆定時炸彈放在身邊。」

劉芳說：「我想林副主任會分得清利害關係的，他應該會知道自己該怎麼做的。」

傅華說：「我想他最好這樣。我猜他回去思考之後，會選擇留在辦事處。不過這個人小動作做慣了，怕還是不會太老實，劉姐你幫我看著他點，不要讓他干擾了辦事處的工作。」

劉芳看了傅華一眼，說：「謝謝傅主任你這麼信任我，只是我能行嗎？」

傅華說：「行的，你知道辦事處這裏，我就跟你劉姐和羅雨比較熟悉，羅雨那傢伙就會寫詩，別的人我又信不過，只好借重你了。」

劉芳說：「那我試試吧。」

傅華說：「現在辦事處要到了大發展的時候了，以後要做的事情很多，劉姐你已經是辦事處的老人了，熟悉情況，可要多幫幫我啊。」

傅華露出了倚重的意思，劉芳笑了：「傅主任放心吧，我一定好好配合你的工作。」

劉芳出去了，傅華坐在辦公室裏笑了，這一拉一打，一定能在林東和劉芳之間起到分化的作用，雖然不一定讓林東和劉芳服服貼貼，起碼在一段時間內，這兩個人不會興風作浪了。

羅雨敲門進來，笑著問：「你跟林東和劉芳說了什麼了，怎麼林東臉黑得像老包，劉芳卻樂不自禁。」

傅華笑了，他的心情很愉快，就說：「你別管他們了。哎，最近有什麼好詩嗎？念給我聽聽。」

羅雨笑了：「我倒是沒寫出什麼好詩，不過聽到了一首別人的，挺好的。」

傅華說：「念來聽聽。」

羅雨說：「生活撲面而來，夢想支離破碎。」

傅華以爲羅雨還有下文，等了半天羅雨也沒說話，就說：「沒了？」

羅雨說：「沒了。」

傅華笑了：「就這麼兩句，也太短了。」

羅雨說：「韻味夠了就行，你看當初顧城一句『黑夜給了我黑色的眼睛，我卻用它去尋找光明』，多膾炙人口啊，一句話就足夠了。」

傅華說：「你這兩句寫實多了一點，韻味並不是很足，跟顧城這個還是有點差距的。」

羅雨笑了：「那是，民間詩人寫的，是有些差距。哎，你那位美女怎麼回事，怎麼最近不來了？」

傅華愣了一下，是啊，有些日子沒見趙婷了，這有點反常，似乎從那天郭靜打電話來，趙婷離開之後，她就沒再露面。

不過，傅華還是笑著說：「怎麼，你看上趙婷了，要不要我幫你牽牽線？」

羅雨笑了：「別開我玩笑了，你沒看見趙婷每次來，眼神就沒離開過你嗎？人家看好的可是你。」

傅華笑笑：「你別瞎說，趙婷跟我是兩路人，我們並不適合。她那傢伙就是好玩，沒長性的，她不來了，大概是她厭倦辦事處了吧。」

第十四章

退出江湖

孫瑩一臉小女人的幸福：「我要退出江湖了，今天是專門跟你告別的。以後就是見到你，我也會裝作不認識你，你也不要跟我打招呼。」

傅華愣了一下，笑著問道：「怎麼，釣到金龜婿了嗎？」

隔天一早，林東就來找傅華，說：「傅主任，我想明白了，今後我一定會服從傅主任的領導，幹好本職工作。」

傅華笑著點了點頭：「不要這麼說，我希望大家共同合作，全力搞好辦事處的工作。」

林東說：「我明白，我一定不辜負傅主任你的期望。」

傅華看了看林東，他很懷疑這傢伙是不是真心實意投靠自己，就決定再敲打他一下：「老林啊，既然你願意繼續在駐京辦工作，有些醜話我可要說在前頭，我可不希望再受市裡說什麼我生活作風有問題之類的批評了。如果再有這樣的事情發生，我不會再對你客氣了。」

林東尷尬地笑笑說：「絕對不會了。」

林東出去後，傅華冷笑了一聲，心想：有時候人就是賤，原本自己初到辦事處，是想和林東共同努力，爲辦事處開創出一個新局面來的，偏偏這個林東鑽進了牛角尖，在背後做些小動作想趕自己走。

如果他有兩把刷子也行，偏偏這林東又蠢得要命，把自己看不上眼的趙進領到了海川，結果被趙進騙吃騙喝了一頓，雖然海川市沒受什麼大損失，可再次讓海川市的上級知道他的能力不行……簡直是自取其辱。

傅華顯然並沒有因爲林東表示會聽話就完全相信林東，這個人還是要控制使用的。

因爲有著融宏集團新廠落戶海川的東風，駐京辦請批資金的報告一路綠燈，一個月之後，傅華就拿到了市政府的批覆文件。

傅華正在讀這份批文，辦公室的門打開了，趙婷笑咪咪地走了進來。

傅華笑笑：「稀客稀客，趙老師怎麼有時間了?最近忙什麼呢?怎麼好長時間沒見到你了?」

趙婷嘿嘿笑了笑：「你這個徒弟真是不乖，老師這麼長時間沒露面，也不知道打個電話問候一下。」

傅華放下了手中的文件，看著趙婷，問道：「說真的，最近在玩什麼呢?」

趙婷撇了一下嘴：「說起來你一定不會相信，我在家裏躲了一個月，悶死我了。」

傅華笑了：「怎麼可能?哦，我明白了，被你父親關起來了是吧?」

趙婷說：「才沒有呢，我爸爸疼我得很，才不會關我呢。」

傅華說：「那爲什麼啊?你改性了?」

趙婷說：「好了好了，你別囉嗦了。哎，我來的時候你在看什麼?怎麼一臉喜氣的?」

傅華說：「我們辦事處的資金請批文件批下來了，我們辦事處可以選址建設了。」

趙婷笑著說：「難怪你那麼高興，恭喜你了。哎，你要請客啊。」

傅華笑了笑，說：「請客小意思，去哪裡？」

趙婷說：「去哪裡比較好呢？我有一個月沒出來吃飯了，一定要吃頓好的。」

傅華說：「那去燕莎的凱賓斯基吧，你不是很喜歡那裏的西餐嗎？」

趙婷的臉色變了：「不去凱賓斯基，老去那裏都有點膩了。」

傅華說：「那你想去哪裡？」

趙婷說：「要不去北海吃仿膳吧。」

傅華說：「隨便你囉。」

倆人就開車去了北海公園，在亭臺樓閣、綠蔭碧水間的仿膳飯莊頗像寺廟，端莊古樸，背山面水，遊廊懷抱，景色十分秀美。

仿膳飯莊的經營方式很特別，只有套餐，沒有單點，這倒省了點菜的麻煩，趙婷隨便點了一個中等價位的套餐，就坐在那裏不言語了。

傅華看出趙婷今天心情並不是很好，笑著說：「好了，你跑到仿膳飯莊這裏是過皇帝癮的，應該高興，板著臉多不好。」

趙婷說：「傅華，你不知道我的心情。」

傅華笑笑說：「你說出來，我不就知道了嗎？」

趙婷看了傅華一眼，說：「你有沒有那種左右爲難的時候，比方說，你看到了一個朋友背叛了另外一個朋友，而這另外的朋友卻被蒙在鼓裏，你覺得應該告訴這個被蒙在鼓裏的朋友嗎？」

傅華笑了：「那要看你跟這兩個朋友關係的親密程度了。」

趙婷說：「都是很好的朋友。」

傅華說：「那就看究竟誰對誰錯。」

趙婷說：「肯定是那個背叛的朋友做錯了。」

傅華說：「那也不一定，有時候被蒙在鼓裏也是一種幸福，你說了，就是打破了這種幸福。」

趙婷苦笑了一下：「可是你也知道我的性格，有話不說讓我如鯁在喉。」

傅華笑了，趙婷說的其實也是實情，對一般人來講，撒個小謊，騙騙人，都是輕鬆平常的，可對趙婷這樣直率性格的人來說，卻比殺了她都難受，因爲她已經率真慣了，不習慣爲別人遮掩。

傅華說：「你還是習慣一下吧，這就是現實社會。」

趙婷說：「那我聽你的，就讓這件事爛在肚子了吧。」

傅華說：「其實也很好辦，你就當根本不知道這件事情。」

趙婷苦笑了一下：「問題是我已經知道啦，偏偏記憶力又那麼好，忘都忘不掉。」

傅華呵呵笑了：「那就是你的問題了，好了，菜上來了，我們開動吧。」

穿著清宮裝的服務員把菜端上來，傅華和趙婷就開始吃菜，過了一會兒，趙婷問道：「光顧說我的事情了，你的資金已經批覆下來了，地方可選好了？」

傅華說：「還沒有，我看過幾個地方都不合適，一時半會兒看來還真難找到適合我用的地方，真讓人頭疼。」

趙婷說：「哎，那天我哥不是說會幫忙嗎？你找過他嗎？」

傅華說：「沒有，我沒有找過你哥。」

趙婷說：「我哥他們家在朝陽區確實很有影響力的，我姨父，就是楊軍的父親，八十年代初就是朝陽區的重要人物，在那裏門生故舊很多，根基深厚。我哥後來做生意，就把這些關係都撿了起來，你找他肯定行的。」

傅華說：「我還是不麻煩他了，慢慢找吧，總有找到的時候。」

趙婷看了看傅華，詭笑著說：「徒弟，你跟老師我說實話，當初你在學校是不是追過我嫂子？」

傅華愣了一下，他並不想在趙婷面前承認這個，隨即否認：「沒有。」

趙婷笑了：「你別騙我了，你的神情已經出賣了你，我說那次在一起吃飯，火藥味怎麼那麼濃呢，你說實話，是不是嫉妒我哥娶了我嫂子？」

傅華說：「去你的吧，我嫉妒什麼，當初我如果留在北京，郭靜就嫁給我了，有你哥什麼事？」

趙婷說：「這麼說，你跟我嫂子原來是一對戀人了？」

傅華說：「是，只是因爲當初我一定要回海川，郭靜又不肯跟我去，我們只好分手。」

趙婷呆了一下，意有所指地說：「原來是這樣啊，其實郭靜跟你去了，也許可以生活得更幸福。」

傅華沒有聽出趙婷話中有話，笑了笑說：「一個人一個想法吧，京師是繁華之地，各方面都得天獨厚，海川市不過是二三線的小城市，郭靜選擇留在京師也很正常。」

趙婷說：「繁華只是一種表象，難道這一點郭靜就看不透嗎？」

傅華愣了一下，看了看趙婷，說：「趙婷，你能說出這樣的話讓我很驚訝，想不到你雖然外表粗線條，看問題竟然能這麼透澈。」

趙婷笑了：「今天才知道你老師我有水準了吧？其實你是沒生在我這樣的家庭，當你自小就要什麼有什麼的時候，你也會覺得繁華只是一種表象，並沒有實際意義的。有時候，我反而覺得努力去爭取才能得到什麼，甚至還得不到什麼的那種生活可能更美好。可是我又沒勇氣放棄擁有的一切，自己去打拼。」

傅華笑了說：「看來人都在羨慕自己所沒有的東西。不過，人都有自己的活法，你如果真的踏入什麼都要自己去爭取的生活中，也許你會叫苦不迭的。人生短短幾十年，你既然擁有這麼好的先天條件，何不好好享受生活呢？」

趙婷笑了：「也許是吧。哎，你不找我哥幫你，是不是你對郭靜還念念不忘，所以你不願意求助於她的丈夫？」

傅華搖了搖頭：「時過境遷，我跟郭靜之間現在只有同學的友誼，沒有那種情愫了。」

趙婷困惑地問道：「那爲什麼不找我哥？哦，我明白了，你這傢伙雖然是個大男人，可做事都是小裏小氣的，讓你開口去求前戀人的丈夫，你覺得沒面子是吧？」

傅華連忙否認：「我才不小裏小氣的，不是你說的這個原因。」

趙婷笑了：「那你告訴我，究竟是什麼原因？」

傅華苦笑了一下，他是因爲楊軍背叛郭靜才不願意再跟楊軍接觸，可他並不想把楊軍和孫瑩的事情說出來，只好說：「嗨，你別管了，反正我不會開口求他就是了。」

傅華的推託在趙婷看來根本不成立，反而更印證了她的想法，傅華一定是怕丟面子才不找楊軍的。傅華這個傢伙什麼都好，就是做事有時候放不開手腳，你管楊軍怎麼看你，把事辦成才是主要的。再說，這件事情本身楊軍也很主動，他也想招攬這個項目去做，互利的事情也不存在誰求誰。

「乾脆還是我來出面給他們牽線吧。」趙婷暗自決定。雖然最近楊軍讓她有點不太高興，可是這是在幫傅華辦事，她相信只要楊軍出馬，傅華的難題很快就會解決了。

第二天一早，傅華接到了楊軍的電話，一時還沒有反應過來楊軍是爲了辦事處建設這個案子而來的，接通後笑著問：「楊兄一早打電話來，有什麼指教嗎？」

楊軍笑了笑：「我哪敢指教傅兄什麼啊，我聽說你們辦事處的資金批下來了，想爲傅兄效點綿薄之力。你不知道，小靜這些日子一直在我面前念叨，說你這個老同學在京師並沒有什麼根基，要發展不容易，要我能幫忙就一定要幫忙。念叨得我耳朵都起了老繭了。」

楊軍怎麼就知道辦事處的資金批下來了？旋即傅華就恍然了，一定是趙婷跟楊軍說的，這丫頭真是的，明明自己明確表態說不找楊軍，她還是通知了楊軍。

傅華本來想要拒絕，可是楊軍又把郭靜抬了出來，自己再拒絕，郭靜的面子上也不好看，想了想說道：「原本怕給楊兄添麻煩，就沒給你打電話，想不到楊兄還是知道了。」

楊軍笑笑說道：「麻煩什麼，你跟郭靜是同學，就是我的同學，幫忙是應該的。怎麼樣，可有什麼看好的地方？有看好的地方跟我說一聲，我可以跟有關部門協調。」

傅華說：「我倒是看了幾個地方，可是並不中意。楊兄手頭有什麼好地方嗎？」

楊軍說：「有幾塊地倒還不錯，都是朋友的，什麼時間帶你去看看？」

傅華說：「好哇，楊兄什麼時間方便？」

楊軍說：「我一會兒有個朋友要來，今天沒空，明天吧。」

傅華說：「那就明天，先謝謝了。」

楊軍笑笑：「客氣什麼，掛了啊。」

傅華放下電話，心中暗自生悶氣，趙婷這丫頭真是多事，便撥了趙婷的電話。

趙婷接通了，笑著說：「傅華啊，你是不是要謝謝我啊？」

傅華沒好氣地說：「我謝你什麼？你那麼多事幹什麼？」

趙婷愣了一下，隨即叫道：「你這什麼語氣啊，我不過是覺得你不好開口，想幫你，這才跟我哥說了一聲。怎麼，我想幫你還錯了？」

傅華苦笑了一下：「姑奶奶，我知道你是好意，可是我真的不願意跟你哥合作。」

趙婷語塞了，她知道自己好心辦了壞事，不過她並不願意認錯，強詞奪理地說：

「你不願意可以拒絕啊，不就是說幾句話而已，有必要這個樣子嗎？」

傅華說：「你以爲那麼簡單，你哥把郭靜都抬出來了，我怎麼拒絕？」

趙婷冷笑了一聲：「你無法拒絕郭靜，那就是你的問題了，你氣我幹什麼！」

說完趙婷掛了電話，留下傅華在這一頭發愣。想想也是，就是接受楊軍的幫忙也沒什麼啊，自己何必這麼大動肝火呢？算了吧，明天跟楊軍去看看地的情況再說，不合適，自己可以拒絕嘛，人家也沒非逼著自己要。

楊軍接連帶著傅華看了幾塊地，卻並沒有看到合適的。這不是傅華一個人的感覺，楊軍是做這一行的，也覺得不太合適。

最後，楊軍說：「這個一時半會兒也很難碰到合適的，我幫你發動一下我的朋友，再找找看看吧。」

傅華有點感激地說：「這幾天讓你幫我跑前跑後的，受累了。」

這並不完全是傅華的客套話，楊軍做起事來確實是很認真負責，一段時間下來，傅華對他的看法正面了很多。

楊軍拍了傅華肩膀一下：「客氣什麼。」

世事就是這樣奇怪，往往你急切地想找到某些東西，偏偏眾裏尋他千百度，卻很難覓其蹤影。傅華和楊軍決定暫時放一放，也許他們一時沒找對方向，可能驀然回首，要尋找的土地就在眼前呢。

時間在忙碌中又過去了十幾天，這天下午，傅華正坐在辦公室，手機響了起來，看看是趙婷的號碼，傅華笑了，這丫頭終於沉不住氣了。原來自那日傅華向她發火，趙婷生氣掛了電話之後，倆人一直處於誰也不理誰的狀態。

傅華接通了，趙婷說：「是不是我不給你打電話，你就不跟我聯繫了？」

傅華笑笑：「我是怕打電話給你會惹你生氣，怎麼，老師不生我的氣了？」

趙婷笑笑說：「我才不跟小人一般見識呢。」

傅華笑了：「是，你大人不記小人過，宰相肚裏能撐船。」

趙婷說：「去你的吧，幾天不見，你的嘴倒是油了很多。」

傅華呵呵笑笑：「誰叫我做錯了呢。」

趙婷說：「哎呦，今兒是怎麼了，太陽從西邊出來了？我耳朵沒聽錯吧？傅華，你在跟我認錯？」

傅華說：「老師沒聽錯，謝謝你幫我聯繫你哥，你哥前幾天帶我跑了不少地方，很幫忙。」

趙婷說：「你才知道我的好啊。」

傅華說：「要不要我再謝謝你？」

趙婷說：「好了，我沒心情跟你貧嘴了。傅華，我闖禍了。」

傅華愣了一下，這個丫頭可是天不怕地不怕的，她說闖禍了，這禍事一定不小，趕忙問道：「出什麼事了？」

趙婷吞吞吐吐地說：「郭靜沒找你吧？」

傅華問道：「關郭靜什麼事情？」

趙婷說：「前陣子，我不是躲了郭靜一段時間嗎？就是因爲我不小心看見不好的事情。」

傅華問道：「什麼事情啊？」

趙婷說：「我在凱賓斯基看見我哥跟一個叫孫瑩的女人在一起，那個女人我以前認識，在跟我爸爸打高爾夫時見過。當時是我爸爸的一個朋友帶來的，後來我爸爸說，孫瑩是仙境夜總會的小姐，不讓我去接近她。」

這楊軍也太明目張膽了，竟然連趙婷都知道了，傅華說：「你告訴郭靜了？」

趙婷嘆了一口氣：「我真的不想告訴她的，不然我也不會躲著她了。可是不該昨天讓我碰到了她，最後被她逼問了出來。」

傅華明白讓趙婷這樣的人爲楊軍遮掩是多麼難受，她是一個直爽的人，高興就笑，煩惱就生氣，什麼情緒都寫在臉上，這是趙婷討人喜歡的地方，也是她讓人反感的地方。這種人是不需要你去逼問她的，本來她就沒辦法藏住什麼秘密。

趙婷接著說道：「怎麼辦呢傅華，當時郭靜整個人就像丟了魂一樣，眼淚在眼圈裏打轉。我看了都覺得可憐，說要送她回去，她也不肯。」

傅華說：「我能怎麼辦啊？人家的家務事我不好攪和的。」

趙婷說：「你跟郭靜是同學，你能不能去勸一下她，讓她別太傷心了。」

傅華苦笑了一下：「郭靜這個人很要強的，恐怕她這個時候最不願意我知道這件事情。」

趙婷頓了一下，說：「也是，她可能不想讓你看她的笑話。那怎麼辦呢？我們就這麼看著郭靜傷心？」

傅華想了一會兒，說：「冷處理吧，這件事情我們越參與，可能越會火上澆油，冷一冷，等當事人平靜下來，事情可能就平息了。」

趙婷說：「也只好這樣了。都是你們這些臭男人，家裏有那麼好的老婆，還要在外面拈花惹草的，真不是東西。」

傅華笑了：「趙老師，你別一竿子打翻一船人，事情是你哥做的，你要罵去罵你哥。」

趙婷嘿嘿笑了笑：「你也不是什麼好東西，你敢說你有這樣的機會不會這樣做？」

傅華冷笑了一聲：「你以爲這天下的男人都跟你哥一樣啊？男人是要有責任感的……」

趙婷打斷了傅華的話：「好了，好了，別跟我說教了，你怎麼越來越像我父親了，動不動就是什麼責任感之類的大道理。我現在煩死了，不跟你說了。」

趙婷掛了電話，傅華坐在那裏，心裏牽掛著郭靜，郭靜現在怎麼樣了呢？這個好強的女人能夠面對丈夫出軌的狀況嗎？她和楊軍下一步會如何發展呢？

傅華正在胡思亂想著，手機再次響起，看看是孫瑩的號碼，傅華就接通了。

孫瑩笑著問：「你在哪裡呢？」

傅華說：「我在辦公室。」

孫瑩說：「有工作嗎？」

傅華說：「沒，在閒坐。」

孫瑩說：「那出來吧，我有件事情要跟你說。」

本來這段時間因爲曲煒的責備，孫瑩幾次約傅華出去吃飯，都被傅華藉口有事給推掉了。現在因爲郭靜，傅華認爲真是有必要跟孫瑩見見，跟她說不要再招惹楊軍了，就說：「好的，正好我也有事跟你說，你在哪裡？」

「我在遠洋大廈的星巴克，你來吧。」

傅華趕到了星巴克，孫瑩滿臉笑容地跟他招手，傅華走了過去，笑著問：「什麼事情這麼高興啊？」

孫瑩一臉小女人的幸福：「我要退出江湖了，今天是專門跟你告別的。以後就是見到你，我也會裝作不認識你，你也不要跟我打招呼。」

傅華愣了一下，笑著問道：「怎麼，釣到金龜婿了嗎？」

孫瑩笑著搖了搖頭：「我男朋友馬上就要從法國留學回來了，我要跟他結婚，洗手做羹湯了。」

如果說憂鬱頹廢的孫瑩是性感魅惑的，此刻幸福的孫瑩就是美麗的，嬌柔的。傅華面對她，想到以後即使相見也會陌如路人，竟然有了不捨的感覺。

他對孫瑩的感覺很難形容，既迷戀，又因為孫瑩的身分不願深入的接觸，實在是錯綜複雜。

服務員過來問傅華喝什麼咖啡，傅華看了一下，點了一杯拿鐵。

經過這一緩衝，傅華調整好了情緒，笑著說：「那恭喜你了，你總算修成正果了。」

孫瑩笑笑說：「我等了他四年，雖然過程很苦澀，結果總算還不錯。還記得那杯愛爾蘭咖啡嗎？」

傅華點了點頭，說：「我記得，你說裏面包含著一段很長的故事，只是當時你沒心情講給我聽。現在大概有心情了吧？」

孫瑩笑了：「現在有了。故事是這樣的。據說愛爾蘭咖啡的發明人是一位都柏林機場的酒保。這個酒保喜歡上了一位美麗的空姐，他覺得她就像愛爾蘭威士忌一樣，濃香而醇美。因此他很想讓她點上一杯他調製的雞尾酒。可是這位空姐不喜歡雞尾酒，她每次來到吧台，總是隨著心情點著不同的咖啡。後來這位酒保終於想到了辦法，把他覺得像女孩的愛爾蘭威士忌與咖啡結合，成爲一種新的飲料，取名爲愛爾蘭咖啡，加入咖啡目錄裏，希望女孩能夠發現。」

說到這裏，孫瑩問傅華：「你知道酒保得花多少心血來做愛爾蘭咖啡嗎？」

傅華笑著說：「這有什麼複雜的，兩者混合在一起就好了。」

孫瑩笑笑：「哪會這麼簡單，基本上要將愛爾蘭威士忌與咖啡完全融合，有很高的難度。女孩從未點雞尾酒，應該不太喜歡酒味，但威士忌是刺喉的烈酒，因此他必須想辦法讓酒味變淡，讓她既不會感覺到烈酒的刺喉，又不會降低酒香與口感。所以在烤杯的過程中，火候是很重要的。酒保不知經過多少次試驗才最終調製成功。」

「你知道從酒保發明愛爾蘭咖啡，到女孩點愛爾蘭咖啡，經過了多久？」孫瑩又問道。

「多久？」

「整整一年。」

「當酒保第一次替她煮愛爾蘭咖啡時，因爲激動而流下眼淚。爲了怕被她看到，他用手指將眼淚擦去，然後偷偷用眼淚在愛爾蘭咖啡杯口畫了一圈。所以，第一口愛爾蘭咖啡帶著思念被壓抑許久後所發酵的味道。而這位空姐也成了第一位點愛爾蘭咖啡的客人。」

傅華問道：「那這酒保和空姐有情人最終成眷屬了嗎？」

孫瑩搖了搖頭：「這就是遺憾的地方，那個空姐一直不知道酒保對她的情意，她對酒保只是當做旅途中的一位朋友，最終對他說了Farewell。所以愛爾蘭咖啡代表的咖啡語言是，思念此生無緣人。」

「思念此生無緣人」，聽到這句話，傅華心裏咯登一下，這故事雖然浪漫，結局卻並不完滿，這是不是也在預示著孫瑩和她男友的結局也不會完滿？

「我跟我男朋友對愛爾蘭咖啡的故事很熟悉，很喜歡故事中的浪漫，可是那時我們都很窮，買不起愛爾蘭咖啡，只有在他去法國之前，我們才在左岸一起買了一杯愛爾蘭咖啡喝，以此來寄託未來歲月對彼此的思念。所以在他離開的歲月裏，我思念他或者心情不好的時候，都會去左岸買一杯愛爾蘭咖啡喝，這算是我唯一一點小資的愛好吧。我的故事講完了，你不是也有事情跟我說嗎？說吧。」

傅華笑了笑：「我要跟你說的事情，現在沒必要了，原本我想要求你離開楊軍，我同學已經知道你們的關係了。」

孫瑩笑了：「這倒也是，我退隱江湖，自然不會再跟楊軍來往了。」

「跟我說說你男朋友吧。」傅華看著孫瑩說。

「說什麼呢？」孫瑩有些迷茫地看著前面，「我已經快有四年沒見過他了，對他已經有點陌生了。」

傅華驚訝地說：「這麼長時間，你們怎麼維持這段關係啊？」

孫瑩苦笑了一下：「靠什麼維持？網路啊，我們都是通過網路視頻跟對方聯繫的。」

傅華說：「那些都是很虛幻的。」

孫瑩說：「我知道，可是我們花不起往來的路費。我們相識的時候，都是窮學生，畢業時，我男友被法國一家大學錄取了研究生，我們兩家父母窮盡一切力量，才湊齊了第一年的路費和學費。當時想得很簡單，我男友說他到了法國，靠勤工儉學自己賺取學費。我呢，決定在國內拼命打工賺錢，在經濟上支持男友。可是現實總沒有你想得那麼美好。我男友能力有限，打工賺的那點小錢維持生計都很困難，更別說賺什麼學費了。而我在公司賺的錢，每個月只有不到兩千塊，對我男友的學費來說，更是微不足道。第一年即將結束的時候，我們陷入了困境，如果不能湊齊下一年的學費，我男友只能退學回家。他在法國一次次地央求我，要我想盡辦法湊錢，可是我一個弱女子，如何能湊那麼大一筆錢給他呢？我只好把心一橫，應聘了仙境夜總會的服務員，可是服務員的小費雖然可觀，卻仍然很難在短期內湊齊那麼一大筆錢，無奈之下，我就下海做了小姐。」

傅華呆了一下，這就是孫瑩所謂的自願做小姐的原因了，他想到了羅雨那天跟他說的那句詩，「現實撲面而來，夢想支離破碎」，殘酷的現實擊碎了孫瑩一切的夢想，讓她不得不墮落。

他看了孫瑩一眼，說：「你為你男友做的犧牲太大了，他知道這件事情嗎？」

孫瑩苦笑著搖了搖頭：「我做這個犧牲是我願意，誰叫我愛上了這個男人呢？我怎麼告訴他？我一直很害怕他知道這件事情。那一次在左岸，我就是擔心他回來知道我做的事情，心裏越來越慌亂，才會在那裏喝愛爾蘭咖啡的。」

傅華笑了笑：「你男友就是知道也不怕的，一個女人肯為他做這麼大的犧牲，他感激愛護這個女人還來不及，又有什麼理由再來責備她呢？他如果真的跟你生氣，還叫男人嗎？」

孫瑩笑笑：「但願他能像你一樣寬容。傅華，有時我在想，如果我在認識男友之前認識你，我的人生是不是會走另外一條路呢?可惜你出現在我面前太晚了。」

傅華笑了一下：「我有那麼好嗎？」

孫瑩說：「你給我的感覺很像一個哥哥，寬闊的胸膛隨時可以讓我依靠。其實我是一個柔弱的女子，更願意找一個能讓我依靠的男人，而不是讓我去撐起男人的生活。」

傅華笑著搖了搖頭：「人生就是這樣，不能盡如人願，你得到的跟你想要的往往是背道而馳。」

孫瑩苦笑了一下：「那時候還是學生，什麼都想得很簡單。只有飽嘗了艱辛之後，才體會到當初是多麼單純。」

傅華笑笑：「你已經熬出來了，過往的種種趕緊忘掉，準備迎接你的幸福生活吧。我祝福你們有一個美滿的婚姻。」

孫瑩甜甜地笑了，握了握傅華放在桌上的手：「謝謝你，傅華，你總讓我感覺到一種支持的力量。」

傅華回握了一下孫瑩的手，然後笑著說：「看來我也要跟你說一聲Farewell了。」

孫瑩說：「Farewell。」

第十五章

官場大忌

按說余波肯定會知道這個女人是誰，可是傅華卻不能打電話詢問。
如果貿然詢問，會讓曲煒誤會他打聽老板的隱私，
這可是官場上的大忌，即使曲煒曾經那麼賞識過他，
也是不能允許他這樣做的。

傅華離開時，心裏有著淡淡的憂傷，雖然他爲孫瑩上岸感到高興，可是這段時間孫瑩給他留下了很多記憶，即使不盡是美好，卻很難讓人忘記。想到孫瑩即將徹底的跟他的生活告別，未免有那麼一絲惆悵。

人與人的相遇是偶然的，也是奇妙的。有的人可以伴隨你終生，而有的人轉瞬之間就會從你的生活中消失，再也不出現。想一想，這大千世界有幾十億的芸芸眾生，爲什麼偏偏你和她能相遇？這可能就是所謂的緣分吧。

希望孫瑩此去能夠跟過往的痛苦生活徹底的畫上句號，這個善良的女人爲她男友做了那麼多，從公平角度上，老天爺也應該回報她一個美滿的結局的。

過了兩天，傅華還是有些不放心郭靜，就打了電話去郭靜的辦公室。郭靜接通了電話，問道：「傅華，找我有什麼事情嗎？」

語氣淡淡的，聽不出喜怒，傅華忽然有一種被疏離的感覺，是啊，我找郭靜有什麼事情啊？難道問她對楊軍出軌有什麼感想嗎？她已經不再是你的戀人了，你沒有權利去關心她了。而且郭靜的冷淡，也表明了她並不需要自己的關心。

傅華只好淡淡地笑了笑，說：「沒什麼，只是好長時間沒打電話給你，打個電話給你問問情況。」

郭靜笑了笑：「我挺好的，謝謝你關心。」

放下電話的傅華才真正的意識到，雖然郭靜幫他提供了融宏集團的資料，雖然郭靜也曾在他面前埋怨他當初爲了母親捨棄了她，可這些並不意味著過往倆人情意的延續，他實際上早就被隔離出了郭靜的生活核心，當初她不願意安排楊軍跟自己見面，其實也是不願意自己打攪她平靜的生活。她現在的生活重心是楊軍和兒子，自己對他們來說，只是一個外人，即使自己曾經跟郭靜那麼相愛過。

這有點像孫瑩跟自己說的那句話「如果我早認識你多好」，聽上去好像孫瑩是在說她喜歡自己，而實際上呢，她是在說「很遺憾，你早就已經出局了」。

想明白這一點，傅華未免有些喪氣，曾經他以爲跟他很親密的兩個女人，其實早就各自有自己的生活，早就跟他有了距離。別人呢？那個照顧自己、提攜自己的曲煒，現在也有了他自己的私密，這世界上還有誰跟自己親密無間呢？

傅華陷入了深深的孤單之中，他發現這世界上，只有母親是真正無私的愛著他的，可是母親已經離世了，再也不會有人那麼關心自己、愛護自己了。一時間，傅華眼睛濕潤了，他深深地思念起母親來。

「傅華，你在做什麼？」趙婷門也不敲就闖了進來。

傅華猝不及防，趕緊低下頭擦去了眼淚，然後說：「趙婷啊，這可是一個大男人的辦公室，你進來也不敲門，不怕看到不好的東西嗎？」

趙婷不接傅華的話，打量了一下傅華：「哎，傅華，你怎麼了，好像哭過的樣子？」

這丫頭眼睛真尖，竟然被她發現自己流淚了，不過傅華不想承認，掩飾說：「誰哭了，我只是眼睛進了灰。」

趙婷走到了傅華身邊，看著傅華的眼睛：「你別騙我了，哭過我還看不出來。羞不羞，一個大男人自己在這兒哭鼻子。不是還有老師我嗎，說吧，遇到什麼困難了？說出來老師幫你解決。」

傅華苦笑了一下：「你的話很傷我自尊的，你給我留點面子好吧，我不是遇到了什麼困難。」

趙婷說：「那你是怎麼了？」

傅華說：「我想起了我去世的母親，有點懷念她老人家，不行嗎？」

趙婷嚴肅了起來，說：「原來是這樣，對不起啊，我不該打攪你的。」

傅華說：「沒事，你也不是故意的。」

趙婷說：「你什麼感覺，是不是很難受？」

傅華苦笑了一下：「就是感覺自己孤零零的，這世界上最疼你的那個人不在了。」

趙婷說：「是啊，自己孤零零的，感覺就像這世界就剩下你自己了。」

傅華看到趙婷眼裏也含著淚水，不由得愣了一下，問道：「你不是吧，我思念我母親，你怎麼哭了？」

趙婷眼淚流了下來：「我也想我奶奶了，她老人家今年年初去世了，在世的時候，她是最疼我的人。」

傅華遞了一張紙巾給趙婷，說：「不好意思，沒想到勾起你的傷心了。」

趙婷並沒有接紙巾，淚眼汪汪地看著傅華：「傅華，你說這世上是否真有我們看不到的另一個世界？」

傅華說：「我不知道，可能有吧。」

趙婷說：「我希望能有，那樣我將來還可能見到我奶奶，我真的很想她。」說完，趴在傅華的肩膀上痛哭了起來。

趙婷真情流露，露出了柔弱的一面，傅華推開也不是，不推也不是，只好輕拍她的後背：「好了，好了，別哭啦。你不是還有爸爸媽媽疼你嗎？」

趙婷並沒有馬上就不哭了，還是抽泣了好長時間才停住，傅華勸了半天，搞得汗都來了。

見趙婷終於不哭了，傅華苦笑著說：「你這當老師的在學生面前這麼哭，也不知道害羞。」

趙婷瞪了傅華一眼：「誰叫你招惹我了？」

傅華不敢再去跟趙婷鬥嘴，怕再惹得她傷心，就說：「好了，你去洗把臉吧，不然被人看見還以爲我欺負你呢。」

趙婷破涕爲笑：「你也知道害怕啊，你也換換衣服吧，你的肩膀濕了一大塊。」

倆人各自收拾了一番，出來再見面的時候，趙婷有點含羞地不敢去看傅華，傅華暗自覺得好笑，原來這丫頭也有不好意思的時候。

傅華問：「你來光顧著哭了，還沒問你來有什麼事情呢？」

趙婷說：「我來本來是想看看你是否知道郭靜現在怎麼樣了？」

傅華說：「郭靜沒事，我打過電話，從電話上聽一切正常，你別擔心她了，郭靜很成熟，她知道該如何處理這件事情。」

趙婷說：「那最好。我要走了。」

傅華說：「怎麼這就要走啊？」

趙婷瞪了傅華一眼：「我不走幹什麼？你是不是覺得我紅腫著眼睛很好看啊？」

傅華笑了：「好啦，走吧走吧，回去不准哭啊。」

趙婷說：「要你管。」

傅華笑著看著趙婷離開了，也許是同病相憐的緣故，他心裏感覺一下子與趙婷親近了很多。

羅雨敲門走了進來，懷疑地看著傅華：「趙小姐沒事吧？我怎麼看著她紅著眼圈走了？」

傅華笑笑：「她就那樣，高興就笑，不高興就哭，別管她。」

羅雨說：「哦。剛才孫永書記的秘書馮舜打電話過來，說孫書記明天到北京開會，要辦事處做好接待的準備工作。」

這還是孫永在傅華接任辦事處主任之後，第一次到北京來，傅華不敢輕視。

他跟曲煒多年，知道孫永跟曲煒之間雖然表面上是和睦的，實際上是面和心不和。曲煒當初對孫永調來做書記很有意見，原本他以爲他能夠接任市委書記的。而孫永對已經在海川經營多年的曲煒也很忌憚，曲煒在海川市根深葉茂，孫永驟然來海川，不得不在某些方面暫時向曲煒妥協。

傅華敏感地意識到這種局面對曲煒的危險性，雖然曲煒暫時在海川市占了上風，可是孫永終究是市委書記，他掌握著幹部的使用權，而作爲領導，幹部的使用權是最核心的權力，因爲所有的權力最終還是人在行使。

這一點就決定了孫永比曲煒擁有了先天的優勢。再一點，省委任命孫永做市委書記，就表明孫永比曲煒更得上面的信任。

因此，傅華在做曲煒秘書的時候，常常從側面提醒曲煒，要多尊重孫永，先敬人一尺，然後人才會敬你一丈。同時，傅華自己也對孫永的秘書馮舜禮敬有加，私下裏他稱馮舜為馮哥，有什麼好事總是把馮舜推在第一位，倆人也常交流一點關於自己服務首長無關緊要的資訊。

傅華是想通過秘書之間的交好，儘量維持兩個首長之間的友好。

別看秘書的級別不高，可秘書的作用不少，在可能的範圍內，秘書是能夠左右上級的態度的。在傅華的影響下，曲煒對孫永還能維持表面的尊重，因此海川市一、二把手之間維持了一段和平的局面。

在這種背景下，傅華更不敢不重視對孫永的接待工作，他趕緊撥通了馮舜的電話，笑著說：「馮哥，你不夠意思啊，孫書記要來北京了，你也不事先通知老弟我一聲，讓我也好有個準備。」

馮舜很冷淡地說：「孫書記今天才讓我通知駐京辦一聲，我按照他的吩咐打了電話給你們駐京辦，這不是通知嗎？」

傅華呆了一下，馮舜的口氣不太對，以前倆人說話都是很親熱的，哪有今天這種公事公辦的味道。

傅華乾笑了一下，說：「馮哥，駐京辦現在是兄弟我在管著，我想好好準備一下，好好招待他，讓孫書記對我的駐京辦工作有個好印象。」

馮舜說：「不用，孫書記交代了，找個能住的地方就行了，不用特別的準備了。」

馮舜有點拒人千里之外，傅華越發感覺不好，陪笑著說：「馮哥，你怎麼這樣呢，我們兄弟……」

馮舜卻不想跟傅華囉嗦下去了，打斷了傅華的話，說：「孫書記馬上就要開會了，就這樣吧。」說完，掛了電話。

傅華收起了手機，心裏很彆扭，從這個情形來看，馮舜很不友好，似乎是孫永對自己有了意見。這一次的接待看來要小心翼翼了，不能讓孫永挑出一絲毛病，否則就等著挨批吧。

傅華趕緊把劉芳找來，詢問以前接待孫永的情形，隨即要求劉芳趕緊給孫永訂房間，重視接待孫永的每一個環節，確保接待好孫永。

劉芳訂房間去了，坐在辦公室的傅華感覺很不好，看來他竭力想要避免的孫永和曲煒的爭鬥還是發生了，也不知道最近曲煒做了什麼事情惹到了孫永。

傅華瞭解曲煒這個人，這是一個長於做事，不善權謀的人，他可以絞盡腦汁去做好一件事情，可是在政治鬥爭中，卻不喜歡玩弄手腕，就跟他做事的風格一樣，直來直去。

而孫永這個人，外表看上去很平和，給人一種老好人的感覺，實際上卻是一個很陰柔的人。傅華卻總覺得他深凹下去的眼窩中那對眼睛讓人看不透，好像後面還藏著一雙眼睛一樣。

傅華相信能夠做到一定層次的官員都非庸庸之輩，一定有其所長，孫永能做到今天這個位置，也是經過他多年的拼搏，沒有一定的政治手腕是不太可能的。

在這一點上，傅華覺得曲煒很可能不是孫永的對手，所以當初傅華才盡力勸說曲煒跟孫永保持友好。這不僅僅是為了維護曲煒和孫永的關係，更多的是維護曲煒本人。

很多人也許會奇怪，一個能做事的人，頭腦一定很聰明，為什麼會鬥不過耍手腕的傢伙呢？這可能是各識一經的緣故吧，善於做事的人專心琢磨事，愛耍手腕的人則專心琢磨人。他們專心的方向不同，因此最終得到的報償也不同。

這在歷史上有很多實例可做驗證，比如劉邦和韓信，韓信百戰百勝，最終卻命喪劉邦之手，其中的緣故是很耐人尋味的。

傍晚，傅華再次一一落實了接待孫永的細節，確保並無差錯，這才放下心來。你孫永再對我有意見，我沒做錯什麼，你也不能拿我怎麼樣。

這時，傅華的電話響了，看看號碼，是馮舜，心中不免有些詫異，難道孫永又有什麼吩咐嗎?趕緊接通了，笑著說：「馮哥，有什麼指示嗎？」

原本傅華想直接稱呼馮舜為馮秘書的，想了想不對，那樣一來顯得自己小氣，二來明顯表示自己對馮舜有了意見，無論從哪個角度上都是不應該的。

官場實際上是一個舞臺，你要在其中如魚得水，就要學會演戲，你要扮演的是一個角色，而不是自己。這個角色要求你喜怒不形於色，甚至你越生氣，越要表現得高興。

馮舜笑了笑：「老弟，沒生我的氣吧？」

傅華笑笑：「馮哥說笑了，我知道你肯定是當時不方便說話。」

此時，傅華已經醒悟到為什麼馮舜一副公事公辦的口吻了，那時孫永可能在他旁邊。

果然，馮舜說：「你說得不錯，孫書記當時在旁邊，我不方便說話。」

傅華說：「是不是我什麼事情做得不好，讓孫書記生氣了？」

馮舜笑了笑：「老弟說反了，是你這個駐京辦主任做得太好了。」

傅華愣了一下，問道：「馮哥，究竟是怎麼回事?你別跟我打啞謎啊。」

馮舜說：「你引來的融宏集團的項目太過優質，已經引起了省裏的重視，尤其是陳徹說，這還是第一期工程，留下了很大的想像空間。郭奎省長親自來海川考察了這個項目，給了很高的評價，表揚了曲煒市長，並要求市裡對融宏集團加大配合力度，力爭把後續項目也落戶在海川。」

傅華困惑地說：「這是好事啊，這不單是海川市政府的榮譽，也是海川市委的榮譽，孫書記怎麼會不高興呢？」

馮舜笑了笑：「老弟到底是忠厚人，你這麼想，可曲市長不這麼想啊。」

傅華愣了：「不會的，曲市長一向認爲市政府是在市委的領導之下，做什麼都與市委的英明領導離不開的。」

馮舜笑笑：「老弟啊，如果你還給曲市長做秘書就好了。你知道曲市長在向郭奎省長彙報時，是怎麼說的嗎？他說那都是在他的領導下，市政府一班人共同努力的結果，隻字未提市委，似乎市委與這件事情無關一樣。話說陳徹到訪海川，孫書記不也親自出面接待了嗎？孫書記對接待陳徹也做過幾次重要的指示，怎麼到了評功論賞的時候就沒他的份了呢？」

傅華心裏暗自埋怨余波沒經驗，如果還是自己做曲煒的秘書，肯定會在彙報稿中特別提一下市委所做的工作，強調成績是在市委的領導下形成的。雖然明眼人一看就知道主要的工作是誰做的，但這形成了一種尊重，即使形式大於內容，可總是一種對市委的尊重。

更何況，孫永對融宏集團落戶海川的事情也是極爲重視的，不但幾次出面接待陳徹，更對接待陳徹考察的整體工作極爲關心，對此做過幾次很重要的指示。曲煒在報告中對此隻字未提，難怪孫永會生氣。

傅華笑笑說：「馮哥，這個孫書記可能誤會曲市長了，曲市長是不會刻意忽略孫書記的，他是個直率人，考慮問題不會那麼周詳。你我都是做秘書的，應該明白問題出在哪裡。」

馮舜說：「我明白是在曲市長的秘書那裏，可是孫書記明白嗎？孫書記對這件事情很不高興，你是始作俑者，沒你，融宏集團也不會在海川出現，對你有所遷怒也很正常。」

傅華苦笑了一下：「看來我是受了池魚之殃了。」

傅華心中明白，孫永遷怒自己，恐怕不僅僅是因爲融宏集團，更重要的是自己曾經是曲煒的秘書，是曲煒一手提拔的親信。

馮舜說：「老弟啊，那個余波是怎麼回事啊？做什麼事情都高傲得很，好像他比曲市長官還大一樣，你跟他交接的時候，怎麼也不交代一下他要注意什麼呀。」

傅華苦笑了一下說：「有些事情可以交代，有些事情是可做不可說的，要靠個人去領會，我怎麼交代？」

傅華心想：我總不能交代余波，什麼事情都要讓著孫永那邊吧？那樣的話傳到曲煒的耳朵裏，他會怎麼想啊。

余波是東海大學政治系的碩士研究生，考公務員進海川市政府不久，是曲煒自己選拔的，與他當初選擇傅華的理由一致，都是出於愛才。

現在看來，這個余波才華倒不是沒有，可是有點恃才傲物，這可是做秘書的大忌。秘書本身就是爲首長服務的工作人員，他的工作不僅僅是幫上級處理文書，實際上是上級面前的一道保護屏障，要有謙卑的態度才能幫上級處理好事務。否則不但會辦不成好事，而且會害人害己。

馮舜笑笑：「也是，不過這個余波也太不上道了點兒。」

傅華說：「有機會我說說他吧。」

馮舜說：「先不要管他了，我跟你透露一下，這一次孫書記進京，要去拜訪一下鄭老，你準備準備。」

這個鄭老是一位海川籍的老將軍，參加過抗日戰爭，在黨內有著很高的威望。現任東海省委書記程遠曾經做過鄭老的秘書，因此對鄭老很是尊重。

馮舜說孫永要去見鄭老，傅華敏感地意識到問題越來越複雜了，是不是因爲融宏集團的事情，孫永感受到了曲煒對他地位的威脅，進京尋求救援來了？

傅華說：「我會做好這次接待的，你放心吧。」

馮舜說：「老弟啊，我希望你能重視這次接待。我們這些人都是爲上面服務的，上級們的想法很多，有時候尺寸很難拿捏，但是有一點首先要保證，我們都是些小卒，保全自己很重要，不要爲了一時意氣，成了別人爭鬥的炮灰。你這個駐京辦的位置又很顯眼，怎麼做多動動腦筋。」

傅華心沉了下去，從馮舜的言語間可以看來，曲煒和孫永之間的鬥爭已經拉開了序幕，自己在其中如何處理，還真是一個問題。自己倒無所謂，大不了這駐京辦的主任不幹了，但如何能在這場爭鬥中保全曲煒，還真是要好好想一想。

傅華說：「謝謝馮哥提醒，我知道怎麼做的。」

馮舜說：「那就好，掛了啊。」

放下電話，傅華就開始犯難了，辦事處對在京的海川籍有力人士都是瞭解的，據說這個鄭老是一個很正統的老革命，幾任駐京辦主任都去拜訪過他，他都不假辭色，帶去的海川土產也拒絕收下，這樣搞下來，鄭老表明了自己不願參與地方事務的意思，駐京辦就不好再去打攪他了。

傅華上任以來，很快就瞭解了這個鄭老的情況，也知道這樣一位重量級的人物對海川市的重要性，可他並沒有貿然地找上門去拜訪，他知道要想跟這樣一位人物打交道，必須找準切入點，否則他也會跟幾位前任一樣鎩羽而歸的。

眼前的當務之急是孫永來北京就要去拜訪鄭老，傅華並不清楚孫永跟鄭老以前有什麼關係。如果只是泛泛之交，以地方官的身分來拜訪，那鄭老很可能出於對父母官的尊重，敷衍地接待一下，並不能對孫永有什麼好的印象，甚至有可能將孫永帶來的禮物歸還，那孫永此行就會空手而歸，這會越發惡化孫永對駐京辦的印象。

同時，傅華還不能爲這次見面準備太過貴重的東西，這是因爲一來，鄭老是見過大世面的人物，傅華也不知道什麼東西會讓他感覺珍貴；二來，鄭老到時候收下還好，如果他不收，孫永一定會注意到東西的價値，以他目前跟曲煒之間的鬥爭形勢，說不定會成爲他找駐京辦麻煩的理由之一；三來，目前駐京辦的資金只夠幾個工作人員發工資用，也拿不出一大筆資金來買禮物。

再有一點，傅華也搞不清楚這件事情對曲煒可能造成的影響，孫永和曲煒現在關係微妙，自己在其中稍微不慎，幫助孫永占了上風，就有可能影響曲煒對自己的印象，這才是傅華最擔心的。在某種意義上來講，曲煒是對他有恩的，他不想給曲煒留下他忘恩負義的感覺。

傅華想來想去，還是不知道自己該怎麼做，最後撥通了曲煒的手機，他覺得還是把孫永來北京的情況跟曲煒說說比較好。

曲煒接通了電話，笑著說：「傅華啊，找我有什麼事情啊？」

傅華說：「是這樣，曲市長，孫書記要來北京了，你知道嗎？」

曲煒說：「我知道，他明天去北京開會。」

傅華說：「他這次來不僅僅是開會，他要見見鄭老。」

曲煒說：「他要見就讓他見吧。」

傅華見曲煒氣定神閒的語氣，覺得自己可能有些過於緊張了，就笑笑說：「那我就陪他去了。」

曲煒笑了：「去吧，做好你一個駐京辦主任的職責就好了。」

傅華笑笑：「那好，我就跟您彙報這麼件事情，您和阿姨最近身體怎麼樣？」

電話那邊忽然傳來一個女人的聲音：「煒，你在幹嘛啊？快過來。」

傅華愣了一下，這個女人說話聲音甜甜的，絕對不是曲煒的妻子，這是誰啊？跟曲煒說話這麼親密。

傅華還在思考這個問題，曲煒說話了：「好了傅華，我這邊有事，掛了啊。」

傅華只好說：「再見，曲市長。」

曲煒掛了電話，留下傅華在那裏猜測電話裏的女人究竟是誰，按說余波肯定會知道這個女人是誰，一個老板的行動是很難瞞過秘書的，可是傅華卻不能打電話詢問。他已經不再是曲煒的秘書了，如果貿然詢問，會讓曲煒誤會他打聽老板的隱私，這可是官場上的大忌，即使曲煒曾經那麼賞識過他，也是不能允許他這樣做的。

看來自己到駐京辦，改變的不僅僅是自己的命運，連帶周邊人物的命運也發生了變化。

傅華不禁更爲曲煒擔心起來，聽他那個春風得意的語氣，根本就沒意識到孫永已經對他有了很大的意見。人家已經磨刀霍霍了，可他還在跟女人廝混，沉醉在溫柔鄉裡，根本就沒有一點居安思危的意識。

不過目前傅華最緊要的任務，就是安排好這次孫永到京的行程，他現在更不能給孫永把柄了，那樣，他將會成爲孫永攻擊曲煒的一個著力點。

第二天，孫永到京，傅華在機場接了他之後，就將他送到了和平飯店，以往他到京都是入住和平飯店的。

表面上看，孫永並沒有顯出不高興的樣子，他還笑著問傅華在駐京辦習慣與否，傅華回答說：「還習慣。」

孫永接著表揚了傅華一來駐京辦就打開了駐京辦的工作局面，傅華笑著回答說：

「這都是因為有市委、市政府的大力支持。」

孫永似乎對傅華強調了市委、市政府的支持感到很高興，不過還是語帶機鋒地笑著說：「小傅啊，你是曲市長一手栽培出來的幹才，不錯啊，沒丟曲市長的臉。」

傅華笑了笑說：「曲市長是教了我很多東西，這也是為了讓我能夠更好的完成市委、市政府交給我的每一項任務。」

孫永看了傅華一眼，笑著說：「你有這種意識是對的，我們大家都是在為黨，為國家工作的，而不是為哪個人工作的。」

傅華點了點頭，說：「我明白。」

孫永說：「小傅啊，當初曲市長提議你到駐京辦工作，我是十分贊同的，我知道你各方面能力能勝任，事實證明，你把駐京辦搞得也很不錯。市裡現在投入兩千萬的資金給駐京辦，就是想你能讓駐京辦更上一層樓。對了，你對如何使用這兩千萬是怎麼打算的？」

傅華笑笑說：「我正想跟孫書記彙報呢。根據北京目前的發展形勢，辦事處初步設想以這兩千萬為基礎，購地建設一座星級酒店。酒店分三部分，一部分駐京辦辦公，一部分住宿，一部分做一家海川風味的飯店，方便聯繫在京的海川籍人士。」

孫永眼睛亮了一下：「要建星級酒店，兩千萬是不夠的，其他資金你打算怎麼解決？」

傅華說：「我想分兩步，以購買的土地作抵押貸款，這就可以解決資金的大頭部分，資金再不足的部分，我想找合作夥伴。」

孫永讚賞地點了點頭：「小傅啊，我果然沒看錯你。好好幹，上面會看到你做出的成績的。」

傅華笑笑說：「謝謝孫書記的支持。」

孫永說：「今天就這樣吧，我有點累了。」

傅華說：「那書記你好好休息，我先出去了。」

走出了孫永的房間，傅華這才感覺到後背涼颼颼的，已經被冷汗濕透了。這個孫永真是不好應付，幸好目前自己還算應對得體。

接下來兩天，孫永都在開會，傅華並不敢稍稍鬆懈，他跑前跑後，爲孫永安排三餐，隨時聽候孫永的差遣。

會議結束的晚上，孫永在會議上吃完飯，對送他到飯店的傅華說：「明天你準備一下，跟我去見見鄭老。」

傅華說：「好的。」

第二天一早，傅華就趕到了和平飯店，接了孫永和馮舜，一起趕到了鄭老家。

雖然鄭老可能不會收受禮物，但傅華還是準備了一些海川的土產帶了去。禮多人是可以不怪的，但如果空手去，就會不太好意思了。

鄭老的家是一個四合院，管家將三人領了進去。鄭老已經八十多歲，頭髮都白了，不過面堂紅潤，精神矍鑠，十分健康，一副鶴髮童顏的樣子。

鄭老笑著跟三人握手，他以前見過孫永和馮舜，沒見過傅華，因此握到傅華的時候，問道：「這位是？」

傅華笑著說：「鄭老，您好，我是海川市駐京辦新任的主任，我叫傅華。上任後一直也沒來看望您，真是抱歉。」

鄭老笑笑說：「什麼看望不看望的，不用那麼麻煩了，你有你的工作要忙，我老頭子也喜歡清靜，各人忙各人的，多好。」

孫永笑著說：「那怎麼行，鄭老是前輩，我們這些後輩是應該來請益的。」

鄭老笑了，說：「請益什麼，我老了，現在就是關上門寫寫回憶錄什麼的，其他諸事不理。大家別站著了，都坐吧。」

坐定之後，孫永詢問了鄭老的身體狀況，扯了一些閒話之後，雙方就都沒了話題，氣氛就變得沉悶起來。

爲了打破這個沉悶，傅華笑著問：「鄭老，我剛才聽鄭老您說在寫回憶錄？」

鄭老說：「也不算回憶錄，就是記憶中的一些碎片，年紀大了，手頭的資料也不全，好多事情都記不清楚了。」

傅華說：「說到資料，我手頭正有一封信，是戰爭時期，東海根據地和延安之間的通信，今天正好拿出來跟鄭老請教一下。」

鄭老笑著看了傅華一眼，問道：「拿出來我看看。」

傅華就將那天自己在潘家園花一百元收來的那封信拿了出來。

請續看《官商鬥法》二 第一桶金

官商鬥法 一 飛來艷福

作者：姜遠方
發行人：陳曉林
出版所：風雲時代出版股份有限公司
地址：105台北市民生東路五段178號7樓之3
風雲書網：http://www.eastbooks.com.tw
官方部落格：http://eastbooks.pixnet.net/blog
Facebook：http://www.facebook.com/h7560949
信箱：h7560949@ms15.hinet.net
郵撥帳號：12043291
服務專線：(02)27560949
傳真專線：(02)27653799
執行主編：朱墨菲
美術編輯：風雲時代編輯小組

法律顧問：永然法律事務所 李永然律師
北辰著作權事務所 蕭雄淋律師

版權授權：蔡雷平
初版日期：2015年5月
初版二刷：2015年5月20日
ISBN：978-986-352-145-7

總經銷：成信文化事業股份有限公司
地　址：新北市新店區中正路四維巷二弄2號4樓
電　話：(02)2219-2080

行政院新聞局局版台業字第3595號 營利事業統一編號22759935

定價：280元　特惠價：199元

國家圖書館出版品預行編目資料

官商鬥法 ／ 姜遠方 著. -- 初版. -- 臺北市：
風雲時代，2015.01 -- 冊；公分

ISBN 978-986-352-145-7（第1冊；平裝）

857.7　　103027825